王水照 主編

日本宋學研究 六人集

修訂本

復古與創新

歐陽修散文與古文復興

東英寿 著

圖書在版編目(CIP)數據

　　復古與創新：歐陽修散文與古文復興／(日)東英
壽著；王振宇，李莉，李祥等譯；韓淑婷等校譯. —
修訂本. —上海：上海古籍出版社，2022.7
　　(日本宋學研究六人集)
　　ISBN 978-7-5732-0350-2

　　Ⅰ.①復…　Ⅱ.①東…②王…③李…④李…⑤韓
…　Ⅲ.①歐陽修(1007-1072)—古典散文—古典文學研
究　Ⅳ.①I207.62

　　中國版本圖書館 CIP 數據核字(2022)第 105034 號

日本宋學研究六人集

復古與創新——歐陽修散文與古文復興(修訂本)

〔日〕東英壽　著

王振宇　李莉　李祥等　譯
韓淑婷等　校譯

上海古籍出版社出版發行

(上海市閔行區號景路 159 弄 1-5 號 A 座 5F　郵政編碼 201101)

　　(1) 網址：www.guji.com.cn

　　(2) E-mail：guji1@guji.com.cn

　　(3) 易文網網址：www.ewen.co

商務印書館上海印刷有限公司印刷

開本 850×1168　1/32　印張 9.875　插頁 2　字數 222,000

2022 年 7 月第 2 版　2022 年 7 月第 1 次印刷

印數：1—1,200

ISBN 978-7-5732-0350-2

I·3636　定價：48.00 元

如有質量問題，請與承印公司聯繫

前　言

王水照

這套《日本宋學研究六人集》由六位日本中青年學者的論文集所組成，他們是（依姓氏筆劃排列）：内山精也《傳媒與真相——蘇軾及其周圍士大夫的文學》；東英寿《復古與創新——歐陽修散文與古文復興》；保苅佳昭《新興與傳統——蘇軾詞論述》；高津孝《科舉與詩藝——宋代文學與士人社會》；淺見洋二《距離與想象——中國詩學的唐宋轉型》；副島一郎《氣與士風——唐宋古文的進程與背景》。他們的論文大都從“宋學”、尤其側重于宋代文學方面展開，代表彼邦富有活力的研究力量，反映了最爲切近的學術動態，值得向我國學界同道譯介推薦。

“宋學”在我國經學史上原是與“漢學”相對舉的學術概念，簡言之，即是指區別于考據之學的義理之學。《四庫全書總目提要》卷一《經部總叙》云：清初經學“要其歸宿，則不過漢學、宋學兩家互爲勝負”，江藩的《國朝漢學師承記》、《國朝宋學淵源記》與方東樹的《漢學商兑》，就是一場學術紛争夾雜門户之見的有名論争。現代學者則把此語用作中國思想史上宋代“新儒家學派”的總稱。鄧廣銘《略談宋學》一文即“把萌興于唐代後期而大盛于北宋建國以後的那個新儒家學派稱之爲宋學”，而“理學”僅是宋學中衍生出來的一個支派，與“宋學"不能等同(《鄧廣銘治史叢稿》第 164—165 頁）。而陳寅恪則從中國學術文化史的角度立論,將它視作宋代學術文化的同義語。他在論述"新宋學"時指出:"吾國近年之學術,如考古歷史文藝及思想史等,以世局激蕩及外緣熏習之故,咸有顯著之變遷。將來所止之境,今固未敢斷論。惟可一言蔽之曰,宋代學術之復興,或新宋學之建立是已。"(《鄧廣銘宋史職官志考證序》,《金明館叢稿二編》第 245 頁)這裏的"新宋學"明確包括"考古歷史文藝及思想史等"各種領域,而"新宋學"之于"宋學",祇是學術觀念的更迭出新,兩者的涵蓋面應是相同的,均指宋代整個學術文化。

"宋學"的上述三個界定,分別指向特定的對象和領域,各具學術内涵和意義,都有其存在的合理性;我們這套叢書命名中所說的"宋學",乃采用第三個界定,即指宋代整個學術文化。學術研究本來就有綜合與分析或曰宏觀與微觀的不同方法和視角,尤重在兩者内在的結合與統一,力求走向更高層次的綜合,獲得宏通的科學認識。研究宋代學術的每一個部類,總離不開對整個社會的認識與把握。因爲社會是一個有機整體,其構成中的每一個部類不能不受制於整體發展變化的狀況,各個部類之間又不能不產生無法分割的種種關聯。而説到對宋代社會的宏觀認識和整體把握,又不能不提到八十多年前蜚聲學界的"宋代近世説"的舊命題,對這個舊命題的系統檢驗和反思,對其含而未發的意蘊的探求,需要我們把這個老題目繼續做深做透。這對宋代學術研究格局的拓展和深化,似乎還沒有失去它的價值。

日本京都學派的主要奠基人之一内藤湖南(1866—1934)提出了著名的宋代近世説,構想了以唐宋轉型論爲核心的完整的宋史觀。根據他在大正九年(1920)于京都帝國大學的第二回講義筆記修訂而成的《中國近世史》，開宗明義就説："中國的近世應該從什麼時候算起，自來都是按朝代來劃分時代，這種方法雖然方便，但從史學角度來看未必正確。從史學角度來看，所謂近世，不是單純地指年數上與當代相近而言，而必須要具有形成近世的内容。"他正確指出歷史分期中的"近世"不能照搬王朝序列，也不能單純按照距離當前的較"近"的年數計算，而應抓住"近世的内容"。而所謂"近世的内容"，就是其第一章"近世史的意義"所列出的八個子目："貴族政治的衰微與君主獨裁政治的代興；君主地位的變化；君主權力的確立；人民地位的變化；官吏任用法的變化；朋黨性質的變化；經濟上的變化；文化性質的變化"，這八種變化覆蓋了政治、經濟、文化三大領域，是全社會結構性的整體變動(譯自《内藤湖南全集》第十卷，亦可參見内藤湖南著、夏應元等譯《中國史通論》上册第 315 頁，社會科學文獻出版社 2004 年，譯文有小異)。

嗣後，他又發表了著名論文《概括的唐宋時代觀》和《近代支那的文化生活》。這兩篇論文，被宮崎市定斷爲構成内藤史學中"宋代近世説"的"基礎"性作品。前文發表於《歷史與地理》第九卷第五號(1922 年 5 月)，對他的宋代觀做了一次集中而概括的表述，指出唐宋之交在社會各方面都出現了劃時代的變化：貴族勢力入宋以後趨於没落，代之以君主獨裁下的庶民實力的上升；經濟上也是貨幣經濟大爲發展而取代實物交換；文化方面也從訓詁之學而進入自由思考的時代。後文發於《支那》(1928 年 10 月)，著重論述宋代以後的文化逐漸擺脱中世舊習的生活樣式，形成了獨創的、平民化的新風氣，達到極高的程度，因而直至清代末期中國文化維持着與歐美相比毫不遜色的水準(參見宮崎市定《自跋集——東洋史七十年》第九“五代宋初”，岩波書店 1996 年）。

內藤氏的這一重要觀點，曾受到當時東京學派的質疑與駁難，但爭論的結果，他們也不得不承認唐宋之間存在一個“大轉折”，雖然依然否定宋代近世説。然而在日本史學界中，內藤氏的觀點仍然保持着生命力，影響深巨。尤其是他的門生宫崎市定(1901—1995)的有力支持。宫崎氏原先對這一觀點也抱有懷疑，經過認真的思考和研究，轉而不遺餘力地宣傳和證成師説，從多個學術專題上展開深入而具體的論證，成爲乃師學説的“護法神”。他在 1965 年 10 月發表的《內藤湖南與支那學》一文（《中央公論》第 936 期，收入宫崎市定著《亞洲史研究》第五卷，同朋舍）指出，“(內藤)湖南留給後代的最大的影響是關於中國史的時代區分論”，以往日本學者也有把宋代以後視爲“新時代”的開始的，“但是湖南則完全着眼於中國社會的全部的各種現象，尤其是社會構成和文化由唐到宋之間發生了巨大變化的這一事實”，從而確認“宋代以後爲近世”的這一判斷。作爲建樹了傑出業蹟的宋史研究專家，宫崎市定明確宣稱：“我的宋代史研究是以內藤湖南先生的宋代近世説爲基礎的”，他的研究正是以內藤氏的這一學説爲“基礎”而展開的。他首先注意經濟、財政、科技等問題，認爲“宋代近世説的依據在於經濟的發展，特別是古代交換經濟從迄於前代的中世性的停滯之中冒了出來，出現了令人矚目的復活”。並進而指出宋代已由“武力國家”轉變爲“財政國家”，財力成爲“國家的根幹”，甚至湧現出新型的“財政官僚”（均引自《自跋集——東洋史七十年》第九“五代宋初”）。宫崎氏的宋史研究範圍廣泛，内涵豐富，舉凡政治史（《北宋史概説》、《南宋政治史概説》）、制度史（《以胥吏的陪備爲中心——中國官吏生活的一個側面》、《宋代州縣制度的由來及其特色》、《宋代官制序説》)、教育史(《宋代的太學生活》)、思想史(《宋學的論理》)均有涉足,成績斐然。至於他的《宋代的石碳與鐵》、《支那的鐵》兩文,澄清了"認爲中國人本來就缺乏科學才能,長期陷於落後的狀態"這一"誤解",肯定"宋代所達到的技術革新具有世界史上的重要性",突出了宋代在科技史上的重要地位。

內藤、宮崎等人的宋代近世説,以唐宋之際"轉型論"爲核心,又自然推導出"宋代文化頂峰論"和"自宋至清千年一脈論"。

內藤氏在逐一推闡唐宋之際的種種變革時,衷心肯定其歷史首創性,其內在的思想基準是東亞文明本位論,即認爲以中國文化爲中心的東亞文化發展程度"非常高",比歐美文化高出一籌,而這個中國文化主要即是自宋至清的中國近世文化。宮崎市定的觀點就更爲鮮明,態度更爲堅决了。他的《東洋的文藝復興與西洋的文藝復興》一文(原載於《史林》第二十五卷第四號 1940 年 10 月、第二十六卷第一號 1941 年 2 月。後收入《亞洲史研究》第二卷,《宮崎市定全集》十九卷),首次提出了"宋代文藝復興説";而《宋元的文化世界第一》一文(原載於大阪市立美術館編《宋元的美術》1980 年 7 月,收入《宮崎市定全集》十二卷),文章的題目已猶如黄鐘之音、警世之幟。他寫道:"宋元這個時代,在中國歷史上是稀有的偉大的時代,是民族主義極度昂揚的時代。代之以軍事上的萎靡不振,中國人民的意氣全部傾注於經濟、文化之上,并加以發揚,取得了出色的成果。"他對宋代文化的推重,從中國第一到"世界第一",真是無以復加了。

內藤氏的唐宋轉型論確認宋代進入近世,君主獨裁政治形成并趨於成熟,平民地位有所提高;還進一步確認,這一歷史趨勢的持續發展,必然走向清末以後"共和制"的道路。這就把宋代和當下(清末民初)連貫起來作歷史考察。宮崎市定繼續發揮這一"千年一脉論":"據湖南的觀點,在宋代所形成的中國的新文化,一直存續到現代。換言之,宋代人的文化生活與清朝末年的文化生活幾乎没有變化。由於宋代文化如此的發展,因而把宋代後的時期命名爲近世。……認爲宋代文化持續到現代中國,是他的時代區分論的一大特點"。這裏既指明宋代社會與清末當下社會的内在延續性,也爲"近世"説提供時間限定的根據(《内藤湖南與支那學》)。

内藤氏的宋代近世説,以唐宋轉型或曰變革爲核心内容,從横向上突出宋代文化或文明的高度成就,從縱向上追尋當下社會的歷史淵源,體現了對歷史首創性的尊重,對歷史承續性的觀察,體現了東方文化本位的思想立場,構成了完整的宋史觀。

當我們把目光從東瀛轉向本土的學術界,就會饒有興趣地發現一種桴鼓相應、異口同聲的景象。我國一大批碩儒耆宿相繼發表衆多論説,與内藤氏竟然驚人一致。他們中有的與内藤其人其書容有學術因緣,而絶大多數學者卻尚無法指證受其影響,這種一致性更加使人驚異了。

首先是"轉型論"。陳寅恪於1954年發表《論韓愈》一文,認爲韓愈是"唐代文化學術史上承先啓後轉舊爲新關捩點之人物",即"結束南北朝相承之舊局面","開啓趙宋以降之新局面"。他雖未涉及"上古"、"中世"、"近世"之類西方現代史學的分期名詞,但這個確認此時爲新舊轉型的大判斷,是不容他人置疑的。吕思勉的《隋唐五代史》第二十一章有言:"吾嘗言有唐中葉,爲風氣轉變之會","唐中葉後新開之文化,固與宋當畫爲一期者也。"柳詒徵《中國文化史》第十六章即題爲"唐宋間社會之變遷",認爲"自唐室中晚以降,爲吾國中世紀變化最大之時期。前此猶多古風,後則別成一種社會"。"宋代近世說"在這兩位史家筆下,已經呼之欲出。胡適作爲現代學術開風氣的人物,就直截了當用嶄新語言宣稱:從"西元一千年(北宋初期)開始,一直到現在",是"現代階段"或"中國文藝復興階段"或"中國的'革新世紀'"(《胡適口述自傳》第 295 頁,華文出版社 1989 年)。這裏的"現代階段"實與内藤氏的"近代階段"含義相通,"文藝復興階段"則與宫崎氏用語完全一致,至於"革新世紀"更是踵事增華,近乎標榜之語了。

視宋代文化爲中國歷史之最,這一觀點在中國史學界也成常識。表述突出、頗顯恢宏氣度的是陳寅恪爲鄧廣銘著作所作的序和鄧氏的一篇史學論文。陳寅恪作于 1943 年的《鄧廣銘宋史職官志考證序》云:"華夏民族之文化,歷數千載之演進,造極於趙宋之世。"而鄧廣銘在 1986 年寫的《談談有關宋史研究的幾個問題》中宣告:"宋代是我國封建社會發展的最高階段,兩宋期内的物質文明和精神文明所達到的高度,在中國整個封建社會歷史時期之内,可以説是空前絶後的。"陳氏還祇説趙宋文化是"空前",鄧氏更加上"絶後",推崇可謂備至。比較而言,王國維顯得頗爲謹慎,他説:"天水一朝人智之活動與文化之多方面,前之漢唐,後之元明,皆所不逮也。"(《宋代之金石學》,《王國維遺書》第五册《静安文集續編》第 70 頁,上海書店 1983 年)他肯定兩宋文明前超漢唐,後勝元明,清代略而不論,當有深意存焉。胡適于 1920 年與諸橋轍次的筆談中,從中國思想史的角度提出:"宋代承唐代之後,其時印度思想已過'輸入'之時期,而入于'自己創造'之時期","當此之時,儒學吸收佛道二教之貢獻,以成中興之業,故開一燦爛之時代。"(見《東瀛遺墨》第 154 頁,上海人民出版社1999 年)

　　至於研究宋代和當下社會之間的聯繫,也是中國學者關注的重點。與内藤氏有過直接交往的嚴復,面對民國初年紛爭頻仍、國勢不寧的局勢,也從歷史資源中探尋救治之道。他説:"若研究人心政俗之變,則趙宋一代歷史,最宜究心。中國所以成爲今日現象者,爲善爲惡,姑不具論,而爲宋人之所造就,什八九可斷言也。"(《致熊純如函》,《學衡雜誌》第 13 期)錢穆在致一位歷史學家的信函中,也同樣强調宋代研究對於當下現實有着特殊的意義與價值,應注重近千年來在社會、經濟、文化形態上的種種聯結點。

　　簡略梳理中日學術史上"内藤命題"的相關材料,可以看到這個命題獲得範圍深廣的回應,吸引衆多一流學者直接或間接的參與,形成一場集體的對話,豐富了命題的内涵,使之成爲一個藴藏無數學術生長點、富有學術生命力的課題。這首先由於内藤氏"是立足於中國史的内部,從中引出對中國歷史發展動向的認識",而不是單純憑藉"從外部引入的理論"來套中國史實;同時又能"把中國史全部過程,作整體性的觀察",避免了"不能從整體上把握中國史的缺陷"(谷川道雄《致中國讀者》,見内藤湖南著、夏應元等譯《中國史通論》)。谷川氏的這一概括,準確地抓住了"内藤命題"所包含的學術方法論上的兩大精神實質。

　　其次是命題的開放性。歐美史學界把内藤氏的宋代近世説稱之爲"内藤假説"(Naito Hypothesis),就是説其真理性尚待驗證、補充,并非不可動摇的金科玉律,更不是可以照搬照套的"指導原則"。事實上,内藤氏提出此説以及中國學者的相關述説,大都是基於他們深厚中國史學功底的大判斷、大概括,還未及作出細緻的論證和具體的展開(宮崎氏是個例外)。而"上古、中世、近世"的這套西方史學分期方法如何與"歷史決定論"或"歷史目的論"劃清界綫；宋代文化頂峰論能否成立,是否應有限定；宋代和清末民初社會之間千年一脈的歷史紐帶,也需作出有理有據的揭示,這些都有待後人的繼續探討。

然而,我們重提"内藤命題",從某種意義上説,不僅僅爲了求證"宋代近世説"的正確與否,其個别結論和具體分析能否成立,而主要着眼於學科建設的推進與發展。一門成熟的學科,既要有個案的細部描述與辨析,更需要整體性的宏觀叙事,其中應蘊含有一種貫穿融會的學理建構,即通常所説的對規律性的探索。由於對"以論帶史"、"以論代史"學風的厭惡,"規律性"、"宏觀研究"的名聲不佳,甚至引起根本性的懷疑。但不能設想,單靠一個個具體的實證研究,就能提升一門學科的整體水平。綱舉繚能目張,"内藤命題"關心宋代社會的歷史定位,關心其時代特質,關心社會各個領域的新質變化等等,就爲宋代研究提供了這樣一個"綱"。

收入這套叢書的六個集子,並非以宋代的整個學術文化爲論題,也不徑直宣稱以"宋代近世説"爲指導原則,但我們仍可看出在研究思路上的傳承和嬗變,學術精神上的銜接和對話。比如,淺見洋二的書名即標示出"中國詩學的唐宋轉型",副島一郎在《後記》中叙説他的《唐代中期的貨幣論》一文寫作的潛在學術淵源,即是顯例；而體現在他們各篇論證具體問題的論文中的宋史觀,則有更多的耐人尋味之處。如果説宮崎市定的宋學論文,論題廣泛而偏重於經濟、制度層面,並在一定程度上影響日本史學走向的話,那麽這套六人集卻多從文學層面落筆,而又突出"士大夫"即宋代文化的主要創造主體而展開,這在内山精也、淺見洋二、副島一郎等人的論文中均有着重的表現,而有的書名更明確揭示了"士大夫"或"士人社

會”是他們的論述基點。宋代以來,以進士及第者爲中心的
“士大夫”階層,取代六朝隋唐的門閥士族,而成爲政治、法律、
經濟決策和文化創造的主體,這本身就是中國社會“唐宋轉
型”的一大成果,也是認宋代爲“近世”的主要依據之一,而所
謂“自宋至清千年一脈論”,在很大程度上也基於對這個特殊
階層之存在的體認。更重要的是,當“內藤命題”從經濟史、制
度史向思想史、文藝史領域延伸時,“士大夫”作爲創造主體的
地位就尤其顯著。據我所知,1999 年 3 月 21 日,日本的宋史
研究者曾在東京大學文學部召開一次專題討論會,名爲“宋史
研究者所見的中國研究之課題——士大夫、讀書人、文人或精
英”,會議的主題就是呼喚以“士大夫”爲中心的研究。自此以
後,他們陸續在此課題上結集發表研究成果,如 1999 年勉誠
出版《亞細亞游學》7 號特集《宋代知識人之諸相》、2001 年勉
誠出版《知識人之諸相——以中國宋代爲基點》等。這確實可
以說反映了日本學術界的一個研究動向。

　　由於抓住了士大夫社會的特點,以及印刷技術作爲新興
的傳播媒體給這個社會帶來的巨大現代性,使內山精也從看
似平常的題目中發掘出了豐富而嶄新的意蘊。他論王安石
《明妃曲》、蘇軾“烏臺詩案”和“廬山真面目”等文,吸納融會接
受美學、傳播學等理論成果,描述宋代士大夫的心態和審美趨
向,讀來既感厚重而又興味盎然。淺見洋二的《距離與想象》
一書論題集中,他立足於對中國詩學史的總體把握和對批評
術語的特有敏感,從一系列詩學的或與詩學相關的命題中,細
緻地推考和論證“中國詩學的唐宋轉型”,令人頗獲啓迪。所
謂“唐宋轉型”,實際上從唐中葉起就初顯徵兆,與中唐樞紐論
異名同義。副島一郎即選取自中唐至北宋這一歷史時段切入
論題,對啖助、杜佑、柳宗元至宋初古文家、易學家進行探討,

舉證充分,結論平實可據。當然,經濟、制度等選題仍然受到
學者的注意,尤其是宋代以來成熟的科舉制度,對士大夫社會
的作用可謂舉足輕重,高津孝就有多篇論文涉及科舉與文學
的關係,並有新的創獲。保苅佳昭、東英壽兩位則專注于作家
個案研究,分別以蘇軾詞和歐陽修古文爲論題,曾引起中國同
道的矚目。高津孝、保苅佳昭、東英壽三人都長于史實、文獻
的考辨,發揚了日本漢學長期形成的優良傳統。高津孝對于
古文八大家的成立過程的系統梳理,其結論引用率甚高;保苅
佳昭對蘇軾詞的意象分析和編年考證,也顯出頗深的文史功
底;東英壽對歐陽修文集版本的考察,亦稱縝密細緻,尤對日
本尊爲"國寶"的天理圖書館藏本作了迄今所見最爲詳盡的考
評,認定其版本價值居現存歐集諸本之首,殆成定讞。

　　我和這六位作者都有直接或間接的學緣關係,有的相識
已達二十年之久。早在1990年,一批年輕的宋代文學研究者
就在早稻田大學"宋詩研究班"的基礎上,成立了"宋代詩文研
究會",自那以來,他們組織了富有成效的研究,迄今爲止,舉
辦了八次專題討論會,編輯了十二期《橄欖》雜誌,完成並出版
了錢鍾書先生《宋詩選注》的日譯。而這六位作者,都是"宋代
詩文研究會"的活躍成員。如今,他們年富春秋,屬於日語所
謂的"四十代",學術事業正如日中天,未可限量。祝願他們精
進不止,繼續貢獻學術精品;同時盼望其他的日本學人來加盟
這一宋學研究的群體,共謀學術發展。

目　　録

歐陽修全集的編纂和版本篇

附錄：《漢學紀源》與日本薩摩漢學篇——朱子學的
##　　　　先驅地‧薩摩

從行卷看北宋初期的古文復興

——以王禹偁爲綫索

前　　言

　　北宋歐陽修、蘇軾、王安石等古文家的文集裏,有不少駢文作品。我們發現這些古文家其實同樣也擅長寫作駢文。單從古文和駢文的關係考慮,的確有點不可思議。可是,如果想到這些古文家同時也都是官僚,就容易理解了。

　　首先,要想通過科舉考試,必須具備寫作固定格式的文章,即駢文的水平,而且當上官之後還得頻繁地使用駢文。譬如,炙手可熱的翰林學士和知制誥,祇有那些具備比較高的駢文功底的人纔能勝任。

　　與以往的貴族社會不同,宋代屬于那種憑實力謀取功名的士大夫社會。在這樣的階級社會裏,士人們爲了獲得一定的地位,就必須清除社會制度上的各種障礙。所以,我們不能忽視古文家們爲了突破科舉考試的阻礙而做的努力。在以往關於古文運動的論述中,很少有人着眼古文家創作駢文的事實,祇關注古文家對信念的探求,或者通過之前的作家來探求古文家們的思想源流。這樣一來,古文家突破重視駢文的科舉考試的限制,最終成爲官僚的過程就完全被忽略了。

　　本稿就着眼於上述歷來未被重視的側面,以北宋初期古文復興和科舉考試的關係爲主軸展開考察。從而探明古文家克服科舉考試的障礙成爲官僚的經過，以期從與歷來不同的角度把握古文復興的實質。

一

首先，本章將以糊名法、謄録法爲中心，對宋代科舉制度的完善狀況進行確認。

根據荒木敏一《宋代科舉制度研究》①所述，創設于宋代，爲明、清承襲的重要的科舉制度有以下九個：

一、殿試的創設（太祖朝）

二、登第即釋褐的始創（太祖朝）

三、別頭試的設置（太宗朝）

四、糊名法和謄録法的設定（太宗—仁宗朝）

五、三歲一貢制的設定（英宗朝）

六、殿試中策問的採用（神宗朝）

七、明經諸科的廢止，單設進士科（神宗朝）

八、殿試中黜落制的徹底廢除（仁宗朝）

九、進士科中詩賦的廢除，經義、論、策的採用（神宗朝）

由上可知，各種制度到宋神宗時基本上都已確立，科舉制達到了"現代化"。反之也可以説，從宋朝建國始到宋神宗的一百多年裏，科舉制度處于尚未完善，存在各種弊端的時期。革除各種弊端，對制度上不合理的地方進行反復的修改，正是北宋初期的實際情況。祇是，至今在不少的研究成果裏，通常把制度完善後的狀態作爲宋代的整體情況進行考慮。這樣，

① 東洋史研究會，1969 年出版。

自然也就看不到北宋初期各種制度尚未成熟的實情。特别是北宋初期,因爲和殿試創設幾乎同時的糊名法、謄録法等重大改革均未完善,科舉的考前活動、託付等風氣盛行,改變了實力本位的科舉考試。

在此對糊名法、謄録法的創設稍作説明。糊名法是將寫在答案之前的考生姓名、籍貫、三代的名諱等糊住。該制度于淳化三年(992)被殿試所引進,景德四年(1007)應用到省試,並于同年設立專負責糊名的官員,而在各州解試中施行則是明道二年(1033)。另一方面,將答案全部抄寫下來的謄録法,于大中祥符八年(1015)在省試中創設,景祐四年(1037)爲各州解試採用。特别是景德四年(1007)省試中糊名法的設置,是導致科舉考前活動消失的重要原因。考官無法根據答卷來判斷考生,即使進行了考前活動,也不會對看卷產生任何影響。祇是看當時科舉考試的録取率,以咸平五年(1002)的六十六人取一人爲最,幾乎每年都是十人以上取一人①。競争如此激烈,對那些一心想做官的文人而言,如果一旦知曉有考前活動的捷徑可走,當然就會千方百計地去利用了。

當時的考前活動有"公薦"、"省卷(公卷)"、"行卷"三種。

所謂"公薦"是指臺閣的近臣直接向知舉官推薦品學優秀的舉人的制度。宋代之初的乾德元年(963),太祖廢止了該制度,後來也沒有被實行②。

省卷(公卷)是指在解試或者省試之前,考生直接向貢院送呈詩文的制度。這項制度有很多的弊病。據《宋會要輯稿》的"選舉三"記載,當時有些舉人盜用别人的文章,有些則送交

---

① 參考上述《宋代科舉制度研究》,第224—225頁。
② 參考《續資治通鑒長編》卷四。

過去的省卷,甚至僱用"槍手"。正因爲存在如此多的弊端,省卷無法起到考前判定考生素質高低的作用,自然也就不免最後流于形式。

如果要説在當時充分發揮了作用的考前活動,要屬"行卷"。所謂"行卷"是在科舉考試之前向考官和有權勢的人呈送自己的作品,展示自己才能的行爲。程千帆《唐代進士行卷與文學》一書以唐代行卷和文學之間的關係爲研究對象,有如下論述①:

> 所謂行卷,就是應試的舉子將自己的文學創作加以編輯,寫成卷軸,在考試以前送呈當時在社會上、政治上和文壇上有地位的人,請求他們向主司即主持考試的禮部侍郎推薦,從而增加自己及第的希望的一種手段。

而程千帆和羅聯添的《唐代文學論集》②着眼于所謂近代化了的宋代科舉制度,把宋代當作一個整體進行考察。這樣一來,必然忽略了科舉制度尚未完善的宋代初期,從而得出宋代没有實行行卷制度的結論。然而,正如以下筆者所主張的,在宋朝初期,即糊名法、謄録法設立之前,作爲科舉考前活動的行卷確實存在過。

向權要送呈作品的行爲並非始于宋代,在宋代之前就曾有過。祇是宋代以前基本上是貴族社會,特別重視家世。如果不是出身貴族,即使向權要呈獻作品也收效甚微。儘管隨着唐代科舉制度的地位確立,進士科及第成爲走上仕途的必要條件,可是,除此之外還必須通過吏部的任用考試。這反映了六朝以來濃厚的家族門第觀念。而宋代是完全摒棄了門閥

---

①　上海古籍出版社,1980 年,第 3 頁的記述。
②　《唐代文學論集》,中華書局,1989 年。

貴族制度的士大夫社會,祇要科舉及第,不論家世如何都能出人頭地,是實力本位的社會。而支撐着整個宋代社會的,正是科舉制度。在宋代初期,因爲科舉制度尚未完善,作爲考前活動的行卷就趁虛而入。在貴族社會裏,向權要呈獻作品的考前活動作爲通向仕途的手段,還没有作爲社會制度受到承認。這樣,送呈或者接受作品的各種關係含糊,所以我們不得不從各個具體的事例展開分析。這正是貴族社會時代的作品獻呈和北宋初期行卷的最大區別。

而接受了行卷後,權要們開始被稱爲"延譽"①的活動。所謂"延譽",本義祇是指爲後進學子宣揚名聲的行爲,在行卷制度中還具有保證科舉及第的意思。也就是說,當時送呈作品的一方行卷,而接受作品的一方進行延譽,二者在社會中各有自己的作用。

二

本稿將景祐四年(1007)之前考慮爲北宋初期。在這一階段,省試之前,作爲科舉考前活動的行卷制度確實曾被實行過。還將以王禹偁爲綫索,以期把握當時古文運動的冰山一角。在此之所以着眼於王禹偁,原因有二:第一,和當時其他的古文家不同,他經知制誥任翰林學士,擁有較高的政治地位與較大的影響力;第二,王禹偁積極提攜後進,以他爲綫索能夠很好地探明他與當時古文家之間的人際關係和社會關係。

---

① 高津孝《宋初行卷考》(鹿兒島大學法文學部紀要《人文學科論集》第36號,1992年),對接受行卷後的延譽有詳細説明。

　　王禹偁生于五代後周的顯德元年(954),殁于北宋咸平四年(1001),享年四十八。雖説生于五代,可是他活躍的時代其實是北宋初期。王禹偁主張文章應該通俗易懂,對當時古文晦澀難懂的弊端深惡痛絶,主張内容平易是寫作古文的關鍵所在。王禹偁的想法實際上和歐陽修在嘉祐二年(1057)負責科舉時,全面地排斥險怪奇澀的"太學體"古文,提倡採用簡潔易懂的古文的行爲如出一轍①。從這個意義上講,王禹偁可以稱得上是爲後來歐陽修的文體改革開路的人物。

　　而當時王禹偁的門下有不少傑出的古文家。孫何(961—1004)和丁謂(966—1037)即在其中。《宋史》卷二八三《丁謂傳》關於王禹偁和孫何、丁謂的關係,記述如次:

> 少與孫何友善,同袖文謁王禹偁。禹偁大驚重之,以爲自唐韓愈、柳宗元後,二百年始有此作。世謂之孫丁。

　　王禹偁通過閱讀孫何、丁謂的文章,發現他們具有不凡的才能和素養,給予了很高的評價。

　　以下具體考察丁謂、孫何與王禹偁的關係。首先關於丁謂,王禹偁于淳化二年(991)在《送丁謂序》中寫道:

> 今春生果來。益以新文二編,爲書以投我。其間有律詩、今體賦文。非向所號進士者能及也。其詩效杜子美,深入其間。其文數章,皆意不常而語不俗,若雜于韓柳集中,使能文之士讀之,不之辨也。

　　丁謂向王禹偁獻呈自己的作品,而王禹偁在接受了丁謂的文章後,發現丁謂具有能和韓愈、柳宗元並舉的古文實力,

---

① 參考拙稿《"太學體"考——從北宋古文復興的角度》(《日本中國學會報》第 40 集,1988 年)。

並且高度評價：假如把他的文章混入韓柳二人的文集中，難以讓人辨別出來。丁謂通過向王禹偁呈送作品，認識了翰林學士賈黃中等高級官僚。而尚未科舉及第的丁謂之所以能有機會和有權者交流，不能忽視當時身居知制誥要職的王禹偁在其中所扮演的角色。

孫何也向王禹偁呈送過自己的作品。

> 今年冬，生再到闕下，始過吾門。博我新文，且先將以書。猶若尋常貢舉人，恂恂然執先後禮。何其待我之薄也。

"今年冬"是指淳化元年(990)的冬天，也是孫何科舉及第的兩年前。王禹偁在《送孫何序》中云：

> 會有生之編集惠余者，凡數十篇。皆師戴六經，排斥百氏。落落然真韓柳徒也。

王禹偁評價孫何的古文基於六經，其文風可與韓愈、柳宗元相提並論。這樣，憑藉王禹偁的高度評價而名聲大振的孫何與丁謂，在之後參加的科舉考試中雙雙及第。

和孫何、丁謂有相似經歷的還有黃宗旦、鄭襃、高弁等人。黃宗旦于至道元年(995)，也就是王禹偁被左遷後，送呈來作品以求舉薦。王禹偁評價黃宗旦的文章"今足下之文，二子之文也。天下將知之矣，豈止某之一人哉"(《答黃宗旦第一書》)。王禹偁認為在諸多門生中，數孫何、丁謂的水平最高，所以他評價黃的文章與孫丁二人不相上下，其實是在褒揚黃宗旦。黃宗旦獻呈給王禹偁以期指教的文章，毫不遜色于孫何、丁謂二人的古文。

另外，王禹偁對獻呈作品來的鄭襃的文章評價如下：

退而閱其文句,辭甚簡,理甚正。雖數千百言,無一字冗長,真得古人述作之旨耳……是生之道與孫、丁同。而命未偶矣。

(《答鄭褒書》)

在此,王禹偁以孫何、丁謂爲標準,高度評價貫徹于鄭褒作品中的"道"與二人相比毫不遜色。可以説,鄭褒向王禹偁呈送的作品同孫何與丁謂一樣,以古文爲主。

通過以上的考察,可以得知,北宋初期諸多文人慕名到古文家王禹偁的門下,通過獻呈古文作品以求王禹偁的賞識。也就是説,當時確實存在以王禹偁爲核心的古文家的集團。在他們之中還有孫何之弟孫僅,以及下面將要提到的高弁。

弱冠,徒步從種放學于終南山。又學古文于柳開,與張景齊名。至道中,以文謁王禹偁,禹偁奇之。舉進士,累官侍御史。

(《宋史》卷四三二《高弁傳》)

據這段記述,古文家高弁得到王禹偁的賞識,順利地進士及第,從而進入官場。

祇是,當時科舉考試的實情究竟如何,掌握古文到底在科舉考試中有多大的益處? 關於當時科舉考試重視的文體,咸平五年(1002)張知白的上奏文中有如下記載:

今進士之科,大爲時所進用。……然後,先策論,後詩賦,責治道之大體,捨聲病之小疵。如此,則使夫進士之流,知其所習之書,簡而有限;知其所學之文,正而有要。

(《續資治通鑑長編》卷五三)

簡單概括,即張知白主張進士科考應當不是注重表現形式上的技巧,而應注重其内容。他主張把古文水平作爲録取考生的標準。反過來說,重技巧輕内容,以能否寫作有固定形式的文章,即駢文作爲評價基準,是當時科考的實際情況。

從當時的社會狀況看,祇會寫作古文是難以謀生的。被稱爲古文家的文人和其他的文人一樣,以走上仕途爲目標,日夜苦讀。王禹偁等古文家如果墨守于古文,而不重視駢文技巧的養成,一定也無法科舉及第。古文家對自己所信奉的古文和科舉上受重視的駢文,這兩種表面上看來截然相反的文體,都能應用自如。所以,我們不得不考慮,在此二者之間到底有何有機的聯繫。

三

作爲解決這個問題的綫索之一,本稿將着眼於以上提到過的考前活動的行卷。首先,關於唐代古文運動中駢文和古文的聯繫,程千帆氏《唐代進士行卷與文學》有如下所述①:

> 正因爲韓愈等人入仕以後,已經在文壇上樹立起了古文的旗幟,而又能薦舉後進,並且樂于薦舉後進,許多後進才踴躍地接受其文學主張,並且積極地寫出符合于這種主張的作品,獻給他們,以求知己;而韓愈等人則又利用這種與後進接近的機會來大力宣傳和推行古文。這就形成了一種更有利于促進這一當時新興的文學運動的連鎖反應。

①　《唐代進士行卷與文學》第 70 頁的記述。

　　韓愈等中唐古文運動的領袖以及他們的追隨者,都是進士科出身,因而不可能忽視或者排斥科舉考試。他們這些古文家,曾通過使用古文的行卷向權要展開過考前活動。接受了他們的行卷,且欣賞古文的權要則把他們向其他的權要舉薦,由此一來,古文家的名氣也會慢慢提高。在這種有利的形勢下,古文家使用駢文參加科舉,因爲既得的名聲而順利及第。這樣,在科舉考試時被重視的駢文和古文就不再對立了。甚至可以說,韓愈等古文家積極地利用行卷推進古文運動。祇不過有點遺憾的是,程千帆氏並沒有論及宋代使用行卷進行古文運動的事情。

　　之前也曾提到過,在科舉制度尚未完善的宋朝初期,的確有行卷制度的殘留。因此,以下將着眼於行卷,對上述王禹偁和古文家們的關係再做一次考察。王禹偁《送丁謂序》有如下所言:

> 既歲滿,入西掖掌誥,且二年矣。由是今之舉進士者,以文相售,歲不下數百人。朝請之餘,歷覽忘怠。然有視其命題而罷者,有讀數句而倦者,有終一篇而止者。或詩可采,其賦則無有也;或賦可稱,其文則無有也。能全之者,百不四五。況宗經樹教,著書立言之士乎。

　　"舉進士"是指解試既已合格,準備參加省試的考生。一年的舉進士有數百人送呈來自己的作品,這些作品應該都屬于行卷。王禹偁閱讀衆多的行卷,其中多半是纔讀到題名,開頭的數句就讀不下去,或者僅讀完第一篇就放棄。偶爾有一兩篇好的作品,卻是要麼詩好而賦的力量不足,或者是賦好而文章的氣力不夠等等,很難碰到非常優秀的考生。這的確是接受行卷的一方的感歎。

　　值得引起我們注意的是,爲什麽有那麽多的考生都争相把行卷送呈給王禹偁? 這是因爲,當時王禹偁在西掖即中書省擔任知制誥。而衆所周知,知制誥是負責起草制誥的職位,必須得精通文辭。所以就任知制誥的名文家多受尊重。王禹偁三任此職①。《送丁謂序》寫于淳化二年(991),是王禹偁最初擔任知制誥的任期内,也是他影響社會的開始。當然,王禹偁在官場上地位高是考生紛遝而至的重要原因。可是,如果僅僅是因爲官職,那麽考生們完全也有可能同樣行卷給其他的高官。然而,王禹偁門下之所以能在一年裏有數百考生遞交行卷,不僅僅因爲他是高官,恐怕還有一個更重要的原因。正如《宋史》卷二九三的《王禹偁傳》所説的那樣,"後進有詞藝者,極意稱揚之",即他生平能夠不惜一切積極提攜、啓發後生。

　　接下來看王禹偁在接受了行卷後所採取的態度。譬如,王禹偁對自己的得意門生——古文家孫何與丁謂有如下的評價:

　　　　天下舉人,日以文湊吾門。其中傑出群萃者,得富春孫何、濟陽丁謂而已。吾嘗以其文誇天子宰執公卿間。

　　　　　　　　　　　　　　　　　　　　　　(《答鄭褒書》)

　　由此可以知道,王禹偁當時積極地向官界的權要舉薦孫何、丁謂二人。接受行卷之後,權要爲考生極力舉薦的行爲,如前所述,稱爲"延譽"。關於王禹偁(字元之)推薦孫、丁二人的事情,《石林燕語》卷一〇記載如次:

──────────

① 最初是從端拱二年(989)三月到淳化二年(991)九月,後來是從淳化五年(994)五月到至道元年(995)五月,最後是從至道三年(997)六月到咸平元年(998)十一月。

> 王元之素不喜釋氏。始爲知制誥,名振一時。丁晋
> 公、孫何皆游門下。元之亦極力延譽。由是衆多側目。

明確地使用到了"延譽"一詞。儘管王禹偁極力延譽的行爲招
致了不少人的嫉恨,可是孫何、丁謂二人還是因爲受到王禹偁
的延譽,而在接下來舉行的科舉中順利及第。

在王禹偁辭去中央的官職後,仍舊有很多考生慕名前來
尋求他的舉薦。《答鄭褒書》中有記載:

> 有進士林介者,食于吾家七年矣。私謂吾曰,今兹詔
> 罷貢舉,而足下出郡。進士皆欲疾走滁上,以文求知。吾
> 謂介曰,爲吾謝諸公,慎勿來滁上。吾不復議進士之臧否
> 以賈謗矣。……

王禹偁在至道元年(995)辭去翰林學士,出任知滁州一地
方官。然而仍有很多的士大夫來尋求他的延譽。當時,王禹
偁坦率地向大家吐露說,不希望因爲討論考生的能力而遭人
閑話。這可以從另一方面說明,王禹偁平時積極爲與自己見
解相近的考生延譽,因而遭致反對勢力的妒嫉和政治上的對
立。不管怎麼樣,利用行卷發掘孫何、丁謂等與自己見解相近
的古文家,並且極力爲他們延譽,使其走上仕途,從而增加了
官場上的古文理解者。這些正是王禹偁對古文復興具體實踐
的結果。

在接受了行卷之後,王禹偁不僅僅爲他們延譽,還對有希
望的文人進行古文寫作方面的指導。關於王禹偁對送行卷來
的張扶的態度,《再答張扶書》中有言:

> 今子欲舉進士,而以文比《太玄》。僕未之聞也。子
> 又謂六經之文,語艱而義奧者十二三,易道而易曉者十七
> 八。其艱奧者,非故爲之語,當然矣。今子之文則不然。

> 凡三十篇,語皆迂而艱也,義皆昧而奧也。豈子之文也過
> 于六籍邪?

當時張扶倣效揚雄的《太玄經》學習寫作古文。王禹偁在
回信中指出該書不夠平易,在進士科的考生中也沒有人拿《太
玄經》爲樣板來學習作文的。他勸張扶改正學習方法,並且積
極地傳授古文寫作方法。

此外,後來任宰相的張知白(?—1028),曾是科舉考生的
時候,也向王禹偁呈獻過行卷。

> 辱示《籍田賦》《汙樽銘》、律賦、歌行凡五章,且以書
> 先,似有所質于僕者,何過聽自損之若是邪。……天下舉
> 公,以文相售,固亦衆焉。如足下之文,實亦鮮得。
>
> (王禹偁《答張知白書》)

通過行卷瞭解了張知白的文學素養和才能後,王禹偁在
回信中鼓勵他說,在衆多的考生裏很少有像你這麼才能
出衆的。

綜上所述,北宋初期的古文家們以王禹偁爲核心,通過
行卷而有了密切的聯繫。王禹偁對送呈行卷來的文人,除
了向他們傳授古文寫作的方法外,還對他們的文學才能予
以恰當的評價、認可和激勵。特別是對那些才能很高的文
人,王禹偁直接爲他們向權要延譽,使之馳騁官場。這樣,
隨着對古文持有贊許態度的文人進入官場,古文復興的趨
勢也越來越高,一旦形成一股很大的潮流,文體改革也隨之
展開。這正是王禹偁復興古文的方法。從考生的角度看,
向善於提攜後進的王禹偁送呈古文行卷,即使科舉考試使
用駢文,競爭激烈,憑藉考前的延譽獲得的名聲也能及第。
也就是說,王禹偁把對文體改革的堅決的理念同當時殘存

的行卷制度巧妙地結合起來,通過培養年輕的古文家的實踐活動,展開古文復興活動。

四

王禹偁通過行卷發現賢能,然後提攜他們,使之進入官場。而關於他本人是如何走上仕途的,以下將作叙述。

王禹偁在科舉及第前開展過許多考前活動。對他影響最大的人物當數宋白。王禹偁《投宋拾遺書》明確記載了他對宋白的考前活動。

> 某嘗策杖辭親,揭厲行潦,編文著書,求明公之顧,一接威重。……今年春,始敢囊琴笈文,來詣輦轂,登明公之門以求譽,師明公之道以進身。

王禹偁在送呈給宋白的行卷裏,請求他爲自己延譽,即"求譽"。宋白是《太祖實録》的作者,還與李昉合編《文苑英華》一千卷,爲當時的顯要,曾經三次負責科舉考試。太平興國五年(980),宋白作爲權同知貢舉,八年(983)及端拱元年(988)作爲權知貢舉主持科舉。王禹偁是在太平興國八年宋白擔任權知貢舉的時候,省試及第的。關於宋白主持的科舉考試,《宋史》卷四三九《宋白傳》記載如次:

> 白凡三掌貢士,頗致譏議。然所得士如蘇易簡、王禹偁、胡宿、李宗諤輩,皆其人也。

據此記述,宋白所主持的科舉受到不少社會上的批評。同時也反映宋白當時決定及第者時獨斷的實情。他曾兩度擔任作爲科舉考試最高負責人的權知貢舉,所以可以推測,個人的意志直接決定他對合格者的判斷。《宋史·宋白傳》記載,後來甚至以宋白的例子爲訓,在合格者決定的程式上進行了改革。前文曾提到,王禹偁對宋白展開考前活動,請求爲自己延譽。而宋白又因爲憑私情決定及第者而遭致許多譏議。在他所主持的科舉考試中,王禹偁順利及第。綜合以上事實,可以説在王禹偁及第的事情上,向宋白送呈行卷的考前活動發揮了作用。

北宋初期的科舉制度尚處于需要完善的階段,因此在本來應該是實力本位的科舉考試裏,考前活動有了開展的可能。而王禹偁本人也是以考前活動進入官場的,自然對考前活動也非常認可。隨着社會地位的提高,王禹偁也變成了接受行卷的一方,因爲有親身經歷,所以能夠積極地爲後進延譽。總之,可以説在情緒上他對行卷是毫無抵觸的。

在行卷中使用古文體更能容易地表達自己的見解和意見,這是由古文體的性質所決定的。宋初的古文家柳開在送給翰林學士李昉的行卷《補亡先生傳》①中,抒發了自己的政治、文學見解,最後總結如下:

> 後從仕于世而行其道焉。

值得引起注意的是,柳開標明將來進入官場後,將把自己在文章中表達的見解和理念付諸實施。

科舉考試因受文章形式、題目、時間的限制,未必能夠充分表達自己的觀點。而且科舉考試所重視的駢文在文體表現上有太多的制約。相反,行卷在時間、形式、題目上没有任何限制,而且古文這種文體本來就重在内容,能夠自由而且充分地表達自己的理念,不像駢文受形式的約束。因此,古文體最

---

① 柳開《上主司李學士書》中有"以開所納文中,有東郊野夫及補亡先生二傳,以觀而審之",由此而知,《補亡先生傳》是柳開送呈李昉的行卷。

適合用來闡述當官後的政治方向。這可以説正是用古文體所作行卷的優勢所在。

故此,以王禹偁爲中心的古文復興活動巧妙地運用到了行卷制度。當然,這也並非古文復興的全貌。可是至今爲止,在對古文復興的展開的研究中,即使分析了古文家們的理念,也没有探明他們突破科舉考試中駢文的限制成爲官僚的經過,也没有弄清楚古文家們成爲官僚的同時,是如何融入古文復興的潮流中的。本稿通過考察探明了行卷制度在北宋初期作爲古文復興的一個具體形式被巧妙利用的事實。並且行卷制度與作爲以官僚爲職業的古文家的奮鬥目標的科舉考試直接相關,作爲古文復興中的一個重要的形式也同樣成立。

五

本章將着眼於行卷的基本特點展開考察。

毋庸贅言,行卷作爲科舉考試的考前活動,在當時的情況下看來,不可能都是用古文體寫作而成。故而,也有不少文人使用和科舉考試直接相關的駢文體寫作行卷,向權要展示自己的才能。由此可知,當時的行卷制度不能夠看成都是爲古文復興服務的。更何況,行卷的基本屬性是爲了當官而產生的考前活動,從這一點看,它和當時的政治勢力的狀況密切相關。下面,以王禹偁爲綫索,圍繞接受其行卷的宋白,以及向其呈送行卷的丁謂,着眼於以行卷爲媒介的政治聯繫展開考察。

正如前文所述,宋白作爲權知貢舉主持科舉期間,利用職權私自決定及第者,當時,雖然有才能卻不爲宋白賞識的陳彭

年,屢次不能及第。關於此事,《宋史》卷四三九《宋白傳》所述
如下:

> 陳彭年舉進士,輕俊喜嘲謗。白惡其爲人,黜落之。

　　在此祇記載了宋白不賞識陳彭年的事實。實際上,其中
反映了北宋初期的政治情勢,即北方官僚和南方官僚的政治
對立。建國之初,于華北建國的宋王朝,其行政要員當然幾乎
都是北方人。而隨着天下的安定,南方出身官僚陸續增多。
關於宋代北方官僚和南方官僚的比重,據青山定雄氏的調查,
宋初華北出身者爲 76 人,華南出身者爲 1 人。而在建國四十
年後的宋真宗時期,華北出身者爲 188 人,華南出身者爲 20
人,這表示南方官僚開始進入中央政府。到了宋仁宗時,分
別爲 211 人和 118 人。再經過一百多年的宋神宗時,分別爲
138 人和 129 人,幾乎抗衡①。

　　在封建社會,人們依賴于同鄉關係,面對利害往往結成鄉
黨。在這種情況下,北方官僚和南方官僚之間的對立開始凸
現,所謂的政治策略也隨之產生。南方官僚進入中央政府和
行卷活動的展開幾乎在同一時期。爲了成爲官僚,就必須科
舉及第。而且由於當時科舉制度尚未完善,南北對立就越發
露骨。譬如,《續資治通鑒長編》卷八四中記載北方官僚寇準
對南方人的及第非常反感,所述如次:

> 知樞密院寇準又言,南方下國人不宜冠多士。齊遂
> 居第一。……準性自矜,尤惡南人輕巧。既出,謂同列
> 曰,又與中原奪得一狀元。齊,膠水人也。

---

① 參考青山定雄《五代、宋的江西新興官僚》(《和田博士還曆記念東洋史
論叢》,1951 年)。

　　他蔑視南方人"輕巧"。事實上這是當時北方人對南方人共同的看法。譬如南方人錢易在科舉考試時就是被稱"輕俊"遭到排斥①。在此聯想到當時北方人宋白蔑稱南方人陳彭年"輕俊"。從"輕巧"、"輕俊"等評語，可以得知當時北方官僚批判南方人輕佻浮躁的事實。所以，與其說宋白反感陳彭年個人，不如說因爲陳彭年是南方人所以遭到排斥。陳彭年後來又被北方官僚王旦蔑稱爲陰險文人的"五鬼"之一。這樣，當時出生于南方的官僚被北方官僚排斥，在官場中的既得利益受到侵害。

　　在宋白主持的科舉考試中遭到排斥的陳彭年，後來終于及第。他倡言科舉制度改革的必要性，並以宋白的事例爲訓。《宋史》四三九《宋白傳》所述如次：

　　　　（陳彭年）後居近侍，爲貢舉條制，多所關防，蓋爲白設也。

　　宋白在科舉的考前活動中接受私人的求情，根據政治形勢決定科舉及第的人選。對此陳彭年進行了強烈批判。在此需要確認的是，宋白並非古文家，在他採用的文人中還有與古文派完全迥異的西崑派文人李宗諤。也就是說，宋白利用考前活動（私人感情），並不是爲了擢用古文家，而是爲了擴大北方官僚的勢力。

　　此外，向王禹偁送呈行卷，被評價爲古文水平可與韓愈、柳宗元並舉的丁謂，在科舉及第後，猛烈地批判其恩師王禹偁。其作品收録在《西崑酬唱集》，作爲西崑派作家爲世人所知。事件經緯在拙稿《關於西崑派文人丁謂》②中有所論述，

---

① 《宋史》卷三一七《錢易傳》。
② 《鹿兒島大學文科報告》第27號第1分册（1991年）。

在此祇做簡短概括。

　　丁謂受到高度評價,古文實力可與韓愈、柳宗元並舉。之後,卻站到了與古文派對立的西崑派的立場上。祇從文學史的角度看,這毫無疑問是很大的背叛。可是,一個書生不可能一輩子祇會用古文進行寫作,而秉性狡猾的丁謂正是抓住王禹偁提拔後進的心理,爲了科舉及第成爲官僚,把送呈用古文體寫成的行卷作爲手段。而和陳彭年等人一起被稱爲"五鬼"的丁謂是南方人,遭到北方官僚的冷眼,自然難以進入官場。而王禹偁不歧視南方人,祇要有古文才能就能得到他的賞識。在這種情況下,丁謂自然把希望放在王禹偁的身上。對他而言,古文寫作其實不過是出入官場的手段。正因爲古文不是他所崇尚的文體,所以在走上仕途後,廣交西崑派文人,堂而皇之地顯示其西崑派的身份。其實也沒有必要過多地考慮這種戲劇性的背叛或者轉變的原因。丁謂所開展的考前活動其實就是爲了能夠當官所做的姿態,在走上仕途後以發蹟爲最高目標。關於丁謂的這種態度,王禹偁在認清楚他的真面貌後,猛烈批判"而欲與世浮沉,自墮于名節。竊爲謂之(丁謂的字)不取也。"(《答丁謂書》)《宋史》卷二八三《丁謂傳》有言:

　　　　謂機敏有智謀,憸狡過人。

　　明確地刻畫了利用古文騙取王禹偁的延譽,從而得以發蹟的丁謂的狡猾秉性。而且,在當時,古文水平被那麼高度評價的丁謂,沒有一篇古文流傳于世,從這一點也證明他送呈古文體的行卷給王禹偁,完全是爲了當官。

　　以上以行卷爲橋梁考察了宋白—王禹偁—丁謂之間的關係。要揭示行卷作爲當官的手段的本質,必須結合當時的政治情勢。譬如,王禹偁通過行卷找出與自己文學主張一致的古文家,並且爲他們延譽以幫他們科舉及第。而自己的政治、文學勢力也隨之得到擴張。從這點看,王禹偁的政治勢力的擴大和古文復興的展開一致。此外,宋白在北方官僚和南方官僚對立的當時,通過行卷擴大對自己有利的北方派的勢力。結果是,古文家王禹偁、田錫等北方人陸續進入官場,而陳彭年等南方人卻遭到了阻礙。而丁謂憑藉古文實力,獲得王禹偁的積極延譽,從而進入了官場。他進入官場後馬上放棄了古文,因爲對他而言古文並非自己所信奉的文體。所以他在科舉及第後,爲了能升官轉向了對自己更有利的西崑派。以往都是以文學運動爲前提來考察古文運動。而實際上,從宋白—王禹偁—丁謂三人的關係也可以得知,當時的政治狀況、官僚的處世態度等各種複雜的因素也不容忽視。也就是説,僅在文學史的土壤中考察古文復興是很不夠的。

結　語

古文家以做官爲人生的目標,他們必須同時具備一定的駢文寫作的技巧。因爲古文家不是職業作家,他們寫作古文無非是爲了謀求生計。所以他們期望能夠科舉及第、當上官僚的一面不能忽視。北宋初期的科舉制度尚未完善,這樣就使得個人因素能夠摻雜到本來應該是實力本位的科舉制度之中。其中也存在各種政治勢力之間複雜的關係,以及做官後必然被捲進的各種政治糾葛。由此可見,至今祇把古文運動看成純粹的文學運動的觀點是片面的。應該把它放在當時的政治潮流中進行考察。本稿試着眼於古文家成爲官僚的過程,以行卷制度爲媒介,考察了古文復興的實踐和政治的聯繫。這雖然祇是當時古文復興的一個形式,可是根據本稿的考察,發現過于把古文家和駢文對立起來是不正確的,而且僅把古文運動看作是純粹的文學運動也是極其錯誤的。

（王振宇　譯）

北宋初期的古文家與行卷

——從科舉的考前活動看古文復興的開展

一、前　言

　　一般認爲，唐宋的"古文運動"是由唐代的韓愈、柳宗元和宋代的歐陽修所領導的文學革新運動。然而，古文運動的實際情況如何，它有些什麼樣的形式，對當時的社會又起了什麼樣的作用……這些疑問，至今的研究似乎都沒能給出很有説服力的回答。譬如，到目前爲止，在關於宋代的古文運動的研究中，多半是對古文家的理念探求，對古文家的見識和見解等方面進行的分析，或者是將倡導古文復興的文人按時代排列，以探討古文運動史的研究。可是，這些研究都僅僅停留在對古文主張的分析以及將古文倡導者進行羅列的層面，並不能説明這些因素對當時的社會產生了何等影響，所以不是動態的考察和分析方法。

　　在分析古文復興過程之前，筆者認爲有必要對所謂的"古文運動"進行再一次的概念上的確認。"古文運動"一詞是1928年，由胡適最早在《白話文學史》上提出來的①。之後，

① 　胡適《白話文學史》上卷："韓愈提倡古文，反對六朝以來的駢偶浮華的文體。這一個古文運動，下編另有專章，我在此且不討論。"

被胡雲翼和鄭振鐸在著作中用到過。進而慢慢地在中國文學史中固定下來①。當時,胡適致力于推行從《新青年》創刊開始的"白話運動"。他是在回顧中國文學史的時候提出"古文運動"這個詞的。所以,研究中國文學史的時候,我們不假思索,屢屢用到的專用術語——"古文運動",其實是由胡適發明的一個現代語。毫無批判地用這個詞語來分析一千多年前的文學情勢,是無助于弄清當時的真實情況的。歐陽修和蘇軾等摒棄拘泥于文章形式的駢文,成就了宋代的古文復興。可是就是在他們的文集裏也存在着大量的駢文。這個事實說明,古文復興並不意味着駢文立刻消亡。這同時也告訴我們,僅靠瞭解古文和駢文的對立並不能幫助我們把握古文復興的實情。

北宋的古文復興和當時的官吏選拔考試——科舉制度有緊密的關係。譬如,嘉祐二年(1057)的科舉考試可謂是宋代古文復興史上的一個大事件。《宋史》卷三一九《歐陽修傳》中如下所言:

> 知嘉祐二年貢舉。時士子尚爲險怪奇澀之文,號太學體。修痛排抑之,凡如是者輒黜。

在這次科舉中,權知貢舉歐陽修排抑當時流行的以險怪

---

① 羅聯添氏在《論唐代古文運動》(臺灣學生書局《唐代文學論集》收錄,1988年)一書裏,指出胡適在《白話文學史》中首次使用"古文運動"一詞。又寫道:"到民國二十年(1931)胡雲翼《中國文學史》第十一章標題是'唐代的文學運動',稱'古文運動有韓柳二氏的努力而達于最高的發展'。到民國二十一年(1932)鄭振鐸《中國文學史》第二十八章以'古文運動'爲題……此後'古文運動'成爲一個普遍使用的名稱。"

奇澀爲特色的太學體,而採用明快達意的古文①。結果,那些曾出身于號稱科舉預科——太學的很多人都不及第,而那些曾經毫無名氣的,如蘇軾、蘇轍兄弟和曾鞏等後來成爲古文大家的士人都高中了。的確,以這回的事件爲轉折,考生們所追求的文體有了很大的變化,對社會產生了不小的影響。這個事例説明科舉制度對古文復興有着不可忽視的作用。另外還有一個事例能説明這一點。歐陽修曾經爲了能科舉及第,放下韓愈的古文而去學習西崑派的美文。歐陽修的《記舊本韓文後》有如下記載:

> 是時,天下學者楊、劉之作,號爲時文。能者取科第、擅名聲以誇榮當世。未嘗有道韓文者。予亦方舉進士,以禮部詩賦爲事。

由此可見,當時科舉考試採用什麼文體,對考生們平日所學產生很大的影響。此外,還有一個很重要的因素,正如我們從嘉祐二年科舉所看到的,科舉考試對古文的流布起着決定性的作用。所以,可以説,從科舉的角度來考察古文復興過程是很有意義的。而古文家們又是如何通過當時駢文受重視的科舉考試,走上官場的? 這是個很有意思的問題,可是至今似乎從没引起應有的注意。筆者認爲,以上所説的各種因素,都和在當時頗爲流行的"行卷"的風尚有關。本文從異于以往研究的角度出發,通過考察北宋古文復興的展開和科舉以及行卷的聯繫,試圖能探明北宋古文復興的實際情況。

---

① 關於歐陽修排斥太學體的緣由,請參考拙稿《太學體考——從北宋古文復興的角度》(《日本中國學會報》第 40 集,1988 年)。

二、關　於　行　卷

宋代是科舉制度得以完善的時期,其中有很多的規定都
爲後來的朝代所繼承。可是科舉制度的完善決不是一蹴而就
的。準確地説,在經歷過多次的錯誤和反復修改的,終于在宋
神宗(1067—1085)的時候得以確立①。所以,從宋朝建國至
宋神宗之間的百餘年間,也是科舉制所不完善的地方不斷得
以改良、完備的時期。在考察科舉和古文家的關係時,需要注
意的是,科舉制度尚未完備時盛行的行卷之風。程千帆在《唐
代進士行卷與文學》中,關於行卷有如下論述②:

> 所謂行卷,就是應試的舉子將自己的文學創作加以
> 編輯,寫成卷軸,在考試以前送呈當時在社會上、政治上
> 和文壇上有地位的人,請求他們向主司即主持考試的禮
> 部侍郎推薦,從而增加自己及第的希望的一種手段。

行卷是參加科舉的考生在考前,將自己的得意之作送呈
給對考核有影響力的權要的行爲,其實是屬于一種自我宣傳
的考前活動③。這種考前活動因有妨礙考試公正的嫌疑,在
後來完善了的宋代科舉制度中被廢除了。不過,至少在宋朝

---

① 對于宋代的重要的科舉改革,以及實施時期,荒木敏一的《宋代科舉制
　度研究》(東洋史研究會,1969 年)的前言部分有簡練的概括。關於科舉
　制度,除荒木氏的著作以外還可參閱梅原郁的《宋代官僚制度研究》(同
　朋社,1985 年),村上哲見《科舉的故事》(講談社,1980 年)等。
② 上海古籍出版社,1980 年,第 3 頁的記述。該書關於唐代的古文運動和
　行卷部分的分析,對本稿有很大的參考意義。
③ 作爲當時科舉的考前活動,除行卷之外還有被公認的所謂"公卷"的活
　動。祇不過它指的祇是考官大量地閱讀考生的作品,因此事實上並未
　起到考前活動應有的效果。公卷于慶曆元年(1041)被廢除。

建立後的大約五十年裏,所謂的考前活動的確存在過,這點與重視公平競争的科舉考試相去甚遠。也就是説,行卷和有着各種規約的制度不同,它是一種事先所進行的,即幕後的行爲,也能成爲窺見到科舉考生們表象中看不到的另一面的絶好的材料。不僅如此,作爲行卷被呈上的作品和回書,往往能透露古文家們對古文的代表性的見解。僅從這一點説來,要想把握古文復興和科舉的關係,行卷是不能被忽視的。雖然向有權勢的人呈獻文章的行爲自古都有,但是行卷和一般的作品不同,其結果直接影響考生在科舉中能否及第。前面提到過的程千帆説,考慮到行卷和進士科考的緊密的關係,爲了和一般的文章作品區別開,故而使用"行卷"這一專有名詞。因爲行卷在進士科考生的考前活動中有着重大的意義,也不難把它和向權要送呈的一般作品分開來。

前面提過的程千帆《唐代進士行卷與文學》一書,以行卷爲着眼點,分析了唐代的韓愈和柳宗元的古文復興。祇不過如題所指,該書限于對唐代史實的考察,僅僅指出在宋代初期行卷風尚逐漸消失,没有作更多的論述。其他的從行卷的角度對北宋的古文復興進行分析的研究,筆者似乎未曾發現①。其實,正如我們下一章要確認的那樣,在宋代建國後的五十年裏,行卷確實存在過,以行卷爲綫索分析古文復興也的確有其

---

① 筆者最初着眼於北宋的古文復興和行卷之間的關係的研究,是拙稿《關於西崑派文人丁謂——和王禹偁的古文運動相聯繫》(《鹿兒島大學文科報告》第 27 號,1991 年)。其後,拙稿《從行卷看北宋初期的古文運動——以王禹偁爲綫索》(《中國文學論集》第 22 號,1993 年)又以王禹偁作爲着眼點進行了考察。本稿正是以這些論文爲基礎發展而來的,以期能整理和探明北宋初期古文家和行卷之間某些聯繫。因此,在一些議論上可能和過去的論文發生重複,懇請諒解。另外,管見所限,在諸多的過往研究中,似乎缺少着眼於行卷的論文。

可行性。

三、宋 代 的 行 卷

作爲考前活動的行卷若要能夠有效,必須讓主考官能確定考生的試卷。因此,爲保證考生匿名性而導入科舉考試的糊名法(也叫"封彌法")、謄録法與行卷的存廢密切相關。因此,有必要在此確認一下宋代的糊名法、謄録法的産生①。把寫在答案前的考生姓名、籍貫、三代的名諱等糊住的糊名法,最初于宋代被採用是淳化三年(992)的殿試,在景德四年(1007)的省試中亦被採用,同時設置了專門負責糊名的官職。各州的解試于明道二年(1033)採用此法。此外,將答案全部謄抄的謄録法,是于大中祥符八年(1015)的省試中被首次採用,景祐四年(1037)的各州解試中被採用。對行卷這一考前活動影響最大的應該是把答案前面内容糊住的糊名法。考官因此而無從得知答案究竟是哪位考生所做,考前的活動以及評判從而無法反映到試卷上,也就失去了意義。另一方面,使行卷的活動有效果,並且能夠讓考生在考官之間獲得口碑,選擇權要集中的都會開封府最合適。因此,作爲考前運動的行卷的衰退,正是以景德四年(1007)開封舉行的省試中糊名法的採用爲開始的。《續資治通鑒長編》卷六八記述了第二年考生們的反應:

> 上謂王旦等曰,今兹舉人,頗以糊名考較爲懼。然有材藝者,皆喜于盡公。

①　關於採取糊名、謄録制的詳情,請參閱荒木敏一《宋代科舉制度研究》第二章第七節。

　　採取糊名法使考前的評價失去了影響力，所以没有真才實學的考生們誠惶誠恐。這也從側面如實地反映了從北宋建國到景德四年約五十年的時間裏，行卷這一考前運動對科舉考試產生了巨大的影響。此外，我們從南宋王闢之的《澠水燕談録》卷九的如下論述中，也可以得知宋代的確有過行卷的活動。

> 　　國初，襲唐末士風，舉子見先達，先通牋刺，謂之請見。既與之見，他日再投啓事，謂之謝見。又數日，再投啓事，謂之溫卷。或先達以書謝，或有稱譽，即別裁啓事，委曲叙謝，更求一見。當時舉子之于先達者，其禮如此之恭。近歲，舉子不復行此禮，而亦鮮有上官延譽後進者。

　　這段記述講的是，舉子即參加省試的考生參見權要的流程等等。據王闢之所言，舉子第一次向權要呈送名片和書信稱爲“請見”；見了面之後，第二次再次送呈書信，稱爲“謝見”；隨後過幾天再送上書信稱爲“溫卷”。溫卷，其實目的是引權要注意，不要忘記自己所送呈的作品。因此，考生在送上“溫卷”之前，即“謝見”的時候，就作爲行卷呈上了自己的作品。而接受了行卷的權要這一方，則回信給考生，約見考生，或者爲有希望的考生“延譽”。所謂“延譽”指的是接受了行卷的權要向其他的權要推薦，讚揚該考生的行爲。從而提高該名考生在權要之間的評價，直接有利于科舉考試。考生們也正是爲這個目的而去行卷。

　　北宋初期的科舉考試競爭相當激烈。以咸平五年(1002)最甚，66 人中祇取 1 人，而其他每年也幾乎都是十幾個人裏取 1 人[①]。而處于如此激烈的競爭之中，並且一心希望踏入

①　　參閱荒木敏一《宋代科舉制度研究》，第 224—225 頁。

仕途的那些考生們，既然有考前活動的捷徑在此，自然就會千方百計地考慮如何很好地利用它，以獲得科舉的成功。這也是當時行卷盛行的原因。

四、利用行卷進行古文復興的王禹偁的實踐

本章將以王禹偁爲綫索，考察行卷和古文復興的聯繫。提出王禹偁來討論有兩個理由。一是和當時其他的古文家不同，他經知制誥被任命爲翰林學士等，有着比較高的政治地位和社會影響。另一個理由是，考慮到王禹偁能積極地提攜後進士人，從他入手可以很好地探明當時古文家的人際關係和社會關係等等。

王禹偁（954—1001），字元之，他提出："又欲乎句之難道邪，又欲乎義之難曉邪，必不然矣。"（《答張扶書》）對當時晦澀難懂的文章進行抨擊，是主張提倡通俗易懂的古文體的宋朝初期的古文家之一。

呈獻文章到王禹偁門下的古文家有很多。最有名氣的是孫何（961—1004）與丁謂（966—1037）二人。《宋史》卷二八三《丁謂傳》是這樣記述王禹偁和孫何、丁謂的關係的：

> 少與孫何友善，同袖文謁王禹偁。禹偁大驚重之，以爲自唐韓愈、柳宗元後，二百年始有此作。世謂之孫丁。

王禹偁評價孫何、丁謂二人能比得上韓愈、柳宗元。可惜孫何、丁謂的作品沒有多少能流傳至今，所以不能直接知道他們作品的特色與見解。我們也許可以從下邊王禹偁的資料中探察到些許關於王禹偁和孫何、丁謂關係的信息。首先關於

丁謂，王禹偁作于淳化二年(991)的《送丁謂序》中言①：

> 今春生果來。益以新文二編，爲書以投我。其間有律詩、今體賦文。非向所號進士者能及也。其詩倣杜子美，深入其間。其文數章，皆意不常而語不俗，若雜于韓柳集中，使能文之士讀之，不之辨也。

丁謂第一次是在淳化元年(990)冬，向王禹偁送呈自己的作品，然後如上文所叙，淳化二年的春天在新作品上加上書信送呈給了王禹偁。當時，丁謂進士科尚未及第，是準備科舉的一名考生。另一方面，接受了文章的王禹偁認爲，丁謂的文章水平，其他的進士合格者都未必能趕得上。這説明王禹偁是在意識到進士科考的情況下接受丁謂的文章的。因此，毫無疑問，丁謂此時呈獻給王禹偁的作品，是以進士科考及第爲目的的"行卷"。接受了丁謂行卷的王禹偁説他文章的功底趕得上韓柳，如果把他的文章放到韓柳文集裏，無從分清是誰的。另一方面，和丁謂一同被讚譽能趕得上韓柳的孫何也把文章送呈給王禹偁。王禹偁的《送孫何序》如下所述：

> 今年冬，生再到闕下，始過吾門。博我新文，且先將以書。猶若尋常貢舉人，恂恂然執先後禮。何其待我之薄也。

"今年冬"指的是淳化元年(990)的冬天，也是孫何科舉及第前兩年的事情。孫何在送呈文章之前，先給王禹偁送了一封信。如王禹偁指出的，孫何像一般的科舉考生那樣竭盡禮數，所以可以説，孫何送呈文章給王禹偁是遵循行卷的風尚

---

① 以下，王禹偁的作品基於《王黄州小畜集》、《王黄州小畜外集》(都爲《四部叢刊》所收)，並附帶參考了其他作品。

的。王禹偁在《送孫何序》中對孫何的文章有如下評價：

> 凡數十篇，皆師戴六經，排斥百氏。落落然真韓柳
> 徒也。

王禹偁稱讚孫何的古文以六經爲本，風格與韓柳不相上下。孫何于淳化元年的冬天，丁謂于淳化二年的春天分別將自己的作品送呈給了王禹偁。

那麼，收到行卷的王禹偁又具體是什麼樣的態度呢？王禹偁的《答鄭褒書》叙述如次：

> 天下舉人，日以文湊吾門。其中傑出群萃者，得富春
> 孫何、濟陽丁謂而已。吾嘗以其文誇天子宰執公卿間。

孫何、丁謂二人從衆多期望省試及第的舉子中脫穎而出，王禹偁稱讚他們與韓愈、柳宗元不相上下。他們的文章自然也被王禹偁積極地推薦給了包括宰相在內的高官權要。這種接受行卷後向權要進行推薦的活動，正是前文提到過的"延譽"。《石林燕語》卷一〇對王禹偁極力推薦孫何、丁謂二人的活動，用到了"延譽"一詞，記載如下：

> 王元之素不喜釋氏。始爲知制誥，名振一時。丁晋
> 公、孫何皆游門下。元之亦極力延譽。由是衆多側目。

因爲通過王禹偁的力薦而得到延譽，孫何、丁謂二人遭到了不少妒嫉，不過最終在受到延譽後參加的淳化三年的省試中及第。可以這麼說，擁有政治和社會影響力的王禹偁的延譽對孫何、丁謂二人的進士科及第起了關鍵性的作用。

其實同孫何、丁謂一樣，當時把文章送呈給王禹偁的古文家還有不少。例如，《宋史》卷四三二的《高弁傳》中有如下論述：

又學古文于柳開，與張景齊名。至道中，以文謁王禹偁，禹偁奇之。舉進士，累官侍御史。

高弁師從宋初著名的古文家柳開學習古文。而王禹偁極力爲孫何和丁謂進行延譽，使二人得以進士科及第，發生在淳化年間(990—994)。這件事很快傳開，不少的古文家都受到了啓發，都開始想和作爲古文家並且有政治影響力的王禹偁應該有什麽樣的聯繫。高弁是在至道年間(995—997)將自己的文章送呈給王禹偁的。也就是説，在孫何與丁謂及第的事情傳開之後了。因此，高弁作爲行卷呈獻上去的是自己的得意之作，應該是傚效孫丁二人，用古文做成的文章①。從上面的《宋史》看來，也是因爲有王禹偁的高度評價，高弁纔能順利地科舉及第。

此外，咸平元年(998)的進士鄭褒也向王禹偁送呈過行卷。在回信(《答鄭褒書》)中，王禹偁是這樣説的：

下車以來，有進士皆接焉。……退而閱其文句，辭甚簡，理甚正。雖數千百言，無一字冗長，真得古人述作之旨耳。……是生之道與孫丁同，而命未偶矣。……生之書首引孫丁之事。故吾述其始末，文不覺繁。

鄭褒在孫何、丁謂及第之後，也期望通過向王禹偁送呈文章求得知己。王禹偁評價他的作品有孫何、丁謂相同的道貫穿其中，並且讚賞他的文章的簡練和傚效古人的文風。由此

①　程千帆書的第七章裏，唐代的古文家在行卷的時候，有意識地使用自己的得意之作的古文。如下所述："也足以證明當時古文作家是以他們所擅長並且有意識地在加以提倡的這種文體來行卷的。"所以可以斷定，高弁和其他的唐代的古文家一樣將自己的得意之作的古文放到行卷裏使用。

可見,鄭褒在行卷中使用的是古文體。

此外,王禹偁的《答張扶書》清楚地記載了張扶送呈古文作品給他,企盼賜教的事實。

> 子又攜文致書,問道于我。……夫文,傳道而明心也,古聖人不得已而爲之也。且人能一乎心,至乎道,修身則無咎,事君則有立。及其無位也,懼乎心之所有不得明乎外,道之所畜不得傳乎後,于是乎有言焉。又懼乎言之易泯也,于是乎有文焉。信哉,不得已而爲之也。既不得已而爲之,又欲乎句之難道邪,又欲乎義之難曉邪?必不然矣。……姑能遠師六經,近師吏部,使句之易道,義之易曉。

張扶把自己的作品隨書信一起送呈給王禹偁。在回信中,王禹偁闡明了自己對古文的基本見解,即遠應傚效六經,近應師學韓愈。《答張扶書》多次提到了王禹偁對古文的代表性的主張。然而,至今幾乎沒有人指出過,所謂的《答張扶書》其實是王禹偁對張扶的行卷的回信。可以確定的是,王禹偁再次給張扶的回信(《再答張扶書》)中,還明確地提到過"今子欲舉進士"。通過這種行卷的回信,我們往往能看到古文家的見解。所以,不難推斷,考察當時古文復興的形勢時,行卷的重要意義。同樣,對唐代韓愈、柳宗元的古文的代表性見解往往也能在給考生的回信中看到①。爲何在給舉子們行卷的回信裏,古文家們不吝表達自己的代表意見呢?可以這麼想,首先考生通過古文進行行卷,然後古文家們纔能判斷該考生是

---

① 程千帆書的第七章中指出:"中唐古文家留下了不少發表自己文學見解的書信。這些文學史和文學批評史上極可珍視的材料,在當時卻往往是爲了回答向他們行卷的舉子而寫的。"

否有前途,從而在回信中表明自己的見解。王禹偁對文和道的基本觀點是,如果能修好道,文章的表現就會提高。對他而言,文章是傳道的手段。科舉是以文取士的活動。因爲是通過文章來選拔官吏,有通過文章評價人物的一面,所以考生必須提高自己的水平。王禹偁對期盼科舉及第的張扶闡明修道在先的重要性,如果修道修得好,表現在文章上自然也會成爲優秀的作品。由此可見有權勢的古文家,指導和栽培那些行卷的年輕古文家的過程。總之,在考察當時古文復興的開展的時候,絕對不能忽視古文家們對行卷的回信。

此外,關於當時科舉試場受到重視的文體,咸平五年(1002),張知白的上奏《上真宗論時政》中有如下記載①:

> 今進士之科,大爲時所進用。……然後,先策論,後詩賦,責治道之大體,捨聲病之小疵。如此,則使夫進士之流,知其所習之書,簡而有限;知其所學之文,正而有要。

張知白竭力主張科舉考試應該重道,而不應該重視表現手法上的技巧。這毫無疑問是主張根據重視內容的古文來取士。這個建議,實際上本身說明了當時的科舉試場上,重視技巧、規約頗多的文章,即駢文和詩賦是作爲決定考生成績的標準。在行卷中使用駢文來表現自己的考生應該也不少,原因是當時的科舉考試還是以駢文的好壞來判斷的,當然通過賣弄駢文的技巧來宣傳自己固然是個行之有效的辦法。祇不過,正如我們之前所說,爲何王禹偁的門下能送來那麼多的古文行卷呢?因爲考生首先意識到,要想得到政治社會影響力

---

① 原文收錄在《續資治通鑑長編》卷五三。《全宋文》(巴蜀書社,1989年)卷一八九題爲《上真宗論時政》,爲本稿所從。

很大的古文家王禹偁的認可和延譽,就必須得那樣。並且,行卷有考前自我推薦的性質,而在推薦自己的能力,特別是發現士大夫式的政策能力的作品裏,古文比駢文要不受形式上的約束,更易表達自己的意見和見解。更何況,作爲考前活動的行卷不像科舉考試那樣受題目和時間的約束,易于清楚地表達個人見解,種種因素都不難發現古文在這方面的優勢。

孫何、丁謂等到王禹偁那兒接受指教的古文家們,都是期望在重視駢文的科舉考試中能夠及第的書生。所以,如果以行卷爲着眼點,可以發現原來看上去水火不容的駢文與古文之間,卻有着有機的關聯性。也就是説,古文家們通過古文體的行卷,向權要進行考前活動。而接受了行卷的,對古文有研究的權要則通過自己的交際網向其他的權要爲該古文家延譽,從而提高其考前的評價。因爲科舉考試是選拔人才的活動,所以這樣的考前評價非常有影響力。古文家一方面通過駢文接受科舉考試,另一方面又通過延譽提高名聲,從而達到及第的目的。

在弄清楚以上的過程後,我們再來探討王禹偁和給他送呈行卷的古文家們的關係,特別是著重考察接受行卷一方的王禹偁的反應和行爲。王禹偁《送丁謂序》所述如下:

> 既歲滿,入西掖掌誥,且二年矣。由是今之舉進士者,以文相售,歲不下數百人。朝請之餘,歷覽忘怠。然有視其命題而罷者,有讀數句而倦者,有終一篇而止者。或詩可采,其賦則無有也;或賦可稱,其文則無有也。能全之者,百不四五。

王禹偁在此提到的"舉進士"是指解試合格後,參加省試的考生們。如果真如上文所述,一年有數百人的舉進士在省

試前來找王禹偁,送呈來自己的作品,那麼這些作品應該都屬
于行卷。王禹偁在衆多的學子中則發現丁謂和孫何等古文
家。王禹偁閱讀衆多的行卷,其中多半是纔讀到題名、開頭的
數句,或者最初的一篇就讀不下去的作品。偶爾有一兩篇好
的作品,卻是要麼詩好而賦的力量不足,或者是賦好而文章的
氣力不夠等等。很難碰到非常優秀的考生。這的確是接受行
卷的一方的感歎。

值得引起我們注意的是,爲什麼有那麼多的考生都爭相
把行卷送呈給王禹偁。這也許從《送丁謂序》一文中可以得到
答案。當時,王禹偁在西掖即中書省擔任知制誥。而衆所周
知,知制誥是負責起草制誥的職位,必須得精通文辭。所以就
任知制誥的古文家多受尊重。王禹偁三任此職。最初是端拱
二年(989)三月至淳化二年(991)九月,第二次是淳化五年
(994)五月到至道元年(995)五月,最後一次是從至道三年
(997)六月開始,到咸平元年(998)十一月。在此期間的至道
元年,曾擔任過決定科舉考官的翰林學士。所以,説王禹偁是
官場中的權要,一點也不爲過。丁謂和孫何給王禹偁送呈行
卷是在淳化元年和二年,是王禹偁最初擔任知制誥的任期,也
正是他最具有社會影響力的時候。當然,王禹偁在官場上地
位高是考生紛遝而至的重要原因。可是,如果僅僅是因爲官
職,那麼考生們完全也有可能同樣行卷給其他的高官。然而,
王禹偁門下之所以能在一年裏有數百人的考生遞交行卷,不
僅僅因爲他是高官,恐怕還有一個更重要的原因。正如《宋
史》卷二九三的《王禹偁傳》所説的那樣,“後進有詞藝者,極意
稱揚之”,即生平能夠不惜一切積極提攜、啓發後生。正是因
爲這樣,他的門下纔有那麼多的行卷被送呈上來。就是在王
禹偁辭去中央的官職之後,行卷還不斷被送呈過來。不少考

生仍舊企圖依靠他的影響力,尋求知己者。關於這些,在《答鄭褒書》中有以下記載:

> 有進士林介者,食于吾家七年矣。私謂吾曰,今兹詔罷貢舉,而足下出郡。進士皆欲疾走滁上,以文求知。吾謂介曰,爲吾謝諸公,慎勿來滁上。吾不復議進士之臧否以賈謗矣。……

王禹偁在至道元年(995)辭去翰林學士,出任知滁州一地方官。然而仍舊有很多的士大夫來尋求他的延譽。當時,王禹偁坦率地向大家吐露說,不在任上,所以不希望因爲討論考生的能力而遭人閑話。這可以從另一方面說明,王禹偁平時積極爲與自己見解相近的考生延譽,因而遭致反對勢力的妒嫉和政治上的對立。不管怎麼樣,利用行卷發掘孫何、丁謂等與自己見解相近的古文家,並且極力爲他們延譽,使其走上仕途,從而增加了官場上的古文理解者。這些,正是王禹偁對古文復興具體實踐的結果。

五、古文家柳開和行卷

在本章裏,我們將從行卷送呈者的角度,來考察北宋初期名聲顯赫的古文家柳開(948—1001)。他的古文創作非常優秀,可是因爲缺少駢文詩賦方面的表現技巧,所以在科場上不能發揮能力,屢屢不能及第。《石林燕語》卷八如下所言:

> 柳開少學古文,有盛名。而不工爲詞賦,累舉不第。

柳開缺乏詞賦方面的技能,所以對他而言,要想科舉及第,很有必要進行考前活動,以得到權要的延譽,提高名聲。因此,他屢屢向權要送呈行卷。其中有北宋初期的古文家,

《宋史》卷四三九的《文苑傳》中，和高錫、范杲、柳開一起被稱
爲"高、梁、柳、范"的梁周翰。關於此事，《答梁拾遺改名書》是
這樣記載的[1]：

> 四月十五日，鄉貢進士柳開再拜。……去秋八月已
> 來，遂有仕進之心，以干于世。故得今以所著文投知于門
> 下，實爲之舉進士矣。竊冀于公者，公以言譽之，公以力
> 振之。

舉進士柳開爲了進士科及第向梁周翰送呈行卷，期望他
能在權要那裏爲自己宣傳。之前也講過，把自己的作品送呈
給權要以謀求"譽之"（延譽），可以看出柳開大膽的個性。梁
周翰也是後來官升至翰林學士的權要，並且在當時是有名的
古文家，對古文的造詣頗深。所以古文優秀的柳開自然信心
十足了。古文家向對古文有造詣的權要送呈行卷以謀求出人
頭地。從這我們可以看出，古文家之間通過行卷所結成的緊
密關係。祇不過，梁周翰在進士科的考試中特別重視詩。《續
資治通鑒長編》卷六七是這麽論述的：

> 給事中梁周翰嘗請，將試進士，先試詩二十首，取可
> 採者再試。上曰，如此則工詩者乃能中選，長于文者無以
> 自見矣。

毋庸贅言，科舉考試僅僅是選拔人才的活動。選拔的方
法和側重點可以有很多。作爲古文家的梁周翰在科舉考試裏
以詩作爲重要的標準，也不奇怪。他以作詩的能力作爲評價

---

[1]　以下，柳開的作品基於《河東先生集》（《四部叢刊》收錄）並適當參考其
他。此外，高津孝《宋初行卷考》（鹿兒島大學法文學部紀要《人文學科
論集》第 36 號，1992 年）對柳開的各種行卷也進行了考察，敬請一同作
爲參考。

人的標準，能夠從詩中讀取考生的能力和人生價值。這樣一來，柳開的古文在給梁周翰的行卷中毫不奏效。柳開被賜及第是開寶六年(973)的事情。就在兩年前的開寶四年春天，柳開給剛剛出任權知貢舉的盧多遜投獻了行卷。關於這件事，柳開的《上盧學士書》有詳細的記述：

> 鄉貢進士柳開再拜，奉書于執事。……故夏初，求先容以登于執事之門，直以惡文干于左右。……凡近年舉進士者，唯開封解爲盛。禮部升而中第者，十居其五。所以天下之士群來而求薦焉，爭先而冀上焉。

因爲開封的解試合格率很高，所以柳開去詢問盧多遜，是否應該到開封參加考試。柳開在那之前曾送呈過作品給盧多遜。柳開的這一連串活動毫無疑問是爲了能夠在科舉試中及第。而後，開寶六年，受時任翰林學士的盧多遜的推薦，柳開被賜予進士及第。對這件事情，《石林燕語》卷八如下所言：

> 開寶六年，李文正昉知舉，被黜下第。徐士廉擊鼓自列。詔盧多遜即講武殿覆試，于是再取宋準而下二十六人。自是遂爲故事。再試自此始。然時開復不預。多遜爲言，開英雄之士，不工篆刻，故考校不及。太祖即召對，大悅，遂特賜及第。

幸好柳開的行卷被盧多遜發現，纔使他終能步入仕途。需要注意的是，柳開被評價爲"英雄之士"。柳開儘管詩賦水平差，可是依舊能夠被賜進士及第，這不能不說是考前受到讚譽的結果。如果科舉考試僅以文字能力作爲唯一標準的話，詩賦駢文功底差的柳開是一定不會被錄取的。

在開寶六年的省試裏，權知貢舉李昉讓學力差的同鄉武濟川合格,爲此太祖決定再試。這就是前面所講的事情。這場再試對于殿試成立是不可忽視的事件。柳開給這時的權知貢舉李昉投送《上主司李學士書》(如下),進行自我推薦。這封信是省試結束後,三月發榜之前所發出的①,所以應當理解爲是行卷中的所謂"温卷"。這個時候李昉等人正在進行閲卷的工作,也正是決定柳開等人能否合格的關鍵時期,柳開的這次行卷似乎像是在作最後的一搏。而且這封信可以清楚地告訴我們,柳開把作品是當作行卷送呈上去的。

> 二月日,鄉貢進士柳開再拜,獻書于執事。……自去年秋應舉,在京師間,士大夫或以惡文見譽者多矣。度明公之所亦甚知也。是以小子行事之間,不復列于此書者,以開所納文中,有東郊野夫及補亡先生二傳,可以觀而審之。

在《東郊野夫傳》和《補亡先生傳》兩篇作品裏,柳開表達了對古文的基本主張,使用的是他最爲擅長的古文體。兩者都是柳開送呈給權知貢舉李昉的行卷。這也再次説明,在考察古文復興時,行卷這一風尚不容忽視。在《東郊野夫傳》中,柳開言道:"野夫深得其韓文之要妙,下筆將學其爲文。"以此自認將遵循韓愈和柳宗元的古道;在《補亡先生傳》中,談到把自己命名爲"補亡先生"的原因時,言道:"庶幾吾欲達于孔子

---

① 　筆者推斷這一年發榜是在三月。根據是《續資治通鑒長編》卷一四,三月的條目下有如下記載:"辛酉,新及第進士雍宋準等十人,諸科二十八人詣講武殿謝。"此外,在柳開寫給主司即考官李昉的信裏,所署日期爲二月,所以可以推想,柳開是在省試結束後和三月發榜前,寫信給權知貢舉李昉,進行活動的。在上述高津的論文裏,也有如下論述:"從考試結束到發榜之間,向知貢舉(考試委員長)送呈行卷,在當時並不違反規定。"

者也。"闡明自己的發展目標,並且説當時對各家經書的釋義
都没能達到義理,發表了自己對經書的各種見解。最後,以
"後,從仕于世而行其道焉"一句終結文章。作爲行卷被送呈
上來的作品都聲稱要將自己在文章中抒發的見解和理念,在
走上仕途後一一實現。也就是説,作爲考前運動的行卷還擔
負着抒發政治抱負的作用。在省試的考場上,因爲要受寫作
形式上的約束,考生不能放任自由地抒發自己的感想。而且,
對柳開這種不善于運用表現手法的考生來説,就更加難了。
相反,行卷的題材和主題都可以自由選擇,允許有足夠時間構
思,從而能夠充分展露自己的理念、才能和風格。所以,柳開
使用自己擅長的古文體,從容地整理好主張,寫成《東郊野夫
傳》和《補亡先生傳》,作爲行卷呈送給了李昉。正因爲在當
時,行卷的成功與否和科舉及第有着直接的聯繫,所以像柳開
這樣的書生,因爲不擅長試場內的詩賦和駢文,自然也就傾心
傾力于行卷之中了。今天流傳于世的柳開的古文代表作,其
實在當時都是被他用來送呈的行卷,這確實是個很有意思的
現象。同時也再次説明了,在考察北宋的古文復興時,古文家
的行卷具有重要意義。

六、結　語

至今爲止,在對北宋古文復興進行分析時,幾乎没有人
注意到它和科舉考試,特別是行卷的關係。而結果是,古文的
傳播和復興的過程中,以歐陽修所主持的嘉祐二年的科舉爲
首,科舉是始終介入的。而且,前文也介紹了,把科舉及第作
爲目標用來行卷的作品,以及對它的回信裏邊,都可以看到古
文家們對古文的代表性的見解。從這一點看來,行卷和北宋

初期的古文復興有緊密聯繫。

　　毋庸贅言,科舉是一種選拔人才,以文取士的過程。在這種情勢下,不拘泥于表現形式的古文體,最適合用作科舉試前的行卷,最能夠自由地展示能力、才能和風格,抒寫走上仕途後的政治抱負。另外,也正是因爲有像王禹偁那樣的對古文頗有造詣的權要,古文家們纔能受到積極的延譽。從孫何、丁謂、柳開等考生的角度來看,正是向能熱情指點和提攜後進士人的古文家投獻古文行卷,獲取延譽,他們纔能夠在重視駢文與詩賦的、競爭激烈的科舉試場中出人頭地。甚至像柳開,即使科舉考試沒有合格,但是依靠行卷獲得的賞識,也能賜予科舉及第。就這樣,隨着推崇古文的士大夫們紛紛走上仕途,官界的古文復興勢力也逐漸强大。可以這麽説,古文復興能得以推動,行卷起了不可忽視的作用。

　　前文也提到過,"古文運動"這一用語在宋朝當時並不存在,它衹是由胡適所提出來的一個現代詞。然而,即便就是這麼簡單的一個事實,卻常常被忽視。以至於讓人產生錯覺,以爲這個用語在當時的宋代文壇就已存在,甚至認爲真的發生過一場什麼古文運動似的。故而,對"運動"的實際情況和過程的分析就變得模糊和曖昧。本文以行卷爲着眼點,從而試圖揭示北宋初期的古文復興過程的冰山一角。雖然,它衹能勾勒出古文復興的一個小小的側面,可是卻能給我們提示一些僅憑藉和政治完全無關的文體改革運動所捉摸不到的東西。更何況,當時的古文家並非依靠古文創作來維持生計的職業作家,而是期盼能擠進官場的學子。從這點看來,科舉取士、行卷、從政等都有着連動的關係。我們之所以不能把它僅僅看成是文學運動,還有一個根據。正如前面提到過的,被王禹偁讚爲與韓柳不相上下的丁謂,在科舉及第之後便和他分道揚鑣,至今還留有與古文格格不入的作品——《西崑酬唱集》流傳在世。也就是說,丁謂送呈古文行卷的目的,僅僅是爲了獲得王禹偁的延譽,從而金榜題名,走上仕途①。這顯示出借行卷來行古文復興的局限性。可是,如果僅僅把古文復興當成是一個獨立的文體改革來看待,那麼必然看不清實際情況,把握不到問題的本質。

（王振宇　譯）

---

① 王禹偁和丁謂決裂的原委據說是這樣的：至道元年(995),王禹偁對開寶皇后的葬禮發表不滿的言論,使得太宗不悦,故被左遷知滁州軍州事。對此事,丁謂説王禹偁的態度"高亢剛直",並且批判他的政治姿態和求名心態相矛盾。就這樣,剛進入官場幾年時間的丁謂,背叛了幫助自己走上仕途的恩人王禹偁。丁謂在當時複雜的政治勢力關係中,已經改變了自己的立場。另外從側面也説明,對于丁謂本人來說,古文並非他尊崇的文體,而僅僅是用來出人頭地的一個手段。詳情參閱拙稿《關於西崑派文人丁謂——和王禹偁的古文運動相聯繫》(《鹿兒島大學文科報告》第 27 號,1991 年)。

歐陽修的行卷

——着眼於科舉的考前活動中與胥偃的關係

一

也許很多人都認爲,作爲北宋文學的傑出代表、文才學識卓絕的歐陽修,順利地通過科舉考試應該是理所當然的事情。然而,事實並非如此,他是在經歷了兩次失敗後纔及第的。

關於歐陽修的科舉及第,歷來的研究都比較關注他和知貢舉晏殊之間的關係。譬如,洪本健的《醉翁的世界》①曾有下面的叙述:

> 對于拔擢自己的座主,歐陽修是十分感激的。至和二年(1055)晏殊去世時,歐作挽辭三首,稱揚其"接物襟懷曠,推賢品藻精"。還爲他寫了神道碑銘,讚美"得一善,稱之如己出","努進賢才"。

該文着眼於晏殊的知貢舉的地位,並圍繞他與歐陽修的關係展開考察。誠然,從後來所作的挽詞和神道碑來看,歐陽修和晏殊二人的關係不容忽視。祇不過,知貢舉和及第者作爲一種師徒關係,是唐代的事情。到了宋代,隨着省試以後殿

① 根據洪本健《醉翁的世界》(中州古籍出版社,1990 年)第 9 頁的記述。

試的設置,以及多名知貢舉被任命等因素的作用,科舉及第成爲天子給予的恩澤,因此,知貢舉和及第者的關係與前相比,自然也就淡化了許多。

要説在歐陽修的科舉及第的過程中最應該注目的人,筆者認爲第一當數胥偃(?—1039),而不是之前所提到的晏殊。原因是,天聖五年,也就是在歐陽修遭受了第二次科舉失敗的第二年,他向胥偃呈送過旨在争取科舉及第的行卷。而且如下所述,正是有了胥偃的鼎力相助,歐陽修纔能順利地及第。

本文將對歷來的歐陽修研究中没有引起足夠重視的領域,歐陽修的行卷,特別是爲了能夠及第,對胥偃展開的行卷的考前活動,以及該活動産生的效果等,作爲重點進行考察,從而探明古文家歐陽修進入政界的經過。

二

首先,讓我們對南宋的《歐陽文忠公集》[①]所附《廬陵歐陽文忠公年譜》[②]中,歐陽修的科舉及第的過程進行確認。天聖元年(1023),十七歲的歐陽修在隨州解試落第。天聖四年(1026)二十歲時,據年譜記載,"自隨州薦于禮部",他終于在隨州通過解試,獲得參加省試的資格。然而,翌年天

① 本稿引用歐陽修的原文,以南宋本《歐陽文忠公集》(天理圖書館所藏)爲底本,並適當參考其他版本。

② 關於歐陽修的年譜,有南宋慶元二年(1196),由周必大等人編輯《歐陽文忠公集》時做成的《廬陵歐陽文忠公年譜》,清朝楊希閔的《歐陽文忠公年譜》,華孳亨的《歐陽文忠公年譜》,民國林逸的《宋歐陽文忠公修年譜》等。筆者所利用的是最早編纂的南宋《廬陵歐陽文忠公年譜》。

聖五年(1027),二十一歲時,參加省試遭遇不利。年譜記
載:"是春試禮部不中。"第三次是在天聖七年(1029),二十
三歲的歐陽修首先參加了國子監解試,以第一名的成績合
格。年譜記載:"赴國學解試,又第一。"也就是説,作爲首都
開封最高學府——國子監的舉人,他參加省試獲得了成功。
之後,翌年天聖八年(1030)的正月,二十四歲的歐陽修參加
省試以第一的成績及第。對于這件事,《宋史·歐陽修傳》
中有"舉進士、試南宮第一"的記載。所謂"南宮"是尚書省
的別稱,宋代稱禮部爲南宮。年譜裏對知貢舉晏殊有如下
記述,"正月試禮部,翰林學士晏公殊知貢舉。公復爲第
一"。並没有着眼行卷這一風氣,對歐陽修送呈行卷給胥偃
的事情進行叙述①。同年三月,歐陽修參加殿試,名列甲科
第十四位。大約兩個月後的天聖八年五月,他被任命爲西
京留守推官,開始了政治生涯。

　　以上,關於歐陽修科舉及第的過程,我們按照年譜對其中
的一些史實進行了整理。下面將根據歐陽修的作品以及其他
的相關記載,對他科舉及第之前的歷程進行考察。有關歐陽
修十七歲時解試落第的原因,《東軒筆録》卷一二的叙述給我
們提供了很好的綫索。

　　　　歐陽文忠公年十七,隨州取解,以落官韻而不收。天
　　　聖已後,文章多尚四六。是時,隨州試《左氏失之誣論》。
　　　文忠論之,條列左氏之誣甚悉。其句有"石言于宋,神降

---

①　譬如,《廬陵歐陽文忠公年譜》對歐陽修和胥偃之間的關係,在天聖六
　　年的條目中有"公攜文謁胥學士偃于漢陽"的記載。然而,當中並没有
　　指出,歐陽修通過行卷的風氣送呈文章,並且因此得到胥偃的極力延
　　譽等史實。上注所舉的年譜都没有確認歐陽修行卷的存在,也没有胥
　　偃根據歐陽修的行卷進行延譽的記述。

于莘。外蛇鬥而内蛇傷，新鬼大而故鬼小"。雖被黜落，
而奇警之句，大傳于時。

由此可知，押韻上的失敗，是造成他十七歲時解試落第的
直接原因。不押韻，這在當時的考試裏，無疑是致命的。而考
官們是很容易從考生們的試卷中發現這種形式上的錯誤的，
由此而判定這些考生不合格。歐陽修本人好像並沒有直接談
到押韻失敗的事情。對于自己十七歲參加解試失敗的事情，
他在晚年的作品——《記舊本韓文後》（《居士外集》卷二三）裏
是這樣説的：

> 年十有七，試于州，爲有司所黜。因取所藏韓氏之
> 文，復閲之。則喟然歎曰，學者當至於是而止爾。因怪時
> 人之不道。

正如歐陽修所叙述的那樣，在他接受科舉考試的當
時，沒有誰願意讀韓愈的古文。這也是因爲當時的科舉注
重考生對四六文的作文能力。正因爲科舉中所用的文體
和古文相差懸殊，所以僅憑古文寫作能力高，是難以遂科
舉合格之願的。像下面關於宋初古文家——柳開的記述，
可以説是個典型事例。

> 柳開少學古文，有盛名，而不工爲詞賦，累舉不第。
>
> （《石林燕語》卷八）

雖然柳開對不受表現手法約束的古文，能夠發揮出色，然
而因爲他不擅長重視表現技巧的詩賦，而導致科舉考試屢屢
失敗①。所以説當時的現實就是，學習古文對科舉考試沒有

---

① 柳開沒有能夠科舉及第，是後來被賜予科舉及第的。

積極的作用。

在這樣的情勢下,關於歐陽修對待科舉考試的態度,《記舊本韓文後》(《居士外集》卷二三)中有如下的記述:

> 以謂方從進士干祿以養親。苟得禄矣,當盡力于斯文,以償其素志。

歐陽修視科舉及第爲人生最高目標。因爲他認爲,不能科舉及第就無法贍養母親。而在進士及第之後,他即表明要致力于學習在少年時代深受影響的韓愈的文章。由此可見,歐陽修的想法其實是很靈活和現實的。如果一味地堅持古文,那麼科舉必定難以及第,爲了順應科舉考試的傾向,他改變自己的學問的方向。

和以世襲和門閥貴族爲中心的唐代之前的社會不同,宋代的文化由那些没有什麼家世的讀書人所承載。讀書人能夠出人頭地,祇有憑藉學問和教養。而唯有科舉及第纔能證明自己的學問和教養。這樣,科舉考試中產生的士大夫階層擔負着文化。也許可以説,當時的學問有圍繞科舉讀書、研究的性質。歐陽修爲了能夠科舉考試及第,暫時地將自己學問的重點進行了調整,以便盡可能地順應科舉考試的要求。

三

關於歐陽修科舉及第的經過,迄今諸多的先行研究都把目光集中到了當時的知貢舉晏殊身上,而極少留意胥偃的存在。儘管在考察歐陽修的經歷時,提到過他們的關係,可是對于當時行卷的風氣,以及兩人圍繞行卷而展開的來往等,僅就管見所及,似乎還沒有這方面的研究①。下面,筆者就將對歐陽修呈送給胥偃的行卷進行考察。

　　行卷是參加科舉的考生在考前,將自己的得意之作呈送給權要的考前活動②。之後,接受了行卷的權要又到那些決定判定結果的權要面前,對考生進行舉薦,這叫"延譽"。由於當時科舉制度的不完善,使考前的一些活動和評價能夠有空可鑽③。同時,當時的科舉考試的合格率是十幾分之一,競爭非常激烈④。所以,在這種情況下,對于那些千方百計想要及第的考生們來說,如果有考前活動的捷徑可以利用,自然要試一試了。考前在權要中的聲望和評價的高低,直接影響科舉及第的能與否。

　　當年歐陽修在科舉及第之前,把自己的作品送呈給胥偃,獲得了頗高的評價,並且被安排到胥偃的門下。關於這些史實,《宋史》卷二九四《胥偃傳》中有如下記載:

---

①　譬如洪本健的著作也曾指出過歐陽修和胥偃的關係。劉子健《歐陽修的治學和從政》(新文豐出版社,1963 年初版)的第 133 頁記述道:"歐陽的發蹟實得力于胥偃。"這樣,可以說在先行研究中雖然有關於歐陽修和胥偃關係的記載,可是似乎都不是從行卷的角度進行分析的。關於歐陽修的先行研究可以參考拙稿《歐陽修研究論著目録稿(1945—1986)》(《中國文學論集》第 16 號,1987 年),《歐陽修研究論著目録稿Ⅱ(1987—1996)》(《中國文學論集》第 27 號,1998 年)。

②　關於行卷,程千帆《唐代進士行卷與文學》(上海古籍出版社,1980 年)的第 3 頁裏有以下簡單說明:"所謂行卷,就是應試的舉子將自己的文學創作加以編輯,寫成卷軸,在考試以前送當時在社會上、政治上和文壇上有地位的人,請求他們向主司即主持考試的禮部侍郎推薦,從而增加自己及第的希望的一種手段。"

③　關於宋代的科舉制度,本稿主要參考了荒木敏一《宋代科舉制度研究》(東洋史研究會,1969 年)。其前言部分指出,宋代科舉中的重要制度基本上都是在宋神宗時期完成的。也就是說從宋朝成立到宋神宗之間的百餘年裏,科舉制度都不完善。

④　參考荒木敏一《宋代科舉制度研究》第二章,第 224—225 頁。

> 歐陽修始見偓。偓愛其文，召置門下，妻以女。

在此，讓我們對那位被歐陽修呈送作品的胥偓，進行確認。歐陽修在《胥氏夫人墓誌銘》（《居士外集》卷一三）中，對胥偓的爲人進行了如下的叙述。

> 官至工部郎中、翰林學士。公以文章取高第，以清節爲時名臣。爲人沉厚周密。

歐陽修之所以把作品呈送給胥偓，不僅因爲胥偓在官場地位高，是當時的權要，而且，胥偓的文章也很有名氣，讓歐陽修佩服。

下面，讓我們對歐陽修呈送行卷給胥偓的事實進行確認。《能改齋漫録》卷一四有這樣的記載：

> 歐陽文忠，少時猶未知名，以文編投内翰胥公偓，且有長牋。

如上所述，當時還毫無名氣的歐陽修曾經向後來出任翰林學士（當時爲漢陽軍知軍）的胥偓呈獻過作品。作爲一名科舉考生，爲了能夠在科舉中及第，歐陽修把作品連同書信一同呈送給當時的顯要，而且考慮到接受作品之後的胥偓在其他的權要面前極力爲歐陽修延譽的事實，我們可以斷定那些作品是行卷。

在此，我們還有必要對另外一個事件進行確認。就在歐陽修遭受第二次科舉失敗，送呈行卷給胥偓前後不久，科舉考試導入了糊名法（也叫封彌法）和謄録法[1]兩個制度。爲什麼要提到它們呢？因爲隨着糊名法、謄録法的導入，考官無法將考

---

[1]　關於糊名法和謄録法的引進，請參考荒木敏一《宋代科舉制度研究》的第二章。

卷和考生對號入座,考前對考生的那些評價也就不可能反映到
科舉考試中了。這樣,作爲考前活動的行卷也就失去了它的意
義。糊名法是將答案上考生的姓名糊住,而謄録法則是將答案
全部重新謄寫到其他的地方,二者的目的是爲了讓考官無法憑
試卷,或者上面的筆蹟來確定考生。這樣,作爲科舉考試重要
的考前活動的行卷失去了它原有的作用,最終消失了。

　　糊名法于景德四年(1007)、明道二年(1033)分別在省試
和解試中被採用,而謄録法在省試和解試中的採用分別爲大
中祥符八年(1015)、景祐四年(1037)。歐陽修送呈作品給胥
偃是天聖五年(1027),在當時的省試裏,糊名法和謄録法都已
經實行,而解試裏二者均未採用。所以,糊名法和謄録法已經
在一部分考試中被採用的當時,歐陽修給胥偃送呈行卷的行
爲究竟對他後來的及第有多少作用,確實值得懷疑。不過,筆
者認爲,歐陽修給胥偃的行卷的確發揮了很大的作用。下面
就展開論證。

　　蘇轍的《歐陽文忠公神道碑》(《欒城後集》卷二三)對胥偃
發現和提攜歐陽修的情形,記述如次:

> 翰林學士胥公,時在漢陽。見而奇之曰,子必有名于
> 世。館之門下。公從之京師,兩試國子監,一試禮部,皆
> 第一人。遂中甲科,補西京留守推官。

　　歐陽修遭遇第二次落第後,向胥偃呈送作品。然後正如
該文所言,胥偃親自引歐陽修進都趕考。儘管歐陽修曾在隨
州考試過解試,然而依舊可以參加國子監的考試,這一點確實
值得注意。在隨後的省試中,歐陽修以國子監推薦舉人的身
份參加,結果高中。

　　國子監,是當時全國最高的教育機關。在國子監裏,如果

没有很强的實力,是不可能被推薦去參加禮部省試的。而且,國子監比較能夠把握當時的學問的趨勢,省試及第的人當中,有不少國子監出身者。可以這麼説,國子監是走向科舉合格的一條捷徑。接受了歐陽修行卷的胥偃恰好當時赴京上任,而且他自然也深知當中的實情。于是出于助歐陽修科舉合格的考慮,他親自領歐陽修進京參加國子監考試。雖然本來祇有在京七品以上官吏的子弟纔有入學國子監的資格,不過到了當時,這個約束寬鬆了很多①。當然,這也是憑藉胥偃的力量纔被實現的。歐陽修這回是通過不同于任何已往的途徑,參加科舉考試的。胥偃在接受了歐陽修的行卷後,給予了很高的評價,爲了提高歐陽修科舉及第的把握,他首先考慮到的是改變參加考試的方法。在前文中,蘇轍提到歐陽修參加過兩次國子監考試。第一次是以入學國子監成爲廣文館生爲目的的考試,第二次應該是參加國子監的解試。廣文館是國子監的附屬學校。國子監解試採用糊名法和謄録法是景祐四年(1037)的事②,所以在十年前的天聖六年(1028),歐陽修對胥偃所進行的考前活動的行卷,對他國子監解試的及第,可以認爲是有效的。和省試相比,國子監考試制度的完備要晚一些,也就是説,隨着省試制度的完善,行卷已經失去效力之後,行卷對國子監考試的合格依舊有作用。此外,胥偃不單祇是爲歐陽修改變參加考試方法,如下文所述,他還竭力向對國子監考試有

---

① 到了宋真宗時,國子監舉人的資格進一步放寬,如遠離本籍並且在京師久居者,文武升朝官的嫡親,在京官吏等均可參加國子監解試。更有買取監牒和非法活動的人,而如果有權要的相助也可以獲得參考資格。詳細情況,請參考荒木敏一《宋代科舉制度研究》第一章第七節《國子監解試》的相關內容。

② 景祐四年(1037)國子監解試引入糊名法和謄録法的史實,請參考荒木敏一《宋代科舉制度研究》的第一章第七節《國子監解試》的相關內容。

影響力的人物舉薦歐陽修。關於這件事,在歐陽修本人所寫的《胥氏夫人墓誌銘》(《居士外集》卷一三)中,有如下的記述。

> 修年二十餘,以其所爲文,見胥公于漢陽。公一見而奇之曰,子當有名于世。因留置門下,與之偕至京師,爲之稱譽于諸公之間。明年當天聖八年,修以廣文館生舉,中甲科。

接受行卷的權要爲考生向其他的權要進行舉薦,這種行爲就是前面提到過的"延譽"。歐陽修在此直接用到"稱譽"一詞,所以也毋庸多言。同時,我們也應該注意,歐陽修自己也承認胥偃對他有過稱譽。從歐陽修的口吻,我們也可以間接瞭解到胥偃的稱譽對歐陽修的及第產生過積極的作用。如果歐陽修和往常一樣,在隨州那樣的小地方參加考試的話,出於遠離京城的原因,對他積極的評價可能也無法傳遞到權要那裏去了吧。而胥偃讓歐陽修變化參加考試的方法,即經由國子監。這樣一來,來自胥偃的延譽也被充分地得到發揮。同時,也正是因爲國子監地理上位于集中了權要的京城,方便胥偃的延譽活動,也有利于對歐陽修的積極評價在權要之間傳達。總之,我們也可以從歐陽修的記述中推測,在糊名法和謄錄法尚未完備的國子監解試中,胥偃在權要中對歐陽修積極舉薦的延譽活動起了不可忽視的作用。遭遇過兩次落第挫折的歐陽修爲了科舉及第,向胥偃呈獻了行卷,而胥偃接受了行卷後,首先讓歐陽修改變參加考試的方法,然後再到衆多的權要那兒去竭力"延譽(稱譽)"。至此,歐陽修和胥偃之間,關於行卷和延譽的緊密聯繫弄清楚了。正是因爲有胥偃的幫助,歐陽修纔能得以成爲省試合格率很高的國子監舉人中的一員,更因爲國子監能夠正確把握省試的趨勢和流行文風,和前兩回科舉考試不同,這回順利通過省試。

此外,由於胥偃諳熟科舉的考前活動,所以被委任爲考官之後,他不遺餘力,甚至使用過于大膽的方式,來提攜後輩。《宋史》卷二九四《胥偃傳》有這樣的記載:

> 與御史高升試府進士。既封彌卷首,輒發視,擇有名者居上。

胥偃把寫有考生名字的糊紙(封彌)部分撕開,讓在考前評價中獲得較高聲譽者及第。即使是預防考前活動起作用的糊名法,對胥偃似乎也全然不起作用。當然,後來,胥偃也因此而被降職。不管如何,通過以上的事實,我們可以得出結論,胥偃重視科舉考前的聲望,他是在科舉考試中,能夠積極地把考前活動作爲判斷標準的人物。基於胥偃的態度和行爲,我們也不難推測,他當初一定是竭盡全力地在爲歐陽修延譽。

四

歐陽修以科舉及第爲目的,曾經呈送給胥偃的書信《上胥學士偃書》(《表奏書啓四六集》卷六)還流傳在世[①]。下面截

---

① 南宋王闢之的《澠水燕談録》卷九對當時行卷的樣子做了如下記述:"國初襲唐末士風,舉子見先達,先通牋刺,謂之請見。既與之見,他日再投啓事,謂之謝見。又數日,再投啓事,謂之溫卷。或先達以書謝,或有稱譽,即別裁啓事,委曲叙謝,更求一見。當時舉子之于先達者,其禮如此之恭。近歲舉子不復行此禮,而亦鮮有上官延譽後進者。"據王闢之的叙述,舉子向權要初次送呈名片並送呈書簡,稱爲"請見",之後再次面呈書簡稱爲"謝見",而數日後送呈書簡被稱爲"溫卷"。所謂溫卷,其實是提醒接受行卷的權要的書信。所以,在送呈溫卷之前的謝見的階段,要把自己的作品獻呈上去。另一方面,接受了行卷的權要回信給舉子,再次會見並且爲有前途的考生"延譽"。所謂行卷,正如程千帆所指出來的那樣,是以科舉及第爲目的,在考前送呈自己作品的行爲。(轉下頁注)

取其中一段：

> 而或竊先生之餘論,企諸公之末暉。閏伯夷之名,增其懦
> 氣;伏海濱之下,久以望風。是敢强飾固陋之容,庶伸伏拜之
> 謁。綴窮愁之汗簡,奏蕪累之庸音。竊覘崇閎,將塵隱几。登
> 太山者小天下,在培塿以宜慚;奏咸池而張洞庭,非蛙咬之可
> 度。然遇某官量陂無際,宇蔭甚穰。推轂成猷,噓枯振德。裹
> 陽秋于皮裏,不言備乎四時;吞雲夢于胸中,兼容盡于一介。
> 幸望許承音旨,少貶光塵。曲垂褒采之私,俾獲題評之目。如
> 是則六轡在手,驥足何滯于蟻封;五色成文,樂節或資于牛鐸。

通過這段文字,我們可以體會到歐陽修渴望胥偃給予指教,並爲自己延譽,提攜自己的急切心態。對在科舉考試中遭受了兩次失敗的歐陽修來説,如果能夠得到胥偃的認可,當然是求之不得的事情了。因爲胥偃的地位,所以歐陽修對他的期望很高。回望歐陽修走向科舉及第的路途,向胥偃呈送書信,無疑稱得上是具有關鍵意義的一步。

此外,還有一點尤爲重要,上面這封信是用四六文寫成的。科舉以取士爲目的,所以也要考察考生是否具備爲官者所應有的才能。譬如,運用公文體,即四六文進行寫作的能力。在這種情勢下,古文家們呈送行卷時,所使用的文體就更讓人關注了。在過去的論文裏曾經提到過[①],當王禹偁那樣有實力的古文家在朝當權的時候,有一些考生呈送來古文體

(接上頁注)其具體方法以王闢之在此所描寫的一連串行爲爲準,廣義上的
　　　行卷包括"請見"、"謝見"、"温卷"所有這些行爲。所以,最初送呈的書
　　　簡也可以認爲是行卷的一環。

① 　請參考拙稿《北宋初期的古文家和行卷——從科舉的考前活動看古文
　　復興的開展》(《日本中國學會報》第 51 集,1999 年)。

的行卷,得到他的認可和極力推薦,雖然考試中使用四六文,不過因爲考前活動中所得到的評價,還是順利地實現了及第的願望。然而,在歐陽修參加科舉考試的時候,當時的官場裏並沒有擅長古文的權要。歐陽修故而選擇了使用科舉考試中的四六體,進行毛遂自薦①。儘管當時的書信和送呈的作品,已經無法在衆多的文獻中找出,可是毋庸置疑,歐陽修當時使用的是四六體。因爲行卷具有被考生用來毛遂自薦的作用,所以,在行卷中使用古文體的學生,通過内容來抒發自己爲官之後的政治抱負和思想,而因爲没有具有很强古文實力的古文家在朝,所以相比内容,更重視在與科舉考試直接聯繫的文章的技巧面上下功夫,以證明成爲官僚之後自己具備良好的業務素質。歐陽修也正是以四六文的寫作能力得到了胥偃的認可。

對這位原先通過行卷而建立關係的胥偃,歐陽修在《與刁景純學士書》(《居士外集》卷一八)中是這樣叙述的:

> 某自束髮爲學,初未有一人知者。及首登門,便被憐獎,開端誘道,勤勤不已。

當初,歐陽修連一個權要都不認識,參加科舉就好比是摸着石頭過河。而胥偃恰恰在那個時候出現,積極給予指導,對他的學識予以很高的評價,更爲他走上政壇盡心盡力。對于這些,歐陽修是心存感激的。正是胥偃,爲歐陽修勾畫出了一條走向科舉及第的道路。歐陽修在第二次挑戰科舉考試失敗

---

① 　上注所據拙稿中指出:"所以,有很多考生通過在行卷中使用駢文來展示文采。究其原因,可能是因爲駢文的好壞和科舉考試的合格與否直接相關,所以在考前充分展示自己運用駢文的能力是很有效的。"因篇幅關係,不能舉例説明。當歐陽修還是考生的時候,曾經在行卷中使用駢文,對於此,希望一併參考上注所據拙稿。

後,試着利用當時還尚未被廢除的、作爲考前活動的行卷與胥偃相識,並且獲得了胥偃對其四六文功底的極大認可,以及在科舉及第方面的鼎力相助。所有這些,對歐陽修來說,都是無比幸運的事情。

五

歐陽修全集包括《内制集》八卷和《外制集》三卷。這些都是天子所下命令的詔敕類。由天子直接下達的詔,爲内制;通過宰相的命令而起草的天子之詔,爲外制。兩者分别由翰林學士和知制誥掌管。歐陽修歷任這些官職多年,所以在他的全集裏有很多内制和外制方面的四六文。對這些制詔,歐陽修在《内制集序》(《居士集》卷四三)裏評價:"而制詔取便于宣讀。"即,用四六文做成的制詔方便朝廷宣讀。這是對四六文在實際使用方面效率性的極高評價。由此可知,即使是作爲古文家的歐陽修也絕没有放棄四六文。也就是説,在當時的古文復興裏,並不是試着將所有的文體都换成古文體。絕對不能簡單地斷言,古文體好,或者四六文不好。雖然有明快達意之特色的古文體對日常生活中使用的論、策、書、記等很適合,可是在重視典雅的公文裏,即便是在古文復興之後,還依然使用四六文的文體。

通過下面的書簡,我們可以很清楚地瞭解歐陽修對四六文和古文的認識。這是科舉及第後的七年,在他三十一歲時所寫的《與荆南秀才書》。

> 僕少孤貧,貪禄仕以養親。不暇就師窮經,以學聖人之遺業。而涉獵書史,姑隨世俗作所謂時文者,皆穿蠹經傳,移此儷彼,以爲浮薄。惟恐不悦于時人,非有卓然自

立之言如古人者。

他承認時文(四六文)雖然輕浮,可是對報答親恩卻很有用,爲自己謀得功名仕途的也正是四六文。這樣,他一方面承認四六文的功績,一方面又表示,與卓然自立的古人的文章(古文)相比,四六文實不能及。

可是不管歐陽修的價值觀如何,他最初被胥偃認可,也正是依靠四六文的能力。關於這點,蘇轍在《歐陽文忠公神道碑》中是這麼説的:

> 比成人,將舉進士,爲一時偶儷之文,已絕出倫輩。

到歐陽修科舉及第的時候,使用四六文作文的能力已經非常高了。他的四六文的運用能力在走上仕途後得到了充分發揮。這些在《内制集》和《外制集》裏都有體現。衹是對歐陽修利用當時尚且存在、作爲考前活動的行卷得以科舉及第的事實,至今並沒有人指出來過。

可以説,作爲古文家的歐陽修在行卷中以自己對四六文的運用能力,得到了胥偃的認可,從而躋身官場。

（王振宇　譯）

試論歐陽修史書的文體特色

緒　　言

　　無論是在以詩詞散文爲主的文學方面，還是在以《詩本義》、《易或問》等作品爲主的經學方面，甚至在目録學的《崇文總目》，以及被視爲金石學的開山之祖的《集古録》(《集古録跋尾》)等諸方面，毋庸置疑，歐陽修都留下了令後人景仰的業績。而本文所要關注的，是其對《五代史記》(《新五代史》)與《新唐書》兩部史書的編撰。

　　《五代史記》由本紀十二卷、列傳四十五卷、考三卷、十國世家十卷、十國世家年譜一卷、四夷附録三卷，共七十四卷所構成。始撰於景祐四年(1037)，時值歐陽修三十一歲左遷夷陵。另據皇祐五年(1053)四十七歲時寫給梅堯臣書簡中的"祇整頓了五代史、成七十四卷"一語，可知該書完成於其四十七歲之時①。換言之，《五代史記》是歐陽修花費了十七年寶

---

① 有關《五代史記》開始撰寫的時期，可參考佐中壯《新五代史的撰述事由》收入《史學雜誌》第 50 編 1 號(史學會，1939 年)、石田肇《新五代史撰述的經緯》收入《東洋文化》復刊第 41、42 合併號(財團法人無窮會，1977 年)等。歐陽修有撰寫《五代史記》之念可溯至景祐四年(1037)夷陵左遷以前，但其真正開始動筆還是在夷陵左遷以後，其後花費了十七年的歲月一直到皇祐五年(1053)才基本完成。

貴光陰的心血之作。而且根據歐陽修的《免進五代史狀》可知，當時奉職于唐書局的范鎮曾力勸其把《五代史記》進呈朝廷，卻爲歐陽修所婉拒。《五代史記》最終在歐陽修生前也未曾被公開，因此可以肯定歐陽修始終是站在個人的立場來撰寫這部《五代史記》的。

《新唐書》則是由本紀十卷、志五十卷、表十五卷、列傳百五十卷，共二百二十五卷所構成。歐陽修分擔了其中的本紀十卷、志五十卷、表十五卷的撰寫，其外的列傳部分則由宋祁所承擔。《新唐書》本來是由王堯臣、張方平、宋祁等人於慶曆五年(1045)奉聖旨開始編纂，但一直無法順利完成。至和元年(1054)，朝廷再下詔命歐陽修參與編寫，而於嘉祐五年(1060)成書。也就是說，從四十八歲到五十四歲的大約七年間，歐陽修一直在參與《新唐書》的編纂。

一般在談到歐陽修所撰史書時，研究的重心首先是被放在討論諸如《五代史記》的編纂時期、思想體例等問題上，很少言及《新唐書》。究其原因，乃是《新唐書》二百二十五卷，歐陽修祇不過分擔了其中本紀、志、表的七十五卷，而恰恰最能讓後人通過人物描寫的言辭來管窺作者文才的列傳部分沒有參與。與此相反的是，《五代史記》爲歐陽修一人所作。且與奉朝廷之命所編撰的官史《新唐書》不同，《五代史記》純爲歐陽修私撰，更有空間體現其本人的編撰意圖與文體風格。但即便如此，如果要全面地把握歐陽修的史書編撰，特別是其史書文體的總體風格時，祇局限於《五代史記》的研究顯然是不夠的。因此本文欲將研究的視野延伸到鮮爲前人所論及的《新唐書》，力圖對歐陽修的史書編撰做一個比較全面綜合的論述。

另外，雖然注重敘事是史書的最大特徵，但其敘事也仍須

借助於文字的羅織。比如對人物事跡的叙録,雖是爲了勾畫
出所記人物的性格特徵,但無疑地,其文字組織亦凝聚了作者
的文采匠心。因此不可否認,史書文體特色的研究是一個值
得關注,且具重要意義的課題。基於此,本文將分析的重點放
在《五代史記》與《新唐書》有關篇章的叙述文體上,試圖以此
歸納出被蘇軾在《六一居士集叙》中譽爲"記事似司馬遷"的歐
陽修史書寫作特徵。

一、以虚詞爲研究重心的原因

對於《五代史記》,内藤湖南曾經指出:"因爲是私撰,所以
可以按照自己的想法來撰寫,巧妙地將春秋筆法融入史記的
叙事體之中,創造出一種新的古文體筆法。"而對於《新唐書》
則談到:"《新唐書》與《舊唐書》最大的不同就是使用了古文體
筆法。"對《五代史記》與《新唐書》的古文文體都給與了極高的
評價①。

衆所周知,駢文多用四字句、六字句以及對句,以此爲出
發點的話即可分析出其文體的特點。但古文又該如何來分析
呢? 劉德清《歐陽修論稿》中指出:"文章神氣,駢文在音律,散
文在虚字,是有一定道理的。"②認爲駢文的特色在於音律,散
文(古文)的特色在於虚詞(虚字)。此外,前野直彬編《中國文
學史》也提及③:

　　具體可以指摘的是其頻繁使用助字。句頭的"夫"、

---

①　見内藤湖南《支那史學史》收入《内藤湖南全集》第十一卷(筑摩書房,
　　1969年)。其在《史學在宋代的發展》中的有關記述。
②　劉德清《歐陽修論稿》(北京師範大學出版社,1991年),第273頁。
③　前野直彬編《中國文學史》(東京大學出版會,1975年初版),第147頁。

　　"惟"、"然",句中的"而"、"之",句末的"也"、"矣"等文字
總稱爲助字。借助這些助字的頻繁運用,句與句之間的
承接關係變得更明瞭,雖然文章本身變長了,但一點也不
妨礙讀者自然而然地體會到文章的論理。歐陽修的文章
裏,這樣的助字非常多。當然有些地方助字也可以省略,
但這樣的話讀者不得不自己在閱讀的過程中在自己的腦
海中將其補上。因此,助字少的文章反而會影響到讀者
對文章論理的領悟。

　　該文章對歐陽修古文中大量出現的虛詞(助字)對讀者產生
的效果進行了分析,指出在總結古文特色時,將視點放在考
察文中虛詞使用的方式,應是一個較可行的方法。其實早
有清人劉大櫆在其《論文偶記》中提出"文必虛字備而後神
態出"的觀點,指出虛字(虛詞)①的靈活使用,可以讓文章
更具有表現力,特別強調虛詞的重要性。同樣,清人劉淇在
《助字辨略》的自序開頭也提到"構文之道,不過實字虛字兩
端,實字其體骨,而虛字其性情也",認爲實字是文章的骨
格,虛字(虛詞)的添加則表現出作者的情感衝動。確實,例
如放在文末表示斷定語氣的"也"、"矣"等虛詞,即使省略也
不會影響到文意。這些虛詞的使用因人而異。正因如此,
由這些虛詞的使用而體現出來的文體特色,恰恰能反映出
作者獨特的寫作個性。

　　從下列文獻中可以知道歐陽修極爲重視虛詞的使用,范
公偁《過庭錄》即寫道:

---

①　對虛詞、虛字、助字這些詞語的定義,因人與時代各有些不同。本稿則
　　取其廣義("虛詞≈虛字≈助字")上的相同。除了引用原文,一般情況
　　下均用"虛詞"這個名詞將其統一。

　　韓魏公在相。曾乞《畫錦堂記》于歐公。云："仕宦至
將相，富貴歸故鄉。"韓公得之愛賞。後數日，歐復遣介別
以本至。云前有未是。可換此本。韓再三玩之，無異前
者。但"仕宦"、"富貴"下，各添一"而"字。文義尤暢。

　　歐陽修對先爲韓琦而作的《畫錦堂記》不甚滿意，隨後自
己重新撰寫以替換原文。後一篇文章雖祇添加了兩個與文意
無關的"而"字，但在韓琦眼中卻是"文義尤暢"。因此可知虛
詞的準確使用，俾能夠起到畫龍點睛的作用，決不可忽視。這
兩個小小的"而"字，是歐陽修爲了尋找到貼切反映出自己情
感的文字表現而反復思考的結晶。另外在作於嘉祐五年的
《與王郎中》一文中，也可以看到歐陽修是如何認真對待成書
送交書局寫印之後的《新唐書》：

　　蓋以《唐書》甫了，初謂遂得休息。而却送本局寫印
本，一字之誤，遂傳四方。以此須自校對。其勞苦牽迫，
甚於書未成時，由是未遑及他事。

　　《新唐書》成書於嘉祐四年末，到嘉祐五年七月進呈皇帝
之前，爲了校勘《新唐書》原稿，歐陽修傾盡自己的時間與心
血，以使文稿免有"一字之誤，遂傳四方"之虞。可知歐陽修在
撰寫校對《新唐書》的過程中，對於包括虛詞在內的一字一句，
始終抱持着絕不掉以輕心的態度。

　　如上所述，虛詞雖然不能左右文章叙事的內容，但對文章
的表現則具有極其重要的意義，所以歐陽修在自己作文時亦
會反復斟酌。由此可知在分析歐陽修古文文體時，無疑地，虛
詞確實是能夠反映其文體特色的重要一環。因此，本稿擬在
下文中聚焦於虛詞使用的分析，以此來探討歐陽修史書文體
之特色。

二、《五代史記》與《舊五代史》

清人趙翼《廿二史劄記校證》卷二十一提到："不閱《舊唐書》,不知《新唐書》之綜核也。不閱薛史,不知歐史之簡嚴也。"指出:如果要更好地理解《新唐書》與《五代史記》,就必須對《舊唐書》與《舊五代史》的有關資料也作一個把握。誠如其所言,本章首先會將《五代史記》與《舊五代史》的文體特色做一個比較,下章再將新舊唐書作一個綜合比較,以求找出歐陽修的文體特徵與寫作風格。

《舊五代史》一百五十三卷,由宰相薛居正、盧多遜、張澹、李昉等人於開寶六年(973)開始編纂,翌年完書,相距歐陽修撰成《五代史記》大概有八十多年。由於金泰和七年(1207)制定的新定學令,《舊五代史》被廢棄,此後世人唯傳《五代史記》,無人復提《舊五代史》。原本《舊五代史》早已散佚,現行本乃據《永樂大典》及其他宋代資料輯録復原而成。這就存在着一個輯録本在什麼程度反映了《舊五代史》原貌的懸念。不過,本章的重心主要放在分析《五代史記》的文體特色,《舊五代史》祇是一個參照對象,因此即使現行本《舊五代史》不能完全代表原本,也對分析《五代史記》的特色不會產生太大的影響。

在此,首先對《五代史記》列傳與《舊五代史》列傳文章中的虛詞使用傾向作一個考察。如下所列,本稿是以從《五代史記》列傳與《舊五代史》列傳中,各王朝(後梁、後唐、後晉、後漢、後周)各選五人,共計二十五人的傳記來作爲考察對象的。

後梁

敬　翔(《五代史記》卷二十一,《舊五代史》卷十八)

寵師古(《五代史記》卷二十一,《舊五代史》卷二十一)

寇彥卿(《五代史記》卷二十一,《舊五代史》卷二十)

王重師(《五代史記》卷二十二,《舊五代史》卷十九)

王　檀(《五代史記》卷二十三,《舊五代史》卷二十二)

後唐

郭崇韜(《五代史記》卷二十四,《舊五代史》卷五十七)

周德威(《五代史記》卷二十五,《舊五代史》卷五十六)

元行欽(《五代史記》卷二十五,《舊五代史》卷七九)

劉　贊(《五代史記》卷二十八,《舊五代史》卷六十八)

後晉

景延廣(《五代史記》卷二十九,《舊五代史》卷八十八)

吳　巒(《五代史記》卷二十九,《舊五代史》卷九十五)

趙　瑩(《五代史記》卷五十六,《舊五代史》卷八十九)

馬全節(《五代史記》卷四十七,《舊五代史》卷九十)

王建立(《五代史記》卷四十六,《舊五代史》卷九十一)

後漢

蘇逢吉(《五代史記》卷三十,《舊五代史》卷一百八)

史弘肇(《五代史記》卷三十,《舊五代史》卷一百七)

楊　邠(《五代史記》卷三十,《舊五代史》卷一百七)

王　章(《五代史記》卷三十,《舊五代史》卷一百七)

郭允明(《五代史記》卷三十,《舊五代史》卷一百七)

後周

王　樸(《五代史記》卷三十一,《舊五代史》卷一百二十八)

鄭仁誨(《五代史記》卷三十一,《舊五代史》卷一百二十三)

翟光鄴(《五代史記》卷四十九,《舊五代史》卷一百二十九)

馮　暉(《五代史記》卷四十九,《舊五代史》卷一百二十五)

王　殷(《五代史記》卷五十,《舊五代史》卷一百二十四)

在以上二十五人的傳記中,下列十五個虛詞的使用頻度歸納於表1①。

表 1

	《五代史記》列傳	《舊五代史》列傳
總字數	18 385	24 320
而	213	161
也	83	103
因	42	50
乃	87	60
則	23	47
然	31	38
矣	32	29
蓋	1	5
爾	10	10
乎	21	7
哉	2	3
焉	3	22
耳	6	5
邪	8	1
歟	0	1

---

① 本稿所舉有關虛詞的語義與使用方法,主要沿用牛島德次《漢語文法論(中古編)》(大修館書店,1971 年)的定義。

○而——表示順接、逆接、追加的連詞。

○也——表示認定,疑問、反語、感嘆的語氣詞。

○因——用於上下句順接的副詞。

○乃——承上接下的副詞。

○則——用於上下句順接的副詞。

○然——表示轉折的連詞。

○矣——表示斷定的語氣詞。

○蓋——表示限定的副詞。

○爾——表示認定的語氣詞。

○乎——表示疑問、反語、感嘆的語氣詞。

○哉——表示詠嘆的語氣詞。

○焉——表示認定的語氣詞。

○耳——表示認定的語氣詞。

○邪——表示疑問的語氣詞。

○歟——表示疑問、反語、感嘆的語氣詞。

接下來,再對以"嗚呼"爲發語詞的《五代史記》全部的論贊部分同樣作一個調查。上述十五個虛詞在《五代史記》列傳與《舊五代史》列傳的使用頻度見表2(由於兩書總字數不同,本文所示數據是以一萬字爲調查基數換算而成)。

表 2

	《五代史記》列傳	《舊五代史》列傳	《五代史記》論贊
總字數	10 000	10 000	10 000
而	115.9	66.2	2 915
也	45.1	42.4	172.1
因	22.8	20.6	15

	《五代史記》列傳	《舊五代史》列傳	《五代史記》論贊
乃	47.3	24.7	8.9
則	12.5	19.3	64.2
然	16.9	15.6	72.4
矣	17.4	11.9	70.3
蓋	0.5	2.1	26.6
爾	5.4	4.1	9.6
乎	11.4	2.9	23.9
哉	1.1	1.2	66.9
焉	1.6	9	23.2
耳	3.3	2.1	6.8
邪	4.4	0.4	13
歟	0	0.4	19.1

　　另外,這十五個虛詞在總字數中的使用比率爲《五代史記》列傳 3.05％、《舊五代史》列傳 2.22％、《五代史記》論贊 8.83％。如果要找出《五代史記》列傳、《舊五代史》列傳、《五代史記》論贊三者之間的相關性,還必須先計算出 Pearson 相關係數。相關係數是用來顯示兩個數據之間相關程度的值。取－1 到 1 之間的實數值,越靠近 1 則表示越具正相關性,反之,越接近－1 則越具負相關性。接近 0,則表示原來的數據之間相關性甚低,缺乏類似之處。

　　《五代史記》列傳與《五代史記》論贊的 Pearson 相關係數爲 0.853 6,《五代史記》列傳與《舊五代史》列傳的 Pearson 相關係數爲 0.950 9。按理來說,如果文章出自同一作者,顯示其文章相關性的相關係數應該會接近 1 才對。但皆出自於歐陽修之手的《五代史記》列傳與《五代史記》論贊,兩者間的 Pearson 相關係數爲較低的 0.853 6,作者不同的《五代史記》列傳與《舊五代史》列傳的相關係數則爲 0.950 9,反而接近 1。這到底意味着什麼呢?

　　首先來看看列傳。譬如,表示詠嘆的"哉",《五代史記》列傳爲 1.1 字(以一萬字爲基數的出現數,下同),《舊五代史》列傳爲 1.2 字,使用頻率都極低。可是這對於《五代史記》與《舊五代史》這樣的史書來説卻是一種理所當然的現象。以客觀地叙述史實爲準則的史書,其在文字表現上,當然也應該極力避免作者的主觀意圖的介入,因此表示詠嘆的"哉"也就極少被使用。

　　接下來看看表示認定的"也"、"焉"、"爾"和"耳"。"也"是表示認定的語氣詞中使用最爲常見的虛詞。《五代史記》列傳中包括表示疑問、反語或感嘆等意義的"也"有 45.1 字,《舊五代史》列傳中有 42.4 字;表示對於某一事物或地點的指示及認定語氣的"焉",《五代史記》列傳有 1.6 字,《舊五代史》列傳有 9.0 字;表示不過祇是如此之意的"爾",《五代史記》列傳有 5.4 字、《舊五代史》列傳有 4.1 字;與"爾"同義的"耳",《五代史記》列傳有 3.3 字、《舊五代史》列傳有 2.1 字。在這些表示認定語義的虛詞中,祇有"焉"的使用《舊五代史》列傳較《五代史記》列傳稍多,但一萬字也祇有 7.4 之差,還算不上顯著。歸根結蒂,這是因爲這些虛詞主要强調一種確認或判斷的語氣,較明顯地摻入了作者的主觀要素。再來看表示斷定語氣的"矣",《五代史記》列傳有 17.4 字,《舊五代史》列傳有 11.9 字,兩書的使用頻度也没有什麼大的差別。這也同樣是因爲表示作者的推斷與決定等主觀判斷語氣的"矣",與上述表示"認定"的虛詞一樣,在主要以叙述史實爲主的史書文章中,能被使用的場合極爲有限,並且作者也會在某種程度上,有意識地避免使用這些虛詞。

再來看看"因"與"則"。"因"在《五代史記》列傳有 22.8 字,《舊五代史》列傳有 20.6 字;"則"在《五代史記》列傳有 12.5 字,《舊五代史》列傳有 19.3 字,也没有明顯差異。"因"與"則"均爲表示上下文順接的虛詞。這兩個虛詞的使用,能使上下文的承接更爲明瞭,可以起到一個提醒讀者注意行文論理邏輯的效果。另一方面,雖然也是同樣的連接虛詞,"然"的使用則對讀者的閱讀模式會產生更大的影響。高橋明郎在其《歐陽修的散文文體特色——與韓愈散文產生差異的原因》一文中指出①,在記序類的文章中,"韓文中'明示型'的'以'和'於是'較多,歐陽文中'非明示型'的'然'較多",認爲歐陽修文章中"非明示型"的"然"的大量使用,隱含着一種"要求讀者在進行論旨反饋(feedback)認同的同時理清論理脈絡"的意圖。所謂"明示型"與"非明示型",是指虛詞(特別是連詞)的連接形式,對此高橋氏解釋道:"例如'而'在表示順接、逆接或並列時均可使用,單依靠連詞並不能判斷出其承接關係。相反的,'則'就祇能用於順接。據此姑且將前者稱爲'(連接關係)非明示型',將後者稱爲'明示型'。"按照高橋氏的定義,從表 2 可以看出,表示轉折意義的"非明示型"的"然"的使用頻度,在《五代史記》列傳爲 16.9 字,《舊五代史》列傳爲 15.6 字。衆所周知,一部過度要求讀者進行論旨反饋認同②的史

① 高橋明郎著《歐陽修散文文體特色——與韓愈散文差異的原因》,收入《日本中國學會報》第三十八號(東京:日本中國學會,一九八六年)。

② 所謂"讀者進行論旨反饋認同",上注高橋論文中認爲:"'讀者進行論旨反饋認同'並不祇局限於這一瞬間的閱讀行爲之中,也包括在閱讀過程中在記憶裏對此前文章的回憶與確認。"

書顯非良史。史書的叙事目的,不是在試圖尋求讀者對作者論理脈絡的認同,而是要準確地向讀者傳達所記載歷史事件的真相。因此"然"的使用,《五代史記》列傳與《舊五代史》列傳都不高,樣本一萬字中祇有 1 字之微差。而且,《五代史記》中以一萬字爲基數的"然"的使用總數也不過祇有 17 字。雖然在歐陽修與韓愈的記序文體的比較中,確如高橋氏所指出的一樣,"然"的頻繁使用是歐陽修文的一大特色。可是在《五代史記》的文章中這種特色完全没有被體現出來。究其原因,可以將之解釋爲:歐陽修考慮到史書文體的需要,有意識地壓低了"然"的使用頻次。

另一方面,虛詞在論贊中又是如何被使用的呢?首先以《五代史記》卷三十四的《一行傳》論贊中的虛詞使用情況,並以此來參考其他的論贊:

> 嗚呼,五代之亂極矣!傳所謂天地閉、賢人隱之時歟?當此之時,臣弑其君、子弑其父、而搢紳之士安其禄而立其廟、充然無復廉恥之色者皆是也。吾以謂自古忠臣義士多出於亂世。而怪當時可道者何少也。豈果無其人哉?

這裏被用來表示詠嘆的"哉"字,根據表 2 可知《五代史記》列傳部分的出現頻度祇有 1.1 字,而《五代史記》論贊中卻有 66.9 字,遠遠超過了列傳部分,由此可知論贊部分直接表現出了歐陽修的情感。另外,表現作者感情色彩的虛詞中,具有向讀者提出質疑,同時對作者本身提出反問語氣功能的"歟"字,在前面提到的《五代史記》二十五人的傳中一次都没有被使用過,但在包括《一行傳》論贊的全部論贊中的使用頻度竟高達二十八次。此外,在《一行傳》論贊中也可以見到的表示斷定語氣的"矣"字,對照表 2 可知其使用頻度是列傳部分的四倍以上。其他,如表示認定(包括疑問、反語以及感嘆)語氣的"也"字,以及同樣表示認定語氣的"焉"、"爾"、"耳"的四個虛詞,列傳中每萬字總計被使用了 55.5 字,但論贊卻是其四倍的 211.7 字。由此可知,這些表示包含了作者諸如認定、斷定、疑問或反語之類情感的虛詞,在論贊部分皆高頻度地被使用。

於此再對歐陽修一般文章中的虛詞使用狀況做一個調查。先對相對來說表現上的制約較少的記、序等文體做一個調查。歐陽修的記,全三十八篇(總字數是一萬七千兩百六十二字)中,上述十五個虛詞佔總字數的使用比率爲 6.70%;歐陽修的序,全四十九篇(總字數是兩萬一千四百二十一字),上述十五個虛詞佔總字數中的使用比率爲 7.50%。由此還可以推算出歐陽修的記與序之間 Pearson 相關係數爲 0.993 5,與 1 極爲接近,表現出非常強的正相關性(類似性)。可以説這是因爲歐陽修在表現制約較少的記和序裏能比較自由地使用各類虛詞,所以會出現這種類似性較強的現象。換而言之,記、序裏所反映出來的虛詞的使用傾向,體現了歐陽修平常文章的自然風格。這裏可將《五代史記》論贊與《五代史記》列傳,以及記、序中的虛詞使用比率歸納爲下圖。

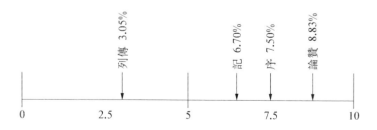

　　總上述可知,在歐陽修平常的文章中,上舉十五個虛詞的使用比率大概與記、序同爲 6.5％～7.5％左右,而列傳部分則大幅度減小(3.05％),論贊的又要遠高於記、序(8.83％)。

　　正如歐陽發等於《先公事迹》一文中所指出的一樣,《五代史記》的論贊"發論必以嗚呼",其之所以多用擬聲語(感嘆詞)"嗚呼"爲發語詞,是因爲歐陽修試圖藉此來直接表現出自己的情感。從本文對論贊所用虛詞的調查結果來看,表示詠嘆的"哉"、疑念的"歟",認定的"焉"、"爾"、"耳",認定與疑問及反語的"也",斷定的"矣",疑問與反語及感嘆的"乎"等都要比列傳部分的使用頻率高得多。由此可知歐陽修並不衹是單純使用擬聲語"嗚呼",該語助詞亦爲表達其主觀情感的另一重要手段,此點在通過論贊中的虛詞使用傾向的分析後,已得到證明。另一方面,與論贊相比,《五代史記》列傳部分反映作者感情虛詞的使用頻率相對要少得多,這與歐陽修考慮到客觀傳達事實的史書文體性質,有意避免使用含有自己感情的語言之自我規制有關。在寫作列傳時,要不斷避免虛詞的使用,以免摻入自己的主觀意圖。而一旦到了能夠自由的表達自己的情感的論贊部分,終于可以從這種文字桎梏中解放出來,使鬱積在心中的感想自由抒發。因此在《五代史記》論贊中,其虛詞的使用量,而且特別是明顯帶有感情色彩的虛詞,比起其通常的文章還要多得多。

三、《新唐書》與《舊唐書》

　　接下來通過與《舊唐書》的比較,再來看看《新唐書》的文體特色。《舊唐書》二百卷,由本紀二十卷、志三十卷、列傳百五十卷所構成,始撰於五代後晉天福六年(941),成書於四年後的開運二年(945)。編纂開始時由宰相趙瑩負責,之後由宰相桑維翰接手,最後是由宰相劉昫成書奏上,因此習慣上稱之爲劉昫撰。實際上承擔主要的編寫工作的是張昭遠、賈緯等人。而《新唐書》中歐陽修所參與的部分主要集中在本紀、志與表的編寫。在這里要説明的是,本文無意否認志和表的史料價值,但由於其體例的原因本身就很難有什麼文體特色。因此本章主要將分析的重點放在《新唐書》的本紀部分,再將之與《舊唐書》本紀相關部分進行比較,特別是其文中有關虛詞的使用,以求歸納出其文體特色。

　　除了論贊以外的《新唐書》本紀與《舊唐書》本紀的文章中,前述十五個虛詞的使用個數如表 3 所示①。

表 3

	《新唐書》本紀	《舊唐書》本紀
總字數	85 790	89 531
而	56	178
也	34	78
因	12	48
乃	41	68
則	20	51
然	13	35
矣	6	25

---

① 《舊唐書》卷一一卷二十均爲本紀,但本章祇局限於對其前十卷的考察。其原因之一是考慮到分量的問題(《新唐書》本紀爲十卷),另外,還考慮到《舊唐書》本紀的後半部分還存在着機械地引用大量文獻而導致文章結構缺乏斟酌的這一缺點。

	《新唐書》本紀	《舊唐書》本紀
蓋	4	14
爾	3	4
乎	0	12
哉	0	4
焉	6	32
耳	2	9
邪	5	6
歟	0	1

　　在《新唐書》本紀中十五個虛詞所佔的使用比率爲0.23％,這個數值非常低。由前章分析可知即使是在歐陽修的記與序之類的平常的文章中,這十五個虛詞的使用比率也在6.5％～7.5％。其實並不祇是《新唐書》本紀,《舊唐書》本紀中的上述虛詞的使用比率也低至0.63％,而《五代史記》本紀也是低至0.96％。換句話説,《新唐書》本紀、《舊唐書》本紀及《五代史記》本紀這三部分文章中的上述十五個虛詞使用比率都沒有達到1％,由此可知不僅僅是《新唐書》本紀中有關虛詞的使用率很低,歐陽修所獨自編纂的《五代史記》如此,作者不同的《舊唐書》亦如此。據此即可推測出:《新唐書》本紀中的虛詞使用頻率低,與史書中本紀的文體性質有關。因爲照道理來説,記録君主傳記的本紀,與記録臣子傳記的列傳相比,要求具有更強的叙事性。換而言之,記録國家大事的本紀,一方面是記録天下支配者的事蹟,同時又是年代大事記,比起單純爲臣子傳記的列傳更注重對事件的叙録。因之,爲了能更客觀地傳達事實(排除作者感情的介入),帶有作者語

氣及感情色彩的虛詞,在本紀中的使用理所當然會被壓低到
最小限度。關於史書本紀的這種文體特色,以後再作專稿予
以討論。

　　於此再來看看論贊部分中的虛詞使用情況。《新唐書》本
紀的論贊與《舊唐書》本紀的論贊部分中,上述十五個虛詞的
使用頻率如表 4 所示①。

表 4

	《新唐書》論贊	《舊唐書》論贊
總字數	2 122	2 576
而	57	32
也	28	23
因	4	2
乃	3	2
則	8	15
然	18	9
矣	13	3
蓋	4	1
爾	1	0
乎	1	1
哉	9	9
焉	4	1
耳	0	1
邪	1	0
歟	6	0

① 　論贊部分也祇局限於對其前十卷的考察。理由與第 74 頁注①同。

在《新唐書》本紀論贊中這十五個虛詞占總字數的比率爲7.40％，《舊唐書》本紀論贊則爲3.84％，可以知道《新唐書》論贊所使用的比率是《舊唐書》論贊的近二倍。舉個例子，《新唐書》卷一《高祖本紀》的開頭云：

> 贊曰：自古受命之君，非有德不王。自夏后氏以來，始傳以世，而有賢有不肖，故其爲世，數亦或短或長。論者乃謂周自后稷至於文、武，積功累仁，其來也遠，故其爲世尤長。然考於《世本》，夏、商、周皆出於黄帝，夏自鯀以前，商自契至於成湯，其間寂寥無聞，與周之興異矣。

這是一段有關天子乃是受天命者的論述，上述十五個虛詞中的"而"、"乃"、"然"及"矣"被巧妙地穿插於文中。而《舊唐書》卷一《高祖本紀》的論贊則爲：

> 史臣曰：有隋季年，皇圖板蕩，荒主燀燎原之焰，羣盜發逐鹿之機，殄暴無厭，横流靡救。高祖審獨夫之運去，知新主之勃興，密運雄圖，未伸龍躍。而屈己求可汗之援，卑辭答李密之書，決神機而速若疾雷，驅豪傑而從如偃草。

可見在上述文字中大量地使用了諸如"荒主燀燎原之焰，羣盜發逐鹿之機"、"殄暴無厭，横流靡救"、"審獨夫之運去，知新主之勃興"、"屈己求可汗之援，卑辭答李密之書"和"決神機而速若疾雷，驅豪傑而從如偃草"之類的對句，其所使用的文體爲駢文。南宋陳振孫《直齋書録解題》卷四《新唐書》一條中有論及《舊唐書》之處，云："今案舊史成於五代文氣卑陋之時，紀次無法，詳略失中，論贊多用儷語，固不足傳世。"在談及《舊唐書》的體例與記事的選擇上的問題點時，認爲論贊部分使用的對句過多，由此判斷其書没有傳世的價值。其實史書中的論贊部分,本不同於要求盡可能客觀地叙述事實之受文體制約的本文,而在某種程度上允許作者主觀感情的直接流露,因此比較接近作者平常的文章,或者說比較接近作者所擅長的筆法。《舊唐書》編纂於五代後晉,劉昫等人之所以用駢文來撰寫論贊,正如陳振孫所言是因爲當時駢文佔據了主流地位,意即:駢文是劉昫等編撰者的最擅長的文體。也就是說,《舊唐書》本紀的論贊部分之所以採用駢文,《新唐書》本紀的論贊部分之所以採用古文,其原因不外乎是其作者中意的文體不同。駢文由於受到了四字句、六字句以及對句等形式上的制約,文中無法插入虛詞,所以二書的論贊部分中所顯示出來的虛詞的使用傾向,彼此存在着非常大的區別。

另外,《新唐書》的論贊部分與前章所論及的《五代史記》論贊部分,這兩者的虛詞使用 Pearson 的相關係數爲 0.984 9,離 1 非常接近。從這個結果可以看出兩者之間的虛詞使用傾向具有極強的正相關性。順便提一下,《新唐書》論贊與《舊五代史》論贊之間其 Pearson 的相關係數爲 0.801 7,《新唐書》論贊與《舊唐書》論贊其 Pearson 的相關係數爲 0.918 7。由此則更可以反襯出《新唐書》與《五代史記》論贊部分虛詞使用傾向的相關性。正如西上勝所談到的《五代史記》論贊是一種"借助嗚呼這個發語詞,叙述者直接介入道德評價的論贊"①一樣,《五代史記》論贊由於因爲是以"嗚呼"這個擬聲詞爲發語詞,所以經常被論及其文中帶有作者感情;而《新唐書》論贊不是以"嗚呼",而是以"贊曰"這一看起來相對冷静的詞語爲發語詞,因此有關其文中是否寄寓有作者情感這一問題,

① 西上勝《有關五代史記的序論》(《山形大學紀要(人文科學)》第 13 卷第 2 號,1995 年)。

基本上沒有被討論過。誠如《新唐書》卷二《太宗本紀》論贊之
"然三代千有七百餘年,傳七十餘君,其卓然着見於後世者,此
六七君而已。嗚呼!可謂難得也"一樣,其實《新唐書》本紀總
共所附的十處論贊中,有五處在文中使用了"嗚呼"這個擬聲
詞。由此可知,從虛詞使用的文體特色,可察覺《新唐書》論贊
直接明快地表現了作者歐陽修的情感。再從 Pearson 的相關
係數來看,又能看出其對文體的構建與《五代史記》論贊亦有
極爲相似的共同傾向。

四、結　　語

《五代史記》是歐陽修花費了十七年光陰所作成,但總的
來説是一部私人(非官方)性質的作品。其對《新唐書》編寫工
作的參與,則是始自至和元年(1054)相當於其四十八歲時,直
到七年後嘉祐五年(1060)《新唐書》成書敬獻朝廷。本來無論
是史書的性質還是著書時間都不盡相同,但是通過本文的分
析,始知《新唐書》本紀的文章與論贊中對虛詞的使用頻率與
《五代史記》中都極爲相似。

宋人趙與峕的《賓退録》卷五里有這樣一段文字:

> 二書(注:《新唐書》、《五代史記》)出一手,而書法不
> 同如此,未詳其旨。宜黄李子經郭作《緯文瑣語》亦云:
> 《唐》、《五代》史書皆公手所修,然義例絶有不同者。一人
> 之作,不應相去如此之遠,議者謂《唐書》蓋不盡出公意。

此文先指出《新唐書》與《五代史記》,無論是在筆法上還是在
體例上都存有很大的不同。接着指出造成這種差異的原因,
主要來自於《新唐書》是歐陽修受朝廷之命所編纂的官方史

書,《五代史記》則是歐陽修私撰而成;同時《新唐書》在編寫過程中有多名編修官參與,因此歐陽修在文體表述時,必然受到了各種制約。誠如其所言,《新唐書》由於是官方史書,是故在其敘述與體例上不可避免地會受到此因素的影響。可是透過虛詞使用所表現出來的文體特色,又能看出許多與私撰的《五代史記》相同的特徵,這一點不容忽視。

由於虛詞的使用與否不會直接影響到文意,所以這些虛詞的使用往往因人而異。正因爲如此,由這些虛詞的使用而體現出來的文體特色,恰恰反映出來的是作者獨特的寫作個性。從本文對虛詞使用的分析結果來看,《五代史記》與《新唐書》之本紀這兩種歐陽修所撰寫的史書,兩者都具用共同的文體特徵。儘管兩者在性質上具有官方與私人的本質區別,但我們可以看出,歐陽修在對史書的撰寫時,還是堅持了自己的風格。另外,歐陽修在四十七歲時完成了《五代史記》的編撰之後,就立即參加了《新唐書》的編寫,從這個成書先後順序來看,極有可能是歐陽修將《五代史記》所用的文體直接帶入了《新唐書》的本紀的編寫中。

清人錢謙益説:"僕初學爲古文,好歐陽公《五代史記》。"(《答山陰徐伯調書》)談到自己初學古文時,正以歐陽修的《五代史記》爲範本,由此可見他對該文章給予高度的評價。《五代史記》與《新唐書》本紀這兩種歐陽修的史書都是由其所擅長的古文體撰寫而成,因此對這些史書文體的分析,毫無疑問,是探尋歐陽修古文文體特色的一個極爲重要的手段。

（王振宇　譯）

從《吉州學記》看歐陽修的文章修改

一

以南宋周必大爲主編編纂的《歐陽文忠公集》一百五十三卷中，收錄有兩篇《吉州學記》。此兩篇《吉州學記》在構成《歐陽文忠公集》的《居士集》卷三九、《居士外集》卷一三中皆有收錄。《居士集》卷三九所附周必大等人的校勘中有如下記載：

> 又《吉州學記》，以校承平時閩本，往往異辭。疑是初稿先已傳佈。今錄全篇，附外集十三卷之後，使學者有考焉。

從上述記載可以看出，《居士外集》卷一三收錄的是《吉州學記》文章的初稿，而歐陽修自己編纂的《居士集》卷三九則收錄了此文的修訂稿①。本文將通過對兩稿的比較對照，探尋

① 關於《居士集》五十卷是由歐陽修自己編纂的一事，例如，《文獻通考》卷二三四、《經籍考》六一中，引葉夢得的話說："石林葉氏曰：歐陽文忠公晚年取平生所爲文，自編次。今所謂居士集者，往往一篇至數十過。有累日去取不能決者。"在《居士集》五十卷中未曾收錄歐陽修的所有作品，後來南宋周必大編纂《歐陽文忠公集》時，把當時流傳而未曾收入《居士集》的作品編爲《居士外集》二十五卷。因此，《吉州學記》的初稿和定稿得以流傳至今。

歐陽修對《吉州學記》初稿進行修改並完成修訂稿的軌跡，藉此具體考察歐陽修的文章修改方法。

二

《吉州學記》是記述在吉州創建學校過程的文章。其初稿全文如下：

A　慶曆三年，天子開天章閣，召政事之臣八人，賜之坐，問治天下其要有幾，施於今者宜何先，使書于紙以對。八人者皆震恐失措，俯伏頓首，言此事大，非愚臣所能及。惟陛下幸詔臣等。於是退而具述爲條列。明年正月，始詔州郡吏以賞罰、勸農桑。三月，又詔天下皆立學。惟三代仁政之本，始於井田而成於學校。《記》曰："國有學，遂有序，黨有庠，家有塾。"其極盛之時，大備之制也。

B　凡學，本於人性，磨揉遷革，使趨於善，至於風俗成而頌聲興。蓋其功法，施之各有次第。其教於人者勤，而其入於人者漸，勤則不倦，漸則遲久而深。夫以不倦之意，待遲久而成功者，三王之用心也。

C　故其爲法，必久而後至太平。而爲國皆至六七百年而未已。此其效也。三代學制甚詳，而後世罕克以舉。舉或不知而本末不備。又欲於速，不待其成而怠。故學之道，常廢而僅存。惟天子明聖，深原三代致治之本，要在富而教之。故先之農桑而繼以學校。將以衣食飢寒之民，而皆知孝慈禮讓。

D　是以詔書再下，吏民感悅，奔走執事者，以後爲羞。其年十月，吉州之學成。州即先夫子廟爲學舍於城西而未備。今知州事殿中丞李侯寬之至也，謀與州人遷而大之。

治天下其要有幾，施於今者宜何先，使坐而書以對。八人者皆震恐失位，俯伏頓首，言此非愚臣所能及。惟陛下所欲爲，則天下幸甚。於是詔書屢下勸農桑，責吏課，舉賢才。其明年三月，遂詔天下皆立學，置學官之員。然後海隅徼塞，四方萬里之外，莫不皆有學。嗚呼盛矣！學校王政之本也。古者致治之盛衰，視其學之興廢。《記》曰："國有學，遂有序，黨有庠，家有塾。"此三代極盛之時，大備之制也。

①　宋興蓋八十有四年，而天下之學，始克大立。豈非盛美之事，須其久而後至於大備歟？

d　是以詔下之日，臣民喜幸，而奔走就事者，以後爲羞。其年十月，吉州之學成。州舊有夫子廟在城之西北。今知州事李侯寬之至也，謀與州人遷而大之，以爲學舍。事方上請，而詔已下，學遂以成。李侯治吉，敏而有方。其作學也，吉之士，率其私錢一百五十萬以助。用人之力，積二萬二千工，而人不以爲勞；其良材堅甓之用，凡二十二萬三千五百，而人不以爲多；學有堂筵齋講，有藏書之閣，有賓客之位，有遊息之亭，嚴嚴翼翼，壯偉閎耀，而人不以爲侈。既成，而來學者常三百餘人。予世家於吉，而濫官於朝。進不能贊揚天子之盛美，退不得與諸生揖讓乎其中。

b　然予聞教學之法，本於人性，磨揉遷革，使趨於善，其勉於人者勤，其入於人者漸，善教者，以不倦之意須遲久之功。

②　至於禮讓興行，而風俗純美，然後爲學之成。今州縣之吏，不得久其職，而躬親於教化也。故李侯之績，及於學之立，而不及待其成。

　　f　惟後之人，毋廢慢天子之詔而殆以中止。幸予他日，因得歸榮故鄉，而謁於學門，將見吉之士，皆道德明秀，而可爲公卿；問於其俗，而婚喪飲食，皆中禮節；入於其里，而長幼相孝慈於其家；行於其郊，而少者扶其羸老、壯者代其負荷於道路。然後樂學之道成。而得時從先生耆老，席于衆賓之後，聽鄉樂之歌，飲獻酬之酒，以詩頌天子太平之功，而周覽學舍，思詠李侯之遺愛，不亦美哉！故於其始成也，刻辭于石，而立諸其廡以俟。

　　《吉州學記》的定稿中標記的小寫字母 adbf，是與初稿中標識爲 ADBF 的内容相同的部分，以此來表示它們的對應關係。

　　比較初稿和定稿，會發現初稿開頭部分 A"慶曆四年三月，皇帝下詔書在各地建立學校"與文章最後部分 F"學校教育對吉州將來的影響"，在定稿中雖然行文語言被部分修改，但是仍然被作爲開頭和結尾，文章結構上變動不大。從初稿到定稿，變化最大的是初稿中的"BCDE"部分，這部分在定稿中加入了初稿中沒有的①和②部分，變成"①db②"，這是文章結構上的重大變化。比較初稿與定稿的這部分可知，在初稿中置于後半部分的 d(初稿中對應爲 D)，在定稿中被安排到 a 部分之後，其間夾進了①的部分。另外，初稿中位于前半部分的 b(初稿中對應爲 B)内容刪減後移至了後半部分，初稿中的 CE 兩部分在定稿中被刪除了。

　　首先，來看定稿中將初稿的 D 部分前移的情況。定稿的 d 部分，内容上與初稿的 D 的記述基本一致，主要是寫吉州學校創建的經緯和狀況。初稿雖然使用了《吉州學記》這樣的題目，但是關於吉州設立學校的情況，文章前半部分的 ABC 中隻字未提，直到後半部分的 D 纔開始論述吉州的情況。但是定稿在結構上是在敘述皇帝降詔設立學校的 a 部分之後，加入①的簡短記述，再將 d 部分置於其後。可以看出，①部分是爲了將 a 與 d 連接起來而特意安排的記述。我們來想一下定稿將初稿中位于後半的 d 的論述移至前半部分，接于 a 後的意圖，這是想達到怎樣的效果呢？其實，通過將描述吉州創建學校經緯狀況的 d 置於文章的前半部分，使吉州學校這一主題被盡早提出，接下來的論述皆圍繞吉州而展開，達到了主題一貫，論述中心不偏不離。在初稿中，文章的前半部分歐陽修提出了自己理想的教學方針，其中沒有任何和吉州有關的内容，到了文章後半部分纔第一次進入關於吉州的論述，以吉州學校與教學的視點來看，初稿中沒有直接進入關於吉州的記述，可以說使得論述的展開稍顯迂回。

　　接下來，我們應該注意的是定稿中插入的②這一記述，其中，談到在吉州設立學校的李侯寬，說"故李侯之績，及於學之立，而不及待其成"，在認可他設立學校的功績之外，還記述了吉州教育尚不完備的情況。這段文字在初稿中並未見到。初稿中，關於吉州學校設立的人物，後半部分提到了當時的長官李侯寬，但之後並未詳細記述李侯寬的功績。定稿中，前半部分引出李侯寬，後半部分直截了當地描述了他的功績。定稿在前半部分記述了吉州學校的狀況，此後的論述皆圍繞這一主題展開，關於李侯寬也是在前半部分提及之後，結合吉州過去現在的教學狀況，在後半部分再度提及，這樣的論述方式與記述了學校教育對吉州將來影響的 F 是恰好可以銜接的。

　　此外，定稿中的一個重大變化，是關於吉州學校這一部分的論述，其結構變得集中緊湊，爲了如實考察這一變化，應該注意記述設立學校詔書頒布的部分。作爲所謂慶曆新政中的重要一環，從慶曆三年到慶曆四年，朝廷頒布了諸多詔書,其中之一就是關於設立學校的。定稿中將遵循慶曆改革頒行詔書一事總結記述爲:"詔書屢下,勸農桑、責吏課、舉賢才。"翌年學校設立的詔書頒布,這之後的論述專門針對吉州學校及學校教育而展開的。另一方面,初稿中,首先陳述皇帝下詔"勸農桑",之後説"又詔天下皆立學",本以爲會引出學校這一主題,但歐陽修轉而記述道"始於井田而成於學校",提出的卻是"井田"這一話題。此外,在前半部分最後的 C 部分中也聲稱"故先之農桑而繼以學校",在提出慶曆新政重要措施之一的"重視農桑"之後,纔最終將視點鎖定在了學校這一話題之上。本以爲議論會圍繞學校進行,卻再次論及農桑,論述有非直綫演進之嫌。關於這一點,定稿中則是僅僅簡單概括農桑等政策,接着引入下詔設立學校這個主題,此後的論述主題集中於學校這一話題展開,給人一種單刀直入、直綫議論的印象。如此,d 移至前半部分的作用是:使得《吉州學記》的主題被儘早提出,以後論述也沿此主題展開,以達到論旨一以貫之的目的。

接下來,筆者將對從初稿到定稿過程中的另一處大幅修改加以考察,即將在初稿中被置於前半部分的 b(在初稿中對應爲 B)的内容删減後移到後半部分,同時在定稿中將初稿中的 C 和 E 删除。

初稿中,B 的作用是提出理想的教學方法,認爲育人應勤勉致教,循序漸進地使人有所領悟,即説明教育是需要"勤"("不倦")和"漸"("遲久")的。在 B 的基礎上,初稿的 C 部分以"怠"對"勤"、以"速"對"漸",通過這種語句對應進行論述。在後半部分的 E 中,認爲吉州的教學是在理解了"勤"和"漸"的基礎上進行的,之後描繪了吉州教學將來的狀况。但定稿中與"勤"和"漸"相關的記述 C 和 E 均被删

除,與初稿的 B 相對應的 b 也被移至作品的後半部分,内容
上也有所删減,這一點值得注意。在定稿的 b 處,"勤"和
"漸"衹被使用過一次。如此來看,在初稿中"勤"和"漸"是
關鍵詞,但在定稿中"勤"和"漸"的詞語被大幅删除,已經不
再是貫穿全文的主題。這難道不是意味着,從初稿到定稿
的階段中,論述的主題發生了重大變化嗎? 初稿中,論述的
重點在歐陽修所認爲的理想教學方法("勤"和"漸")上,吉
州的教學也被定位於此。另一方面,定稿則是將焦點專門
放在吉州學校設立的經緯和學校教育上展開具體論述的。
的確,初稿與定稿都以"吉州學記"爲題,但追溯其文章結構
的變化可知,主題實際發生了很大的變化。且這種主題的
變化,發生在由初稿向定稿實施修改的過程中,這一點也不
容忽視。歐陽修的文章修改,當然有很多是字句和表現形
式層面的修正,但如《吉州學記》所見,有時有通過變換文章
結構巧妙地達到修改主題的情況。可以説,同一題目,歐陽
修也會做出脱胎換骨成另一主題的文章作品此等程度的修
改,他是在反復推敲琢磨之後創作出作品的。

三

在《吉州學記》從初稿到定稿的過程中,如前章所述,歐陽
修較大地調整了文章結構。此外,還應關注的是文章表現
形式上的修改。比較《吉州學記》的初稿與定稿,可知文章表現
層面的改動情況非常明顯。本節試以"嗚呼"一詞爲例考察。

慶曆四年三月下詔敕令建立學校的部分這樣説:

三月又詔天下皆立學。惟三代仁政之本,始於井田
而成於學校。《記》曰:"國有學,遂有序,黨有庠,家有

塾。"其極盛之時,大備之制也。(初稿)

 明年三月,遂詔天下皆立學。置學官之員,然後海隅徼塞四方萬里之外,莫不皆有學。嗚呼盛矣!學校,王政之本也。古者致治之盛衰,視其學之興廢。《記》曰:"國有學,遂有序,黨有庠,家有塾。"此三代極盛之時,大備之制也。(定稿)

一目瞭然,與初稿相比,定稿着墨更多,描述更爲詳盡,特別是"詔天下皆立學"之後,到引用《禮記·樂記》之前的部分,初稿僅僅使用了十六字,而定稿文字約爲初稿的三倍,達到四十六字。當然,僅僅增加字數可能不免使文章流于平板,恐有繁瑣之嫌。然而,歐陽修在新添加的文字中直接表達了自己的感慨:"嗚呼盛矣!"根據這一句,文章變得抑揚頓挫,使讀者能夠充分感受到學校興隆是天下的根本,體味到歐陽修對天下繁榮昌盛即將到來的喜悦和詠歎,並意識到學校的重要性。也就是説,此一句便使文章描寫得到了深化,有了縱深感。

 與《吉州學記》一樣,《瀧岡阡表》也有初稿留至今日,其中"嗚呼"一詞,初稿階段也未使用,直到定稿纔初次加于文中①。而且,《瀧岡阡表》文中的"嗚呼"共使用三次,均爲定稿階段加入文中。一般來説,"嗚呼"這類感歎詞,通常被認爲是在文章創作的過程中感情逐漸高漲而出現的感情的最終流露。因此,例如歐陽修私撰的《五代史記》中論贊清一色以"嗚呼"二字爲始,因過於詠歎,被指過於

---

① 在議論主旨的展開上,第三節的記述與拙文《歐陽修古文考》(《九州中國學會報》第 27 卷,1989 年)有部分重複。拙文中,比較《瀧岡阡表》與其初稿《先君墓表》,可以看出,在定稿《瀧岡阡表》中三次使用了"嗚呼",而初稿《先君墓表》中沒有。

流露個人感情①。《五代史記》的草稿已經失傳，"嗚呼"二字是何時添於文章之中的，不可詳考。僅從現有作品來看，這種批判也的確可能性極大。但是，就初稿流傳於今的《吉州學記》、《瀧岡阡表》來言，歐陽修正是在定稿中纔首次添加了"嗚呼"這一感歎詞。若果如此，僅限定於這些作品而言，可以説歐陽修並非是在感情一時高漲之下不假思索的發出了"嗚呼"的感歎之辭，而是在文章修改的過程中冷静地分析了文章表現之後，有意識地將"嗚呼"添於文中的。換言之，歐陽修在展開文章叙述時，對於將"嗚呼"這一感歎詞添於何處才能效果最佳、得到讀者共鳴，是周到吟味之後纔做出決定的。僅從"嗚呼"這一感歎詞一例之中，我們也足能窺見歐陽修在修改文章時是如何深思熟慮的了。

四

歐陽修在《歸田録》卷二中這樣説：將作文之時，有好的構思浮上腦海，是在"馬上、枕上、廁上"。這就是自古以來著稱的"三上"。陳師道《後山詩話》中又稱："永叔謂爲文有'三多'：看多、做多、商量多。"這"三多"也如實反映了歐陽修文章創作的情況。平日裏，歐陽修片刻不忘文章的寫作，一旦有了創作思緒，無論是在馬上、枕上、廁上，還是在任何其他地方，他都立即執筆寫作。而且，他對已經完成的作品還會再三重讀，不斷修改。關於歐陽修這樣的文章寫作方法，還有很多其他相關記述。例如，歐陽修在《與大寺丞》(《書簡》卷一

①　例如，王鳴盛在《十七史商榷》卷九四，《新史意在别立體裁》中有所記述。

○）中是這樣説的：

> 文論並詩，頻作甚好。惟愈熟則工矣。

他説，多做詩文，是精通此道的關鍵。另外，在《東坡題跋》卷一中記載，孫覺向歐陽修請教爲文之法，他是這樣回答的：

> 云無它術，唯勤讀書而多爲之，自工。世人患作文字少，又懶讀書，每一篇出，即求過人。如此，少有至者。疵病不必待人指摘，多作自能見之。此公以其嘗試者告人，故尤有味。

歐陽修稱勤讀書、多練筆，文章自然精通，文章寫得多了，缺點自然就顯現出來了。另一方面，他還激烈批評了世人懈怠讀書、文筆修煉得不夠的情況。另外，朱弁（？ —1144）在《曲洧舊聞》卷四中這樣説：

> 讀歐公文，疑其自肺腑流出，而無斲削工夫。及見其草，逮其成篇，與始落筆，十不存五六者，乃知爲文不可容易。

朱弁讀了歐陽修的文章之後，認爲他寫文章時成竹在胸，是一氣呵成的，然而得到歐陽修的草稿之後卻發現其中十有五六曾被修改，纔明白歐陽修爲文重視推敲修改，文章是苦心創作而成的。

後來，編纂《歐陽文忠公集》的周必大在其《歐陽文忠公集後序》中這樣説：

> 前輩嘗言，公作文揭之壁間，朝夕改定。今觀手寫《秋聲賦》，凡數本。

　　他指出歐陽修完成作品後，將其貼在牆壁上多次修改。因此，從初稿到定稿，有好幾種《秋聲賦》存在。很遺憾，《秋聲賦》的初稿已經失傳，但從這記述中可以看出，《秋聲賦》初稿和最終的定稿之間必然有很大的差異。

　　從以上記述可見，歐陽修經常思考文章的表現方法，字斟句酌地進行文章的潤色。當然，其他很多作家也是反復潤色而完成著作的，然而，對一篇文章初稿的一半以上進行不斷修改而最終完成定稿，卻是歐陽修最擅長的文章寫作特色。

五

　　本文着眼於初稿流傳至今的《吉州學記》由初稿至定稿的修改軌跡。歐陽修的文章修改不止是表現層面的反復推敲，而常常伴隨着主題的巧妙變更。而且，正如上文所述，歐陽修在爲文過程中正是採取了反復修改的手法，因此，可以認定其他很多作品，雖其初稿未能流傳於今，但必定也是歐陽修經過多次修改初稿纔最終完成的。

　　後世對歐陽修的作品評價甚高，但是大多立足于歐陽修文章的氣度與風格。然而，究竟是什麼造就了歐陽修文章的豐富和渾厚呢？他的構思？他的文章佈局？還是他的文章表現力？我認爲是他修改文章的卓越能力造就的。歐陽修的修改潤色了文章，使他的作品增加了另外一種光輝。

（李莉、林頂譯，韓淑婷校譯）

從虛詞使用看歐陽修
古文的特色

一、前　　言

北宋歐陽修(1007—1072),一代文豪,唐宋八大家之一。他的文章議論清晰,通俗易懂,後人評價頗高。此外,在日本這位散文大師對古文復興運動的特有貢獻也廣爲人所熟知①。

我們當今可以從各種不同的角度考察歐陽修的古文特色。其虛詞的使用情況就稱得上是個很好的切入點。譬如,劉德清在《歐陽修論稿》裏有以下的叙述②:

> 文章神氣,駢文在音律,散文在虛字,是有一定道理的。歐陽修在本文中連用二十一"也"字,它有規律地散見全篇,反復出現,加強了文章的節奏和抒情氣氛,也強化了文章詠歎的韻味,讀起來琅琅上口。

他認爲散文的特色在虛詞上。對于《醉翁亭記》中 21 個

---

① 參閱拙文《皆川淇園眼裏的歐陽修——江户時代的歐陽修評論》(《鹿兒島大學文科報告》第 28 號第 1 分册,1992 年)。

② 據劉德清《歐陽修論稿》(北京師範大學出版社,1991 年)第 273—274 頁的記述。

"也"字的使用,吳孟復在《唐宋古文八家概述》一書中,有以下闡述①：

> 歐文中,不僅《醉翁亭記》多用"也"字,《瀧岡阡表》中也連用了許多"也"字。

他注意到"也"字的大量使用不僅僅在《醉翁亭記》中,在《瀧岡阡表》中我們也可以看到。把虛詞的使用作爲切入口分析歐陽修散文特色的,還有前野直彬所編的《中國文學史》②：

> 這裏具體想指出來的,是助字的大量使用這一現象。位于句頭的"夫"、"惟"、"然"以及句末的"也"、"矣",可總稱爲"助字"。大量使用助字,可以使句子和句子之間脈絡清晰,文章更有條理,當然篇幅也會隨之變長。縱觀歐陽修文,助字被大量使用。雖然助字通常可以被省略,但是會讓讀者一邊閱讀,一邊在心裏填補省去的助字。這樣一來,缺少助字的文章會使讀者在閱讀時爲理清文章的條理而增加緊張感。

對前野氏的分析,高橋明郎在《歐陽修的散文文體(一)——關於助字及反復》③和《歐陽修散文的特色——與韓愈散文文體特色差異之產生原因》④兩篇文章中均提出了疑問,並對虛詞進行了考察。在前一篇論文中,選出了歐陽修以"記"爲文體的二十四篇,統計出虛詞所占總字數的比例,並把

① 據吳孟復《唐宋古文八家概述》(安徽教育出版社,1985 年)第 83 頁的記述。
② 據前野直彬編《中國文學史》(東京大學出版會,1975 年初版)第 147 頁的記述。在該書中稱呼爲"助字",本書記爲"虛詞"。下同。
③ 《築波中國文化論叢》4,1984 年。
④ 《日本中國學會報》第 38 集,1986 年。

它和其他古文大家(韓愈、柳宗元、柳開、穆修、王禹偁、范仲淹、尹洙、石介、蘇舜欽)的十九篇"記"比較。最後得出結論,歐陽修的虛詞使用和其他古文家相比並無明顯差異。後一篇論文當中,高橋氏比較了歐陽修五十篇和韓愈二十五篇"記"、"序"中文體的差異。對于虛詞的使用,作者指出:韓愈多使用"乃"、"則"、"以"等"明示型虛詞";而歐陽修的文章中則以"然"之類的"非明示型虛詞"居多。並這樣論述道:"因爲歐陽修文多使用連詞,特別是'非明示型',所以必然要求讀者注目于其文脈。"

所以可以這樣説,前野氏的分析僅限于"明示型"的場合,這對于歐陽修文體特色的考察看來是不適宜的;而高橋氏的論述和以往的"印象分析"不同,它基於對資料的考察,更有説服力。

毫無疑問,對虛詞的考察可以作爲分析歐陽修文章特色的手段之一。因此,在本文當中,將首先考察歐陽修《五代史記》(《新五代史》)中虛詞的使用。之所以考察《五代史記》,是因爲,正像"三上"、"三多"等逸事所説的那樣①,對于必經反復推敲纔成文的歐陽修而言,這部從他三十歲寫到四十七歲②,歷經了十七年的大作,一定融入了其擅長的寫作手法。

---

① "三上"是指"馬上","枕上","厠上",據《歸田録》記載,即使是在作爲當時的交通工具——馬的背上的時候,睡覺的時候,如厠的時候,歐陽修還是經常考慮如何做文章。"三多"是指"看多,做多,商量多",即多讀,多寫,多考慮。這在陳師道的《後山詩話》裏有記載。歐陽修就是這樣無時不在考慮做文章和推敲。

② 對于《五代史記》(《新五代史》)的寫作時期,筆者參考了如下資料:佐中壯《〈新五代史〉撰述的情況》(《史學雜志》50—11,1939 年),石田肇《〈新五代史〉撰述的原委》(《東洋文化》41、42 合併號,1977 年),陳光崇《尹洙與〈新五代史〉小議》(《遼寧大學學報》1991 年第 2 期)等。

而且正當歐陽修壯年時期,寫作起來自然如風行水上。此外,還將通過考察歐陽修晚年作品《歸田錄》和《六一詩話》中的虛詞使用,來把握其壯年期至晚年期古文特色的改變。

二、《五代史記》和《舊五代史》

我們可以通過比較《五代史記》和《舊五代史》,來弄清楚《五代史記》的文章特色。《舊五代史》共一百五十三卷,是以宰相薛居正爲中心,盧多遜、張澹、李昉等人于北宋開寶六年(973)開始編撰,翌年編撰完成。這也是歐陽修完成《五代史記》大約八十年前的事情。《舊五代史》的原本因金泰和七年(1207)新定學令的制定而被廢除,其後又因衹用《五代史記》終至散佚。現行本是基於《永樂大典》和宋代諸文獻復原而成,自然不可能和原本完全一致。1975 年出版的標點本是參考了先前很多版本而成的,目前最被看好的版本①。所以在本稿裏,將引用該版本。雖然不可否認它和原本存在着差異,但本稿旨在考察歐陽修文章的特色,爲了方便起見而引用它進行比較,所以,雖然它與原稿有所出入,但也不妨礙我們對歐陽修古文特色的分析。

有必要指出的是,《舊五代史》是將五代的各朝作爲斷代史記述,分爲《梁書》、《唐書》、《晉書》、《漢書》、《周書》,並在各書中分別採用本紀和列傳的體例。另一方面,《五代史記》則將五代各朝作爲通史,而不是斷代史,編到同一個本紀當中。

---

① 《亞細亞歷史研究入門》(同朋舍出版,1983 年)第 243 頁《舊五代史》一項(竺沙雅章執筆)有這樣的記述:"1975 年出版的標點本,是以影庫本爲底本與殿本及上述三種抄本相參校,附加邵晉涵、孔莊谷、彭元瑞的校語,並對照原典校勘《册府元龜》等的錄文,是現行最好的版本。"

然後再設立各朝的家人傳、臣傳等。此外還增設了《舊五代史》中沒有的《死節傳》、《死事傳》、《一行傳》、《唐六臣傳》、《義兒傳》、《伶官傳》、《宦者傳》等。由於本紀體例存在較大的差異，比較起來很困難。因此筆者把目標定位到列傳的部分，從各王朝中各選五個人。進而分析這合計二十五個人的傳記中虛詞的使用。

具體而言，爲如下所記二十五人的傳記。

後梁

敬　　翔（《五代史記》卷二一、《舊五代史》卷一八）

龐師古（《五代史記》卷二一、《舊五代史》卷二一）

寇彥卿（《五代史記》卷二一、《舊五代史》卷二〇）

王重師（《五代史記》卷二二、《舊五代史》卷一九）

王　　檀（《五代史記》卷二三、《舊五代史》卷二二）

後唐

郭崇韜（《五代史記》卷二四、《舊五代史》卷五七）

周德威（《五代史記》卷二五、《舊五代史》卷五六）

元行欽（《五代史記》卷二五、《舊五代史》卷七〇）

符　　習（《五代史記》卷二六、《舊五代史》卷五九）

劉　　贊（《五代史記》卷二八、《舊五代史》卷六七）

後晉

景延廣（《五代史記》卷二九、《舊五代史》卷八八）

吳　　巒（《五代史記》卷二九、《舊五代史》卷九五）

趙　　瑩（《五代史記》卷五六、《舊五代史》卷八九）

馬全節（《五代史記》卷四七、《舊五代史》卷九〇）

王建立（《五代史記》卷四六、《舊五代史》卷九一）

後漢

蘇逢吉（《五代史記》卷三〇、《舊五代史》卷一〇八）

史弘肇(《五代史記》卷三〇、《舊五代史》卷一〇七)

楊　邠(《五代史記》卷三〇、《舊五代史》卷一〇七)

王　章(《五代史記》卷三〇、《舊五代史》卷一〇七)

郭允明(《五代史記》卷三〇、《舊五代史》卷一〇七)

後周

王　樸(《五代史記》卷三一、《舊五代史》卷一二九)

鄭仁誨(《五代史記》卷三一、《舊五代史》卷一二三)

翟光鄴(《五代史記》卷四九、《舊五代史》卷一二九)

馮　暉(《五代史記》卷四九、《舊五代史》卷一二五)

王　殷(《五代史記》卷五〇、《舊五代史》卷一二四)

關於這二十五人的傳記字數,《五代史記》爲 18 385 字,《舊五代史》爲 24 340 字。爲了方便比較,我們選了十個虛詞作字數上的考察。所選虛詞及其在文中的功能,如下所示①:

○則……以順承關係銜接上下文的副詞。

○因……以順承關係銜接上下文的副詞。包括"因之"等表示依靠、基於等意的動詞。

○然……表示轉折意義的連詞。

○於……表限定的介詞。比較的場合也用。

○也……表示認定、疑問、反語、感歎的語氣詞。

○焉……表示認定的語氣詞。

○爾……表示認定的語氣詞。

○耳……表示認定的語氣詞。

○矣……表示斷定的語氣詞。

○哉……表示詠歎的語氣詞。

---

① 本稿中所記述的虛詞的意思及作用,主要以牛島德次的《漢語文法論
　(中古編)》(大修館書店,1971 年)爲依據。

　　這些虛詞在《五代史記》、《舊五代史》中所使用的文字數經歸納如表 5 所示。由於在《五代史記》、《舊五代史》中被使用的總字數不同,爲了方便比較,如表 6 所示,換算爲在一萬字中出現的字數。

表 5　使用個數

作品名	總字數	於	也	焉	矣	爾	耳	因	則	然	哉
舊五代史列傳	24 340	201	103	19	29	2	4	50	44	14	3
五代史記列傳	18 385	60	83	3	32	2	6	42	21	16	2

表 6　每一萬字中的虛詞出現數

作品名	字數	於	也	焉	矣	爾	耳	因	則	然	哉
舊五代史列傳	10 000	82.2	42.3	7.8	11.9	0.8	1.6	20.5	18.1	5.8	1.2
五代史記列傳	10 000	32.6	45.1	1.6	17.4	1.1	3.3	22.8	11.4	8.7	1.1

　　首先,關於表示詠歎的“哉”,在《五代史記》中爲 1.1 個字,在《舊五代史》中爲 1.2 個字(以一萬字數爲基準。下同),字數相當少。這可能緣于《五代史記》《舊五代史》同爲歷史典籍吧。歷史典籍以記錄事實爲特徵,自然也就不適宜用“詠歎”的手法。相反作者卻可以在“論贊”中使用詠歎,這個且放到後面詳叙。

　　下面再來看表示認定的“也”(包括疑問、反語、感歎等場合)、“焉”、“爾”、“耳”。在表示認定的虛詞中,“也”最爲常用,包括疑問、反語、感歎等意義在內,《五代史記》中共有 45.1 個字,《舊五代史》爲 42.3 個字。“焉”表示的是對事物或對地點的認定,在《五代史記》中有 1.6 個字,《舊五代史》爲 7.8 個字。“爾”表示“僅僅”,即對局部限定的認定,在《五代史記》中有 1.1 個字,《舊五代史》爲 0.8 個字。“耳”和“爾”同義,在

《五代史記》中有 3.3 個字,《舊五代史》爲 1.6 個字。這些表示認定之意的虛詞,在《五代史記》和《舊五代史》兩書中出現字數較爲不同的應該是"焉"字。即使如此,這種差異也不過是一萬字中的 6 個字而已。不能說有很大的差異。應該是同爲歷史書籍的緣故,在使用這些虛詞方面難有迴異。因爲這些表達認定(也包括疑問、反語、感歎)之意的虛詞在強調確定、判定的語氣的同時,難免也加入了作者的感情色彩。這對于旨在記述事實的歷史典籍而言自然是忌諱濫用的。同樣,表示斷定語氣的"矣"在《五代史記》中爲 17.4 個字,在《舊五代史》中爲 11.9 個字,也未能看出有明顯差別。由此可見,和表示認定的其他虛詞一樣,"矣"附帶了作者推斷、決定的語氣,在歷史典籍中也是必須被慎用的。

　　下面再來考察"因"和"則"的情況。"因"在《五代史記》中出現的字數爲 22.8 個,在《舊五代史》爲 20.5 個,而"則"分別爲 11.4 個和 18.1 個,二者並無明顯差別。"因"和"則"起着承接上下句的作用,使語句銜接緊密,條理清晰。另一方面,同樣起着接續作用的"然"使用起來效果截然不同。在前文中提到的《歐陽修散文的特色——與韓愈散文文體特色差異之産生原因》一文裏,作者通過比較發現,"韓愈的散文中多用'明示型'的'以'和'于是';而歐陽修散文中則多用'非明示型'的'然'",並分析說,這種"非明示型"的虛詞"必然要求讀者經常性地進行把視點從當前轉移並返回到前文的操作(feedback,反饋)"。這種表示轉折意義的"然"在《五代史記》中是 8.7 個,在《舊五代史》中則是 5.8 個,的確《五代史記》稍多。可是,頻繁地要求讀者重新回到前文去確認内容的歷史書,難以稱之爲一本好的歷史書。作爲歷史書,其任務不是要求讀者對文章條理進行清理,而應該是準確地傳達事實。"然"的使用《五代史記》較《舊五代史》稍多,但也僅僅是一萬字中三個字的程度而已,談不上明顯不同。再者説,在《五代史記》裏"然"的出現頻率,也不過是平均一萬字九個而已。通過比較歐陽修和韓愈"記"和"序"的文體,正如高橋氏所指,"然"的多用可以説是歐陽修文體的特色。可能也許考慮了《五代史記》是歷史典籍,歐陽修對"然"也是盡可能地控制着使用的。

接下來,讓我們來考察在使用字數上迥異的"於"。和《舊五代史》中平均一萬字中出現了 82.4 個相比,《五代史記》中出現的字數爲 32.6 個。差距有 50 個之多,這種結果在別的虛詞的使用當中是沒有的。在此將對《舊五代史》和《五代史記》中的具體記述進行比較。

《舊五代史》　　　　　　　　《五代史記》

①〔龐師古傳〕

師古寨於清口,寨地卑下　　　師古營清口,地勢卑

②〔王重師傳〕

重師方苦金瘡,卧於軍次　　　重師方病金瘡,卧帳中

③〔王檀傳〕

檀招誘群盜,選其勁悍者　　　檀嘗招納亡盜,

置於帳下　　　　　　　　　　居帳下

④〔元行欽傳〕

殁而明宗營於城西,行欽　　　明宗至魏,軍城西,行

營於城南　　　　　　　　　　欽軍城南

接在"於"後面的通常是表示"地名"、"場所"、"時間"的詞或句,是表示某個體運動進行的"地點"、"時間"的介詞。

在此通過比較,我們發現《五代史記》中"於"的使用比《舊五代史》要少,因爲"於"的有無不影響文意,所以很有可能在當時被歐陽修删掉了。而且,也容易理解,那種四個、六個字

的句子如果在散文中連續使用，難免語調的單調乏味。在《五代史記》中，三個、五個字一句的句子，使得文章讀起來，跌宕起伏，緩急得當。所以可以認爲，爲了使語句更具有韻律感，歐陽修是有意識地通過對介詞"於"的删除，從而把《舊五代史》的四個字、六個字的偶字句變爲奇數字數的句子的。

　　即便是對那種于文意無直接聯繫的虛詞，歐陽修都一個字一個字地推敲成文。對于這一點，在范公偁《過庭録》裏，有如下記載：

　　　　韓魏公在相，曾乞《晝錦堂記》于歐公。云"仕宦至將相，富貴歸故鄉。"韓公得之愛賞。後數日，歐復遣介，别以本至。云前有未是，可換此本。韓再三玩之，無異前者。但"仕宦"、"富貴"下，各添一"而"字，文義尤暢。

　　據説，歐陽修曾贈與韓琦文章《晝錦堂記》，後來自己很不滿意，又換成新寫的版本。理由是歐陽修認爲文章中還必須添上兩個虛詞"而"字。由此我們不難看到歐陽修對于那種足以擔當真實功能的虛詞的追求，以及在修辭上不遺餘力的真摯作風。

　　歐陽修在作文時，對文章的韻律展開都考慮甚微，哪怕是對一個虛詞的增減，都考慮再三。正是因爲如此，我們在看歐陽修文章的時候，無處不感受到他認真的寫作態度。

三、論贊和列傳

　　本章將考察《五代史記》中論贊部分的文體。

　　《五代史記》的論贊部分，記載的是歐陽修對史實的所感以及因考證史實所觸發的感慨等等。論贊因多以"嗚呼"開篇，所以又被揶揄爲"嗚呼史"。《五代史記》的論贊部分一般

出現在卷末、卷首或出現在所感觸的人物的傳記之後。對于
《五代史記》論贊部分和列傳部分裏虛詞的使用情況,我們可
以在表 7 中看到。爲了便于考察,我們可以將表 7 轉換爲表
8,即比較兩部分中各虛詞在 10 000 字中所出現的字數。

表 7   使用個數

作品名	總字數	乎	也	焉	矣	爾	耳	哉	然	蓋	歟	因	則
五代史記列傳	18 385	20	83	3	32	2	6	2	16	1	0	42	21
五代史記論贊	15 878	28	273	28	106	12	7	99	75	41	29	23	101

表 8   每一萬字中的虛詞出現數

作品名	字數	乎	也	焉	矣	爾	耳	哉	然	蓋	歟	因	則
五代史記列傳	10 000	10.9	45.1	1.6	17.4	1.1	3.3	1.1	8.7	0.5	0	22.8	11.4
五代史記論贊	10 000	17.6	171.9	17.6	66.8	7.6	4.4	62.4	47.2	25.8	18.3	14.5	63.6

　　表示詠歎的"哉"在《五代史記》的列傳部分祇有 1.1 個字
(每一萬字。下同),而在論贊部分中卻出現了 62.4 次。可以
認爲在論贊部分裏歐陽修大量地直接使用詠歎,是"哉"的出
現頻率大大超過列傳部分的決定因素。

　　表示質問讀者或自問語氣的虛詞"歟"在《五代史記》的二
十五人傳中一次也沒出現,在論贊中卻有 29 處。同樣對于表
示疑問、反語和感歎的"乎",在論贊中出現的次數要比列傳多
得多。這種現象在表示認定的"焉"、"爾"、"耳"以及表示認
定、疑問、反語、感歎的"也"等虛詞的使用上也能看到。

　　至於這四個表示認定意義虛詞的使用情況,平均一萬字中,
列傳部分約有 51 個,而在論贊部分裏卻是列傳部分裏的近 4 倍,
爲 202 個。表示斷定語氣的"矣",論贊部分要比列傳部分多三倍
以上。由此可見,比較列傳部分,在論贊部分裏作者更趨向于使

用包含疑問、反語以及認定、斷定等作者感情的虛詞。

　　至於"蓋"字，正如高橋氏在《歐陽修散文的特色——與韓愈散文文體特色差異之產生原因》一文中分析所言，"和韓愈文比較，歐陽修在文中使用的'蓋'字要多很多。這和'非明示型'連詞所帶來的結果有點兒相似。即該虛詞因包含判斷的意味，必然要求讀者返回到前文中去進行確認"①，是歐陽修文章的特色之一。同樣，經常使用要求讀者回前文進行確認的"非明示型"虛詞"然"，和韓愈文相比，也是歐陽修文章的特色之一。這種在論贊部分裏的"蓋"、"然"，要比列傳部分裏的多許多。這是因爲和列傳相比，論贊部分更加能代表其典型的寫作風格吧。換種説法，在要求客觀記叙事實的列傳部分裏，也許可以説歐陽修是在控制自己一貫的作文習慣吧。

　　下面再讓我們考察表示順接關係的"因"和"則"的使用情況。"因"在論贊部分爲 14.5 字，列傳部分稍多，爲 22.8 個字；與此相對，"則"在論贊裏是 63.6，而在列傳裏是 11.4，論贊部分多出許多。在以上這種有時論贊部分多出、有時列傳部分多出的情況下，很難評估出"因"、"則"二詞的使用規律，也許我們可以説二者的使用和文章的體裁，即是列傳還是論贊，並無直接聯繫。

　　在《五代史記》的論贊部分中，使用感歎詞"嗚呼"起頭的句子有很多，那些往往是歐陽修表達感慨的部分，這在前文中早有所指出。現在我們又通過考察論贊部分虛詞的使用，發現表示詠歎的"哉"，表示疑念的"歟"，表示疑問、反語、感歎的"乎"，表示認定的"焉"、"爾"、"耳"，表示認定、疑問、反語、感歎的"也"，以及表示斷定的"矣"等虛詞，在論贊部分要比列傳

① 　見前高橋論文注⑧。

部分多得多。由此也可以看出歐陽修在論贊部分更多地抒發
了感慨。而以記載史實爲目的的列傳部分極少使用這些表達
感情的虛詞,也是理所當然。換句話説,歐陽修在列傳部分是
盡可能地控制着那些表達個人感受的虛詞的使用。而在論贊
中則可以從那種約束中解放出來,自由地表達自己的主張。
歐陽修正是這樣使用自己所擅長的寫作手法,將自己的感受
和主張在論贊中淋漓盡致地表達出來。

下面讓我們對比看看《五代史記》卷二四郭崇韜和安重誨
兩傳後附的論贊,和《舊五代史》卷五七郭崇韜傳後附的論贊。

> 《五代史記》卷二四,論贊
>
> 嗚呼,官失其職久矣。……梁之崇政使,乃唐樞密之
> 職,蓋出納之任也。唐常以宦者爲之,至梁戒其禍,始更用士
> 人。其備顧問、參謀,議于中則有之,未始專行事于外也。至
> 崇韜、重誨爲之,始復唐樞密之名,然權侔于宰相矣。

> 《舊五代史》卷五七,論贊
>
> 史臣曰:夫出身事主,得位遭時,功不可以不圖,名
> 不可以不立。洎功成而名遂,則望重而身危,貝錦于是成
> 文,良玉以之先折。故崇韜之誅,蓋爲此也。

因爲這兩部分所説的内容不同,所以不適合簡單的比較。
《五代史記》的論贊屬于典型的古文。而且,它不但以感歎詞
"嗚呼"起句,還使用表示認定的"也"和表示斷定的"矣",表露
出了作者歐陽修的感情。

另一方面,我們通過考察《舊五代史》論贊部分的"史臣
曰"以下的字數,發現呈"五、四、六、六、六、六、六、六、五、四"
的規律。有兩處五字句的地方,其中一個是發語詞"夫",另一
個是表因果關係的連詞"故",因爲都是加上虛詞後繞成五字

句,所以其實本身是四字句。由此可見,《舊五代史》的論贊部分大部分是由四字句、六字句構成的,而且有許多如"功不可以不圖"、"名不可以不立","功成而名遂"、"望重而身危","貝錦於是成文"、"良玉以之先折"之類的對句。這些都是《舊五代史》作爲典型駢文的特點。因爲論贊一般是表達作者見解的部分,所以很容易凸現作者的個性和主張。駢文的使用,是作者薛居正等的個性使然。而且,《舊五代史》是在歐陽修完成《五代史記》的八十多年前,即開寶七年(974)寫成的,時值駢文的鼎盛時期,自然也難免受到影響。

四、《五代史記》在學習
文章方面的作用

内藤湖南氏在《支那史學史概要》一書中①,有如下敘述:

在接下來的時代裏,歷史體裁全部被更新了,這是從宋代《新唐書》和《新五代史》的出現開始的。……比較特殊的是,編纂《新唐書》的宋祁、歐陽修二人喜好古文,而且在古文中又格外喜歡韓愈、柳宗元的文章。他們並非是原封不動地引入史書編寫材料,祇有韓愈和柳宗元的文章被他們盡量維持着原貌。這種喜好古文的傾向從韓愈那時就開始了,此種筆法學習《史記》、《漢書》,與後來的小說一樣,主要是善于將事實動態化,如在眼前一般。而以四、六文形式寫成的材料多是不活動的靜態。歐陽修等人撰寫的文章是將四、六文寫成的材料更靈活地表現出來。特別

---

① 《内藤湖南全集》第一一卷(筑摩書房,1969 年)所收《支那史學史概要》490—491 頁的記述。

是官署的文章幾乎都是用四六文作成,在記述事件方面没有逼真的效果。而野史、小説類就考慮到以傳聞類作爲材料。在今天而言,這個就是一方面從官方邸報,另一方面從新聞記事中獲得材料,這是史書寫法的一大變化。

該書指出從《新唐書》、《新五代史》(《五代史記》)開始,歷史書籍的體裁有了很大的變化,《新唐書》、《新五代史》中特別倚重古文,而對官文中所用的四六句,不是刪除,就是改變形式。小川環樹氏通過比較《新五代史》和《舊五代史》,有如下陳述①:

> 《舊五代史》的文字叙述通常是冗長散漫的,而《新五代史》則文章簡潔,其力度遠在《舊五代史》之上,對兩書進行略讀並比較便可知。

所謂"新史的簡單明瞭",説的是在《舊五代史》中,因爲四字句、六字句的排列,而使韻律單純乏味,《五代史記》因使用奇數句而避免了平板的節奏,並帶來閱讀上的緊張感。

祇不過四字句和六字句是中國語裏最穩定的韻律格式。而且四六字句的一貫性有利于斷句,易于表意的實用面。歐陽修有意識地改變這種四六字句格式,可以説將自己的文學主張,即古文要素帶進歷史文體的使用中來了。

歐陽修從三十多歲開始,用了十八年的時間執筆編撰《五代史記》,通俗易懂、精練明瞭是其文章的特色之一。在這十八年執筆過程中,這些特色又被反復運用,從而得以提升。當時駢文勢力强大,古文的寫作手法並不能隨心所欲地使用,而歐陽修在這種環境下,仍抱定那隨時可能會遇到挫折的文體改革理想,埋頭從事《五代史記》的編寫。因此,我們不應該忽

---

① 　小川環樹《新五代史的文體特色》(《中國文學報》第 18 册,1963 年)。

視作爲激勵他寫作的精神支柱的東西。

　　在歐陽修執筆《五代史記》的景祐三年(1036)之後,于景祐四年(1037)寫成的《春秋論》(《居士集》卷一八)、康定元年(1040)寫成的《正統論》(《居士集》卷一六)、慶曆二年(1042)寫成的《本論》(《居士集》卷一七)等等,毫無疑問都直接或間接地受到過在編寫《五代史記》中產生的感觸的影響。總之,歐陽修在景祐三年(1036)的三十歲左右開始到至和元年(1054)的四十八歲左右的那段時期,對《五代史記》的編寫讓他確立了歷史觀,鍛煉了文筆。所以,可以説在歐陽修的學問裏,《五代史記》的編寫過程起了不可替代的巨大作用。

　　這樣,通過《五代史記》,我們不僅可以領略到歐陽修作爲史學家的橫溢才華,也可以看到他作爲古文家的主張。該書是理解歐陽修古文寫作實踐的重要作品。清代的錢謙益在《答山陰徐伯調書》中説:"僕初學爲古文,好歐陽公《五代史記》。"將《五代史記》視爲古文寫作的典範。歐陽修作爲古文家的思想及文筆,在其《五代史記》的寫作中,得到進一步充分體現。

五、晚年的古文——《歸田録》 和《六一詩話》

　　以上考察了歐陽修壯年的作品《五代史記》,在本章中,我們來分析其晚年的古文作品《歸田録》、《六一詩話》。

　　《六一詩話》如其序所言:"居士退居汝陰而集以資閑談也。"是歐陽修于熙寧四年(1071),歸隱汝陰後寫成的。而歐陽修卒于熙寧五年(1072),所以《六一詩話》可被視爲其最晚的作品。另一方面,《歸田録》寫成于英宗皇帝的治平年間(1063—1067),在熙寧四年卸任後得到修改,也可視爲其晚年的作品。

這兩部作品中虛詞的使用情況經總結如表 9 所示。《歸田録》的總字數爲 14 110 個,《六一詩話》爲 4 070 個,換算成平均一萬字中出現的字數,則如表 10 所示。

表 9　使用個數

作 品 名	總字數	乎	也	焉	矣	耳	而	然	於	蓋	爾
歸田録	14 110	10	152	1	25	0	168	29	108	24	18
六一詩話	4 070	5	51	0	16	7	43	5	43	9	2

表 10　每一萬字中的虛詞出現數

作品名	字數	乎	也	焉	矣	耳	而	然	於	蓋	爾
歸田録	10 000	7.1	107.7	0.7	17.7	0	119.1	20.6	76.5	17	12.8
六一詩話	10 000	12.3	125.3	0	39.3	17.2	105.7	12.3	105.7	22.1	4.9

表示認定、疑問、反語和感歎的"也"在《歸田録》中爲 107.7 個字(一萬字中的出現次數,下同),《六一詩話》中爲 125.3 個字;表示疑問、反語和感歎的"乎"在《歸田録》中爲 7.1 個字、《六一詩話》中爲 12.3 個字;表示轉折的"然"在《歸田録》中爲 20.6 個字、在《六一詩話》中爲 12.3 個字;表示順接、逆接、追加的"而"在《歸田録》中爲 119.1 個字,在《六一詩話》中爲 105.7 個字,使用頻率並無很大差異。祇是"耳"在《歸田録》中爲 0 字,在《六一詩話》中爲 17.2 個字,"爾"在《歸田録》中爲 12.8 個字,在《六一詩話》中祇有 4.9 個字,相差較爲懸殊。"耳"和"爾"都是表示認定意義的虛詞,所以如果將它們和同樣表示認定意義的虛詞"焉"、包含認定意義的"也"一併考慮的話,這四個虛詞合計(平均一萬字中的出現字數)在《歸田録》中爲 121.1 個字,在《六一詩話》中爲 147.4 個字,

兩部書中的出現頻率相差並不很大。

　　李偉國氏在《歸田録佚文初探》一文中①指出,宋代的人經常把《六一詩話》中的文章當做《歸田録》的文章加以引用,于是李偉國就提出猜測,《六一詩話》可能原本是《歸田録》的一部分。可是,《六一詩話》是歐陽修辭官之後親自編寫的,必須和《歸田録》區分開來。另一方面,豐福健二氏在《〈六一詩話〉之成立》一文中②指出,《六一詩話》的編寫和《歸田録》的改訂可能爲同一時期,"在修訂的時候,作者考慮到將原本《歸田録》中較爲集中的詩話類的内容獨立出去",並推測《六一詩話》的三分之二以上被《歸田録》所收録。

　　比較前面列出的《五代史記》的論贊部分和《歸田録》、《六一詩話》平均一萬字中虛詞使用情況結果如表 11 所示,除去表示局部限定的認定之意的"爾"、"耳",所有的虛詞在《五代史記》的論贊部分中都出現得多。這可能是因爲在《五代史記》的論贊部分裏,歐陽修大量使用了詠歎的表達方式的緣故。即便如此,考察《歸田録》和《六一詩話》中虛詞的使用情況時,也可以發現類似的現象。

表 11　每一萬字中的虛詞出現數

作品名	字數	乎	也	焉	矣	耳	而	然	于	蓋	爾
歸田録	10 000	7.1	107.7	0.7	17.7	0	119.1	20.6	76.5	17	12.8
六一詩話	10 000	12.3	125.3	0	39.3	17.2	105.7	12.3	105.7	22.1	4.9
五代史記論贊	10 000	17.6	171.9	17.6	66.8	4.4	297.2	47.2	135.4	25.8	7.6

　　下邊,我們將考察在本稿已討論過的"乎"、"也"、"焉"、"矣"、"耳"、"而"、"哉"、"然"、"於"、"蓋"、"歟"、"因"、"爾"、

---

① 《澠水燕談録　歸田録》(中華書局,1981 年)所收。
② 《小尾博士古稀記念中國學論集》(汲古書院,1983 年)所收。

"則"這十四個虛詞,再連同起承上啓下作用的"乃"和表示疑問的"邪"共十六個虛詞,它們在《歸田錄》及《六一詩話》中的使用頻率已經分別按從低到高的順序排列如表 12 所示。以此爲基礎,統計出《歸田錄》和《六一詩話》的 Spearman 順位相關係數爲 0.792 1,另一方面皮埃遜的相關係數爲 0.953 4,顯然二者之間存在很大的一致性[1]。因而可以從《六一詩話》和《歸田錄》的這一虛詞使用上存在類似點的文體上的特色,推斷出二者屬于同一時期的作品。正像豐福氏指出的那樣,二者具有相同來源的可能性很高。

表 12　虛詞順序表

作品名	而	也	於	因	乃	則	然	矣	蓋	爾	乎	哉	焉	耳	邪	歟
歸田錄	1	2	3	4	5.5	5.5	7	8	9	10	11	12	13	15	15	15
六一詩話	2.5	1	2.5	9	5	7.5	10.5	4	6	12	10.5	14.5	14.5	7.5	14.5	14.5

　　清水茂氏對歐陽修晚年的作品《歸田錄》和《詩話》(《六一詩話》)進行了考察,有以下論述[2]:

---

[1]　《統計學辭典》(東洋經濟新報社,1989 年)對 Spearman 的"順位相關係數"有如下記載:"將以順位關係得出的皮埃遜相關係數

$$\rho = \frac{12}{n(n^2 - 1)} \sum_{i=1}^{n} \left(R_i - \frac{n+1}{2} \right) \left(Q_i - \frac{n+1}{2} \right)$$

$$= 1 - \frac{6}{n(n^2 - 1)} \sum_{i=1}^{n} (R_i - Q_i)^2$$

統一規定爲 Spearman 的順位相關係數(或者是 Spearman 的 ρ)(C. Spearman[1904a])"。Spearman 的"順位相關係數"及皮埃遜的"相關係數",都使用以下規則,即如果二者完全一致則數值爲"1",相反如果二者截然不同,則數值爲"-1"。因此,數值越靠近"1",說明二者有越深的淵源。本文使用的是 Spearman 的"順位相關係數"修訂版。該統計法請教了鹿兒島大學理學部的近藤正男教授(統計學)。

[2]　清水茂《唐宋八家文》(二)(朝日新聞社,1978 年)第 92 頁的記述。

　　　　他之所以能首創"詩話"、"隨筆"等新的著述形式,可
以説與他文章特色不無關係。他那流暢而細膩的口語式
的表達,使細微的部分、微妙的措辭能夠得以實現。因此
不能不説,這也是他能寫作那樣的作品的重要因素之一。

他指出,歐陽修能創作出隨筆《歸田録》和《六一詩話》,其中很
大的原因是他所掌握的古文。像《歸田録》和《六一詩話》這樣
散文的寫作形式,最能體現文章的表現力。而像駢文那樣受
諸多表現技巧制約的文體,就很難轉變爲那種文體流暢的、措
詞使用得體的文章。

　　比較《歸田録》、《六一詩話》中虛詞的使用情況(表 10)和
《五代史記》列傳(表 8)中的虛詞的使用情況,"也"在列傳中
爲 45.1 個字,在《歸田録》中爲 107.7 字,在《六一詩話》中爲
125.3 個字;"然"在列傳中爲 8.7 個字,在《歸田録》中爲 20.6
個字,在《六一詩話》中爲 12.3 個字;"蓋"在列傳中爲 0.5 個
字,在《歸田録》中爲 17 個字,在《六一詩話》中爲 22.1 字。
《歸田録》、《六一詩話》和《五代史記》列傳部分相比,虛詞的使
用要多許多。究其原因,如前所述,因爲列傳需要注重客觀史
實,故而歐陽修盡量地控制着那些表達感情的虛詞的使用。
《歸田録》和《六一詩話》因爲没有上述的制約,所以能自如地
表達。和大量表達出在本紀、列傳中受限制的感情的《五代史
記》論贊部分相比,《歸田録》和《六一詩話》中表示認定、詠歎、
斷定的虛詞要少得多。

　　從以上可以知道,《歸田録》和《六一詩話》主要是歐陽修
對朝廷逸事和詩進行的相關評論,所以它們的虛詞使用數量
居于《五代史記》論贊和列傳之間。這種既不同于以傳達事實
爲條件的列傳,又不同于須表達強烈感情的論贊的風格,應該
可以視爲歐陽修古文的一貫特色吧。

　　當然,古文寫作風格也並非歐陽修從來所具有的。因爲
要想在科舉考試中及第,就必須使用駢文。北宋僧文瑩的《湘
山野録》中記載了這麽一件事:歐陽修在科舉及第之後,被派
到洛陽任官。時值洛陽城中雙桂樓竣工,長官錢惟演委託歐
陽修爲該建築作記。歐陽修寫好之後,發現自己的文章有五
百多字,而尹洙的文章祇有三百八十多字,而且對方的文章簡
潔明瞭,非常典雅。爲此歐陽修很是佩服,向尹洙請教寫作之
道,發奮鑽研,最終方得古文寫作之道。《宋稗類鈔》卷五對擅
長于古文寫作的歐陽修叙述如下①:

> 　　往歲士人,多尚對偶爲文。穆修、張景輩始爲平文,
> 當時謂之古文。穆、張嘗同造朝,待旦于東華門外。方論
> 文次,適見有奔馬踐死一犬。二人各記其事,以較工
> 拙。……"有犬卧于通衢,逸馬蹄而殺之"。歐文忠公曰:
> "使子修史,萬卷未已也。"改爲"逸馬殺犬于道"。

　　同在洛陽向尹洙請教文章寫作方法的那個時候相比,此
時的歐陽修顯然對寫作這種簡潔的文章充滿了信心。像《歸
田録》和《六一詩話》那樣具有表現力的隨筆,即便是歐陽修也
不大可能在年輕的時候就能創作出來的。祇有到了晚年,正
式確立了自己的文體之後,纔能有那樣的創作。《歸田録》和
《六一詩話》可以説是歐陽修的古文造詣到達頂峰的作品。所
以可以説,歐陽修能開創《歸田録》和《六一詩話》這種新體裁,
應該得益于他長年堅持以古文風格寫作,和在此基礎上創作
出的大量的文筆流暢、簡潔明瞭且充滿個性的文章。

---

① 　《宋稗類鈔》是清朝的潘永因編纂的。該逸話的前半部分是在北宋彭乘
　　(985—1049)《墨客揮犀》的基礎上的記述,"有犬卧于通衢,逸馬蹄而殺
　　之"以下的記述僅爲《宋稗類鈔》記載。

　　最後,列舉南宋沈作喆《寓簡》卷八中記載的如下關於歐
陽修古文文體確立的記述:

　　　　歐陽公晚年,嘗自竄定平生所爲文,用思甚苦。其夫
　　　人止之曰:"何自苦如此,當畏先生嗔耶?"公笑曰:"不畏
　　　先生嗔,卻怕後生笑。"

　　歐陽修在去世之前不久,曾親自編纂五十卷的《居士集》,
同時也進行了修改、定稿的工作。據傳其間歐陽修眼睛、牙齒
以及手腳多處有疾患,這種高強度的作業使他幾乎耗盡全部
體力①。然而爲了不貽笑于後世,他克服疾病的痛苦,致力于
詩文集的編寫。之前也有指出,歐陽修在作文時,必經多次地
推敲和修改,這種寫作態度,被他一直堅持到生命結束。由此
不難看出,歐陽修的那種對創造好作品抱有的熱情,以及爲尋
求文章的精益求精而抱有的執著。這種對文章的專注正是歐
陽修能夠確立古文文體的強大動力。

(王振宇　譯)

---

①　關於歐陽修的病情,請參考小林義廣《歐陽修的生平和疾病》(《東海史
　　學》第 24,1990 年,後又被收入《歐陽修,其生平與宗族》,創文社,2000
　　年)。

歐陽修的科舉改革與古文復興

一、"古文運動"

有關"古文運動"①的諸多先行研究往往忽視了以下兩點：

一、古文運動具體究竟是如何開展的。

二、古文運動對整個社會產生了何種影響。

所以，我們首先有必要通過部分先行研究，來對以往關於"古文運動"的論述作一確認。

錢冬父《唐宋古文運動》的開篇部分對古文運動叙述如次②：

> （古文運動）就是提倡散文、反對當時駢文的一次鬥争運動。因爲參加這個鬥争的人數很多，有共同一致的要求與目標，形成了相當規模的浪潮，經過長期的起伏奮鬥，終于取得了勝利，所以大家把它稱作文學史上發生的一次"運動"。

此處所提到的"共同一致的要求與目標"、"長期的起伏奮

---

① 本稿對沿用至今的"古文運動"一語懷有疑念，因此在引用過去學説中的這一語句的時候，都用引號括住以示區別。

② 中華書局上海編輯所，1962 年初版，第 1 頁的記述。

門"究竟指的是什麼？"古文運動"果真如他所言，一致團結、共同長期地開展的嗎？

祝尚書《北宋古文運動發展史》中對"古文運動"有如下的論述①：

> 唐宋古文運動……前後經歷了三百多年的艱苦鬥爭，最終取得了輝煌的勝利，登上了我國古代散文創作的最高峰。……唐代古文運動是北宋古文運動的光輝榜樣，是思想和力量的源泉，它極大地推動了北宋古文運動。

當中論及"三百多年的艱苦鬥爭"，究竟是何種形式的鬥爭需要歷經三百年？宋代的古文的確把唐代的古文作為樣板，可是，經過"五代"的戰亂，從前的門閥貴族沒落了。在這種歷史背景下成立的宋王朝，形成了以科舉出身的士大夫為支配階級的社會。承載文化的主體大別于唐代。因此，宋代社會究竟以唐代的何種運動形態為樣本，確實是個不小的問題。

根據易錦海《歐陽修在北宋古文運動中的地位及其貢獻》的說法②：

> 北宋古文運動，不僅確定了古文的統治地位，使駢文再也不能死灰復燃。

似乎通過古文復興，駢文全部被消滅了。可實際上，即使古文在日常文書中被普遍使用，表、制、詔、勅等文書仍然按照慣例用駢文做成，而且在歐陽修的文集裏也存在《內制集》、《外制

---

① 巴蜀書社，1995 年，第 1 頁的記述。
② 《華中工學院學報》1981 年第 2 期。

集》、《表奏書啓四六集》等大量駢文作品。易綿海氏沒能把握北宋"古文運動"的實情,將古文和駢文簡單地放在對立的立場進行比較,故而得到了以上的結論。

這些論述的共同點,是沒有正確把握古文復興的實際情況,也可以說是對古文復興的社會影響及展開過程的分析不夠明瞭。雖然它們都使用"古文運動"一詞,可是對其定義總是非常曖昧。

的確,宋代的文人以韓愈的古文作爲樣板寫作古文作品,並使之流傳後世,從中也不難看出古文寫作上的前後聯繫。不過,這祇是古文寫作上的影響,而不能稱爲"運動"。而且,僅僅指出這種古文寫作上的影響和聯繫,無法解釋"古文運動"對社會的影響以及它被導入社會的過程。總之可以說,不加分析地使用"古文運動"一詞不利于全面掌握當時的文學情勢。探索文人之間的各種影響和關係,並將寫作古文的文人按時代順序列舉出來的做法也對把握古文復興的實情毫無幫助。

二、"古文運動"一詞所帶來的錯覺

首先來看"古文運動"這一概念究竟是何時產生的。對此,羅聯添《論唐代古文運動》值得參考,該書所述如次①:

> 至"古文運動"名稱,清代以前不曾有。所謂運動,必
> 有一個團體作有計劃的種種活動,如文字、口頭宣傳等。
> 唐代古文家對古文祇是個別倡導而已,頂多有若干人響

①　羅聯添《唐代文學論集》上册(臺灣學生書局,1989 年)所收。第 16 頁的記述。

應附和,實在不成什麼運動。"古文運動"是近代人受時風潮流的影響而産生的一個名詞。中國文學史上,最先用"運動"這個名詞的是民國十七年(1928)出版的胡適《白話文學史》。……三年後,到民國二十年(1931)胡雲翼《中國文學史》,第十一章標題是"唐代的文學運動",稱"古文運動有韓柳二氏的努力而達于最高的發展"。到民國二十一年(1932)鄭振鐸《中國文學史》,第二十八章以"古文運動"爲題,討論唐代"古文運動"的發展與成就,此後"古文運動"成爲一個普遍使用的名稱。

"古文運動"這一名稱最初出現在一九二八年的胡適的《白話文學史》中。受此影響,胡雲翼和鄭振鐸的《中國文學史》中也曾援用,之後就慢慢固定下來。

胡適是從 1915 年 9 月《新青年》的創刊之始,積極推進五四新文化運動的人物之一。當時在要求對政治進行文明的改革的基礎上,承認居于文明的中心地位的文學和政治有着密不可分的關係。胡適以外,陳獨秀等人的主張對政治也産生了很大的影響,從實質上推動了運動的開展。特別是胡適于清末在美國留學期間向《新青年》投稿,指出新文學應該用白話文、口語文書寫,積極投入口語文運動的實踐。在這種趨勢下,胡適回顧中國的古典,構築了"古文運動"的概念。而後,他所提出的"古文運動"被各種文學史相繼引用,最終固定下來。

也就是説,"古文運動"的名稱和以韓愈、歐陽修爲首的唐宋古文家沒有直接聯繫。正如羅聯添氏所言,所謂"運動"是由團體計劃並從事的各種活動,而在唐宋時期是不存在這種運動的。祇可惜當時的實情沒有能夠得到詳細的考察,"古文運動"一詞被不加分析地、盲目地搬來考察文學史。對"古文運動"一詞的錯覺也由此而生。

在宋代,古文流佈于士大夫之間,日常文書頻繁使用古文的事實也的確存在。而且,確實也有很多士大夫嘗試做古文復興的努力。儘管如此,像以往那樣將古文得到復興的事實用"古文運動"一詞粗略地包裝起來的做法實不可取。很有必要基於古文復興的具體事例展開討論,以探明當時古文復興的實際情況。

三、科舉和古文復興的關係

歐陽修在參加科舉考試的時候,已經能夠理解韓愈古文的長處,可仍然順從科舉考試的潮流,學習使用當時流行的時文(駢文)。關於此事,《記舊本韓文後》如次所述①:

> 是時,天下學者,楊、劉之作,號爲時文。能者取科第、擅名聲,以誇榮當世,未嘗有道韓文者。予亦方舉進士,以禮部詩賦爲事。

歐陽修參加科舉考試的時候,以楊億和劉筠爲代表的,所謂西崑派的時文(駢文)是科舉考試中一般被使用的文體。即使是被後人稱爲"古文大家"的歐陽修也不得不順從科舉的潮流趨勢,學習西崑派的文章,這一點值得注意。由此可知,科舉的傾向往往決定士人對文體的學習。

在考察科舉和文體的關係的時候,不可忽略嘉祐二年(1057)的科舉考試。原因是,這場科舉考試是歐陽修擔任權知貢舉後主持的,是北宋古文復興的一大契機。關於具體情

---

① 關於歐陽修的作品,請以南宋本《歐陽文忠公集》(天理圖書館收藏)爲基礎,並適當參考其他。下同。

況,蘇轍《歐陽文忠公神道碑》有如下記載①:

> 二年,權知貢擧。是時進士爲文,以詭異相高,文體
> 大壞。公患之,所取率以詞義近古爲貴。凡以嶮怪知名
> 者,黜去殆盡。牓出,怨謗紛然。久之乃服。然文章自是
> 變而復古。

《四朝國史·歐陽修傳》也有叙述如次②:

> 知嘉祐二年貢擧。時士子尚爲險怪奇澀之文,號太
> 學體。修痛排抑之,凡如是者輒黜。畢事,向之囂薄者伺
> 修出,聚譟于馬首,街邏不能制。然場屋之習,從是遂變。

從上可知,經過嘉祐二年科擧考試,文體發生了很大的變化,由那之後開始流行以明快達意爲特色的古文。蘇轍的記述中寫到文章"復古",很明顯是説通過這場科擧考試,古文得到了完全復興。而《四朝國史》關注這場科考之後考場的傾向和考生所學的文體的變化等對社會的影響。

通常爲了能夠科擧考試合格,就必須從小開始學習哲學、文學、史學等各方面的知識,爲此需要背誦大量的書籍,從早到晚學習十幾年毫不間斷。早的十七八歲,一般也在二十歲左右就要參加地方的考試。及格者就可以參加中央的省試,之後還有殿試,這是當時的情形。士人們以科擧試場的傾向爲標準,接受嚴格的應試學習。這樣,科擧考試的傾向一旦發生變化,士人們的學習方向也必須隨之而改變。宋代所謂的

---

① 蘇轍《歐陽文忠公神道碑》爲《欒城後集》卷二三(上海古籍出版社,1987年)收入。

② 《四朝國史·歐陽修傳》爲《歐陽文忠公集》的附録部分收録,本稿以此爲準。

士大夫其實同時也是政治上的官僚,其本質是通過科舉考試
而產生的擁有儒教學問的階層。他們的儒教方面的學問大多
是通過準備科舉考試習得的。所以可以說,科舉考試的傾向
決定宋代士大夫們的本質,對整個社會影響巨大。

　　嘉祐二年的科舉考試中,歐陽修的文體改革取得了巨大
成功,是因爲該嘗試是以科舉試場爲舞臺進行的。當時,作爲
產生官僚的機制,科舉考試已經完全被導入當時的宋代社會。
這種建立在科舉制度之上的、對文體改革的嘗試從此也改變
了考生們治學的傾向,對社會產生了巨大的影響。所以僅僅
把科舉看成是採用官吏的考試是不全面的,科舉考試對政治、
社會、文化系統的形成所起的作用不容忽視。

　　其實歐陽修在嘉祐二年以前,已經作成了一個科舉改革
方案。考慮到科舉考試與文體改革之間存在着的聯繫,以下
將在考察歐陽修的科舉改革方案的基礎上,期望能夠探明歐
陽修的文體改革的一個側面。

四、歐陽修的科舉改革方案

　　歐陽修對當時的科舉考試在錄用人材方面的成效一直抱
着懷疑的態度。他于慶曆二年(1042)三十六歲時所作《送曾
鞏秀才序》中如下所言:

　　　　有司斂群材,操尺度,概以一法,考其不中者而棄之。
　　雖有魁壘拔出之材,其一絲黍不中尺度,則棄不敢
　　取。……嗚呼!有司所操,果良法邪?

　　才能被歐陽修認可的曾鞏在慶曆二年的省試中落第。歐
陽修對這樣的人材不被錄用而不滿,更加不相信當時科舉考

試制度。

爲了改變科舉試場的現狀,在慶曆四年(1044)進行了科舉改革。改革發生在所謂的慶曆新政的政治改革期間。這一年,范仲淹任參知政事,其門下的富弼被任命爲樞密副使,他們和歐陽修、余靖、蔡襄等年輕官僚一起進行了政治改革。范仲淹等人按照仁宗皇帝的意思,奏呈《答手詔條陳十事》①,陳述政治改革的基本政策。在這十個政策裏就有"精貢舉"一項,對當時科舉進行全面的改革,其内容被《續資治通鑑長編》卷一四七②收録。同時也以《詳定貢舉條狀》爲題,收録于歐陽修的《奏議集》卷八。根據注記,《詳定貢舉條狀》是范仲淹集團中的九人③的合奏,事實上這部分是由歐陽修執筆的。

科舉改革作爲慶曆新政的一個項目被實施。也有必要考慮它與其他九個項目之間的關聯。祇是如前所述,科舉改革和古文復興緊密相關,所以和其他九個項目分開,在此祇考察"精貢舉"一項。此外,雖然是九人的合奏,但考慮到這個科舉改革案實際上是由歐陽修執筆的,當中必然反映其個人的理念。而且在接受了上奏後的翌日,仁宗皇帝根據改革案頒布科舉改革的詔書,該詔書的草稿也是歐陽修作成的,以《頒貢

---

① 所謂《上十事疏》,爲《范文正公集》的《政府奏議》(《四部叢刊》所收)的上卷收録。十個專案的改革方案依次如下:"一曰明黜陟"、"二曰抑僥倖"、"三曰精貢舉"、"四曰擇官長"、"五曰均公田"、"六曰厚農桑"、"七曰修武備"、"八曰減徭役"、"九曰覃恩信"、"十曰重命令"。

② 也爲《續資治通鑑長編》卷一四三收録。這些收録了范仲淹的《答手詔條陳十事》的"一曰明黜陟"到"十曰重命令"。卷一四七詳細收録了科舉改革和學校擴充的部分。如果對照讀完《續資治通鑑長編》卷一四七和歐陽修的《奏議集》卷八《詳定貢舉條狀》,就不難判斷這個科舉改革案出自歐陽修之手。

③ 歐陽修以外的八位是:宋祁、王拱辰、張方平、梅摯、曾公亮、王洙、孫甫、劉湜。

舉條制勅》爲題被收録在歐陽修的《外制集》卷一裏。在此基礎上，歐陽修于同年作成了集中自己對科舉改革的見解的《論更改貢舉事件劄子》（《奏議集》卷八）。所以從這些作品着眼，我們可以通過這場科舉改革更好地瞭解歐陽修的理念與見解。

首先在《詳定貢舉條狀》中，關於當時的科舉考試的弊害，所述如下：

> 有司束以聲病，學者專于記誦，則不足盡人材。

在當時的科舉考試中，考官拘泥于平仄聲調評卷，考生也把心思放在死記硬背上。這種情況必然不利于録用人才。《論更改貢舉事件劄子》更是具體分析了科舉考試的弊害：

> 今貢舉之失者，患在有司取人，先詩賦而後策論。使學者不根經術，不本道理，但能誦詩賦，節抄《六帖》、《初學記》之類者，便可剽盜偶儷，以應試格，而童年新學全不曉事之人，往往幸而中選。此舉子之弊也。

科舉考試中存在的問題在此被揭露了出來。當時的考試"先試賦而後策論"，即詩賦的比重太大。正因如此，志于鑽研學問的人不能以經術和道理爲基礎，衹知背誦詩賦，摘抄《白氏六帖》和《初學記》等書籍，剽竊對偶、駢儷等表現手法以應付考試。衹重視表現手法與形式，積累那些華而不實的、瑣碎的東西。

正因爲當時的科舉考試對士大夫們的治學影響很大，所以可以説，科舉考試重視表現形式與背誦的能力也決定着考生治學的方嚮。關於改革方案中提出的對策，《詳定貢舉條狀》有以下記載：

今先策論，則文辭者留心于治亂矣。簡其程式，則閱博者得以馳騁矣。問以大義，則執經者不專於記誦矣。

即先進行策、論兩個考試科目。這樣，不僅精簡了各種規程，而且也可以把考生的注意力引到治理社會上去。在《論更改貢舉事件劄子》中，歐陽修論述如下：

蓋其節抄剽盜之人，皆以先經策論去之矣。

他明確指出，希望通過策、論等考試科目，首先淘汰那些抄襲《白氏六帖》、《初學記》等書籍，或者剽竊表現手法的人。先行考核策、論，其實是對以往考試中重視詩賦的取向的否定。因爲有能力者未必精于詩賦，這樣一來就可以使這些人因策、論而及第。關於這件事，《論更改貢舉事件劄子》記載如次：

比及詩賦，皆是已經策論，粗有學問、理識不至乖誕之人。縱使詩賦不工，亦足以中選矣。

也就是說，歐陽修面對有實力的人才不能科舉及第的事實，通過“先策論而後詩賦”，即重視策、論的策略，進行制度上的改革。通過這樣的改革，淘汰了那些祇懂得鷄毛蒜皮的知識、祇擅長模仿形式的人，提拔了那些考慮國家和政策的人才。以歐陽修等人的意見爲基礎，通過這次改革，進士科的考試科目由從前的詩賦、論、帖墨變成策、論、詩賦。慶曆四年以前的進士科考，從第一場開始依次爲詩賦、論、帖墨，根據“通場去留”（全場通過）與否決定舉人的錄用，第一場的成績好壞尤顯重要。因此，詩賦的成績在很大程度上左右着能否合格。如此重視詩賦，故而使得考生考經據典，競顯博覽多才，拘泥于平仄聲調等技巧。這樣，追求雕蟲小技和表達上的美感的詩文一時達到全盛。但是如前所述,隨着慶曆四年三月的進士考試科目的巨大變更,過去受到重視的詩賦隨之也失去了影響力。詩賦地位低落的另一方面,策、論的比重得到了提高。對需要自由闡述見解的策、論而言,拘泥于對句、典故和文章聲調等修辭面,難以鮮明地表達自己意見和主張的駢儷體難以勝任,使用重視内容的古文體就顯得非常自然。這樣,如次章所述,隨着進士科科目的大幅變更,在古文開始受到重視的慶曆四年,古文家石介、孫復等人在有科舉預備校之稱的太學裏,向學生傳授講義。他們的主張征服了太學生們。那些重視表現技巧豔麗浮躁的文風也爲之一掃,氣勢澎湃的重視古文的風氣與日俱增。

該改革方案事實上是經歐陽修之手制定,以范仲淹爲首的宋祁等政治家,即所謂范仲淹集團一致上奏而被通過的。他們之所以主張科舉改革,是因爲科舉考試的方式,即採取何種考試能夠直接決定被録取官僚的性質。基於范仲淹和歐陽修等人的政治改革的理念之上,有他們理想的國家及承擔它的人材,即理想的官僚。通過科舉改革的實行,可以提拔那些和他們有着共同政治理念的人才。作爲手段他們重視策、論,所以變更考試科目同時也爲士大夫們將文體從駢文轉向古文創造了時機。祇不過,隨着慶曆新政于翌年失敗①,科舉考試科目又回到了原來的狀態,而傾向于古文的潮流也一時被迫停止。

---

① 隨着慶曆新政的提案《上十事疏》的實行,反對勢力也愈來愈大。甚至還有批判説范仲淹等改革派互結朋黨。爲此,歐陽修作成《朋黨論》,對反對派進行反擊。在這樣的情況下,發生了"奏邸獄"。所謂"奏邸獄"是范仲淹集團成員的蘇舜欽被人彈劾在進奏院舉行祠神會的時候,賣公文書的舊紙以獲得資金,結果蘇舜欽遭到罷官,參與其中的改革派和少壯官僚也被從中央清除出去。改革派勢力因此大大削弱,最終導致改革的失敗。

可是,正如以下將要論述的,通過歐陽修等人的科舉改革方案重要的支柱之一學校的擴充,古文復興的潮流初具雛形。

五、學校的擴充與古文復興

如前所述,在科舉的諸多改革方案中,有重視學校、擴充學校的提案。可以說,科舉考試的改革和對學校的擴充是表裏如一的關係。下面對當時的學校,特別是對太學①和古文復興進行考察。

歐陽修《吉州學記》(《居士集》卷三九)對學校,即國學的教學的記述如次:

> 學校,王政之本也。古者致治之盛衰,視其學之興廢。

他抱着學校是王政之本的理念,主張國家應該設立學校,施行教育。《詳定貢舉條狀》中云:

> 今教不本于學校,士不察于鄉里,則不能覈名實。

在《頒貢舉條制勅》中如下所言:

> 皆以謂本學校以教之,然後可求其行實。

慶曆改革的措施中,規定各路府州軍都建立學校,一個縣如有兩百人以上則允許建立學校,在學校學習三百天以上則可參加解試,並且也規定了教官的選定方法和任期②,同時也

---

① 以下關於當時太學的情況,請參考寺田剛《宋代教育史概說》(博文社,1965 年)、宮崎市定《宋代的太學生生活》(《亞洲史研究》第一所收,東洋史研究會,1957 年)。

② 關於慶曆新政中的學校改革,詳細參考前舉寺田剛《宋代教育史概說》第 47 頁。

兼顧了首都太學的鞏固。這些對學校的擴充和強化,和前面提到的考試科目的改革不同,並沒有隨着慶曆改革的失敗消失,而是被繼續進行了下去。

北宋的第四代皇帝仁宗接受改革方案後,于慶曆四年(1044)在首都汴京修建了太學的校舍,雖然受國子監的直接管轄,實際上在太學施行教育。太學作爲培養人才的教育機關得到發展,科舉及第者輩出。慶曆改革前後,古文派的石介、孫復、胡瑗等人相繼成爲國子監直講,這些古文派文人在太學擔當講義,從而太學之中古文勢力得到擴大。孫復從慶曆二年(1042)至五年(1045),以及至和二年(1055)到嘉祐二年(1057)兩次,石介于慶曆二年(1042)至四年(1044)分別擔任國子監直講。而胡瑗晚于他們十年,即皇祐四年(1052)擔任國子監直講,之後在太學教授學生。

石介在《怪説中》中,徹底地批判時文,即西崑派領袖楊億華美艷麗的文風,他是積極主張古文復興的人物之一。關於此事,北宋文瑩《湘山野録》記載如下:

> 石守道介,康定中主盟上庠,酷憤時文之弊,力振古道。

石介在太學中講學,學生當中不乏追隨者,歐陽修《徂徠石先生墓誌銘》(《居士集》卷三四)有如下論述:

> 及在太學,益以師道自居。門人弟子從之者甚衆。
> 太學之興,自先生始。

由此可知太學中石介的影響力很大。衆所周知,由於他以儒家學説爲本,重視道統,同時極力排斥那些妨礙儒學的佛教、老子學説以及西崑體。在此,着眼他排斥西崑體的一面,在石介《怪説中》裏,他犀利地批判了以華美艷麗文風而自誇的西崑派領袖楊億的文章。而且在《上趙先生書》、《與裴員外書》、《上蔡副樞書》等作品中也徹底反對世俗浮豔的文章,堅定地闡明古文復興的道理。總之,極力鼓吹道統的石介和那些不論道統的華美的西崑體文章似有不共戴天之仇,從頭至尾地予以批判。因此不難推測,他應該也是以這種見解,對太學生們進行指導,傳授知識的。

而孫復在太學裏,主要講授《春秋》。《二程文集》卷六的《回禮部取問狀》記載如次:

> 孫殿丞復説《春秋》,初講旬日間,來者莫知其數。堂上不容,然後謝之。立聽戶外者甚衆。

由此可知他在太學講授《春秋》時的盛況。衆多學生紛遝而至,甚至還有許多站着旁聽。歐陽修《孫明復先生墓誌銘》(《居士集》卷二七)如下所言:

> 先生治《春秋》,不惑傳注,不爲曲説以亂經。其言簡易,明于諸侯大夫功罪,以考時之盛衰,而推見王道之治亂。得于經之本義爲多。

孫復精通《春秋》,代表作有《春秋尊王發微》十二卷。關於他對《春秋》的見解,《宋史》卷四二二《儒林傳》評價他繼承了中唐陸淳的學風。即,不拘泥于以往的《春秋》三傳,將目光放回到《春秋》原書,從中直接探求真理的態度。

胡瑗在太學中以教授《易》爲主。之前提到過的程頤的《回禮部取問狀》中,關於胡瑗于太學中講授《易》,記載如下:

> 往年,胡博士瑗講《易》,常有外來請聽者,多或至千數人。

胡瑗的易學特色,從太學講義録的《周易口義》中可知,他不把以往的注釋《正義》視爲絶對,而是基於自己的解釋,屢屢進行批判。也就是説,他不迷信過去的訓詁,根據自己的理解對《易》進行解釋。這和孫復不拘泥于春秋學中傳統的傳注不謀而同。在此需要我們注意的是,這種捨棄了過去的舊的解釋框架,根據自己的理解自由地對經書進行解釋的治學態度,和那種否定過往的陳腐的駢文體、追求自由的具有充分思想表達能力的古文的精神如出一轍。思想往往是以文章作爲外衣得到體現的。否定以往的經書注解的思想絶對不可能以追求表現美、重視形式的駢文體的文章作爲外衣。與這種思想相匹配的文章祇可能是重視内容充實的古文。受到衆多太學生敬慕的石介、孫復、胡瑗等人的以上治學態度,正是影響當時太學生們進行古文寫作的要因之一。而且不能忽視的是,當時的太學中殘留有私塾的影子,學生很容易受到指導者治學態度的影響。祇是由於石介過分地强調和西崑派的美文徹底劃清立場,結果矯枉過正,出現了有險怪奇澀等弊害的難懂的"太學體"文章①。

在歐陽修主持科舉考試的第二年,即嘉祐三年,記載考生們所見的科舉試場上不正當行爲的《條約舉人懷挾文字劄子》(《奏議集》卷一五),關於太學的學術傾向有如下叙述:

> 臣伏見國家自興建學校以來,天下學者日盛,務通經術,多作古文。

歐陽修指出國家的學校,即太學建立以來,治學者開始多作古文。雖然一些古文出現了弊害,可在當時的太學裏,還是形成了古文復興的潮流。

───────────────

① 參閱拙文《"太學體"考——從北宋古文復興的角度》(《日本中國學會報》第 40 集,1988 年)。

正當太學生們積極地學習古文的時候,胡瑗被任命爲天章閣侍講,要離開太學。當時,歐陽修寫成《舉留胡瑗管勾太學狀》(《奏議集》卷一四),論述如下:

> 然臣等竊見國家自置太學十數年間,生徒日盛,常至三四百人。自瑗管勾太學以來,諸生服其德行,遵守規矩,日聞講誦,進德修業。昨來國學開封府並鎖廳進士得解人中,三百餘人是瑗所教。然則學業有成,非止生徒之幸,庠序之盛,亦自是朝廷美事。今瑗既升講筵,遂去太學。竊恐生徒無依,漸以分散。……臣等欲望聖慈特令胡瑗同勾當國子監,或專管勾太學。

胡瑗在太學任教期間,考生們的考試合格率很高,太學一時非常興隆。而胡瑗的經學立場和歐陽修經學研究中捨棄舊的注釋,主張回歸經書的立場相同。不必贅言,表達該種思想的文章當然也要以不受形式約束、重視內容的古文最合適。歐陽修對胡瑗在太學的業績評價頗高,不希望胡瑗離開太學,于是他向皇帝獻呈了以上的文章。這篇文章果然奏效,胡瑗在擔任天章閣侍講的同時,還繼續能夠在太學講學。

當國子監直講的人手不夠的時候,歐陽修積極舉薦周圍有着相似見解的士人。他在《舉梅堯臣充直講狀》(《奏議集》卷一四)中,如下所言:

> 竊見國學直講見闕二員,堯臣年資皆應選格。欲望依孫復例,以補直講之員,必能論述經言,教導學者。

因爲國子監直講有兩名空缺,歐陽修舉薦了兩個人。一個是梅堯臣,而另一個是他在《舉布衣陳烈充學官劄子》(《奏議集》卷一四)中提到過的陳烈。當時,梅堯臣尚未科舉及第,歐陽修舉出以布衣身份出任國子監直講的孫復的先例,推舉梅堯臣。

太學裏的治學傾向很大程度上取決于教官。所以,歐陽修在太學教官的人事決定上毫不馬虎。譬如積極挽留很有古文造詣的胡瑗,用心推薦梅堯臣。總之可以説,歐陽修主導着太學的治學傾向,努力培養自己理想的年輕人才,並潛移默化地給予他們古文方面的影響。隨着科舉改革的繼續,充實太學可以説爲培養有實力的人材學習古文提供了很好的場所。

六、結　語

在過去很多的研究中,古文復興的實情往往被諸如"古文運動"的語句所掩蓋,有諸多曖昧的部分,以至於無法勾畫它的全貌。本稿着眼於古文復興的具體事例,以歐陽修爲中心,對科舉的考試科目變更與文體變革的關聯、太學的擴充與古文復興等展開了考察。

以科舉考試爲主軸考慮,由歐陽修等人提案的慶曆四年的科舉科目改革中,發生了從駢文到古文的轉變,並形成了古文的潮流。衹是因爲第二年政治形勢的變化,這股古文潮流沒有得到繼續。可以明確地説古文得到了復興,應該是在歐陽修擔任權知貢舉並主持嘉祐二年的科舉之時。在這次科舉中,歐陽修痛斥險怪奇澀的太學體古文,主張採用明快達意的古文,之後,明快達意的古文成爲主流文體。在此所説的太學體是在太學中流行的文章。太學經過慶曆四年的改革,受國子監管轄建造了校舍。在太學中石介等古文家擔任教官指導學生,古文深入人心。衹是,在太學中流行的太學體古文偏離了歐陽修理想的古文的文體,朝着險怪奇澀的特色發展。歐陽修對此趨勢非常擔憂,故而在嘉祐二年的科舉中痛斥太學體,從而端正了太學中流行的古文的發展方嚮。其結果,作爲科舉用的文體,明快達意的古文受到了重視,逐漸佔據了主流文體的地位。關於此事,後來蘇軾在《擬進士對御試策引狀》①中如下所述:

> 自嘉祐以來,以古文爲貴,則策論盛行于世,而詩賦幾至於熄。

他認爲以歐陽修主持科舉的嘉祐年間爲界,重視表現技巧的詩賦在科舉考試中失去了其地位,古文由此得到了復興。

宋代的士大夫均由科舉出身,在科舉中使用的文體,以及作爲預備校存在的太學裏的教育,對這些士大夫的學問都有很大的影響。所以,本稿着眼於科舉及文體的變革、太學的教育與古文復興的關聯,以根據當時的政治形勢提出的歐陽修的科舉改革方案爲綫索展開了考察。雖然這些也並非古文復興的全部,可是從科舉考試科目的改革與太學的教育情況的具體事例出發,就排除了"古文運動"這一語句所帶來的曖昧,從而勾畫出歐陽修古文復興過程中的一個側面,進一步也探明了這些事例與政治活動的關係。

(王振宇　譯)

---

① 爲方便起見,關於蘇軾的作品,以《蘇軾文集》(中華書局,1986 年)爲準。

"太學體"考——從北宋
古文復興的角度

一、問 題 的 所 在

在北宋古文復興過程中,由當時權知貢舉歐陽修所主持的,嘉祐二年(1057)的貢舉是一個不可忽視的事件。這一事件在《宋史》卷三一九《歐陽修傳》中有如下的記述:

> 知嘉祐二年貢舉。時士子尚險怪奇澀之文,號"太學體"。修痛排抑之,凡如是者輒黜。

嘉祐二年由歐陽修主持的這次科舉,是具有重大轉折意義的劃時代事件。因爲當時全無名氣的蘇軾、蘇轍兄弟以及曾鞏等古文家精英,正是通過此次科舉被世人所認識的。除此之外,後來的士大夫們追求的文體也從所謂的"太學體"向明快達意的古文發生轉變。

那麽,《宋史》所説的"太學體"究竟是怎樣一種文體呢?我認爲,弄清歐陽修所貶斥的"太學體"的真實情況,對於瞭解當時以歐陽修爲中心而倡導的古文復興的情況是不可或缺的。本文着眼於各典籍有關"太學體"的記述,明析其特色,試圖以此最大限度地把握"太學體"的實質。另外,與以前多以嘉祐二年科舉推崇的蘇軾等古文家的文章爲研究焦點不同的是,本文將焦點轉向受排斥的"太學體"文章一方,並想藉此考察歐陽修倡導的古文復興的本質。

衆所周知,即使是在古文成爲文體主流的嘉祐二年之後,注重形式的詔、制、表、奏等公文,也多是用駢文寫就的。因此,在歐陽修、蘇軾、王安石等古文家的文集裏,可以明確見到數量很多的駢文。總的來説,我們所説的古文復興,並不是指必須以駢文寫作的這些公文的古文化復興,而是專指士大夫間流行的文體向古文的回歸。因此,本文將視野限定于士人之間的流行範圍,以此考察當時太學體的流行及古文復興的基本狀況。

二、過去的"太學體"研究

在考察"太學體"之前,先要瞭解過去對于"太學體"的看法。近人郭正忠在所著的《歐陽修》一書中對于"太學體"有如下的記述①:

> 這時的科場,依然盛行着四六時文。……所以人們把四六時文稱爲"太學體"文。

因此,郭氏得出了"太學體"文即四六時文,也就是當時流行的駢文的結論。更進一步,前野直彬編著的《中國文學史》明確地認爲"太學體"汲取了駢文源流,繼承了駢文傳統。他論述如下②:

> 當時,應試文章極力發展華麗的技巧,流行晦澀難解

---

① 郭正忠《歐陽修》(上海古籍出版社,1982 年)第 53 頁。
② 前野直彬《中國文學史》(東京大學出版會,1975 年)第 148 頁。

的文體,此被稱爲"太學體"。它是汲取駢文源流的文本,
祇有精通此類文體的考生纔能在考試中合格。

然而,雖然没有直接提及"太學體"這樣的説法,對于在嘉
祐二年科舉中被歐陽修貶斥的文章,胡士明在《宋代古文大師
歐陽修》一文中這樣説道①:

> 嘉祐二年(1057)······歐陽修也充分利用了自己的政
> 治聲望和主持這次貢舉的權力,痛革科場積弊。當時科
> 場仍然盛行雕章麗句的四六時文。

由此可知,上述見解都認爲嘉祐二年歐陽修排斥的"太學
體"文章就是徒然具有華美豔麗的風格、注重表現技巧的駢
文。諸如此類的見解,在張華盛的《歐陽修》、橫山伊勢雄的
《唐宋八家文》(下)都有所體現,在這裏就不再一一枚舉了②。

另一方面,儘管完全没有言及"太學體"一詞,關於嘉祐二
年的科舉,劉子建的《歐陽修的治學與從政》一文卻與上述見
解有所不同③:

> 1057 年,歐陽修主試時,不僅是排斥時文,也不取學
> 石介等人的詭異怪嶮的古文。

在這裏值得注意的是,作者認爲歐陽修所排斥的不祇是
當時流行的駢文,還有石介等人風格怪異的古文。持此觀點

---

① 胡士明《宋代古文大師歐陽修》(《文史知識》1984 年第 11 期)。
② 張華盛《歐陽修》(安徽人民出版社,1982 年),橫山伊勢雄《唐宋八家文》
　(下)(學習出版社,1983 年)。持同樣見解的還有羅根澤《中國文學批評
　史》(三)(上海古籍出版社,1961 年),張仁青《中國駢文發展史》(臺灣中
　華書局,1979 年),易錦海《歐陽修在北宋古文運動中的地位及其貢獻》
　(《華中工學院學報》1981 年第 1 期)等。
③ 劉子建《歐陽修的治學與從政》(新文豐出版社,1963 年初版)第 91 頁。

的還有陳植鍔的《徂徠石先生文集》和吳小林的《唐宋八家文》等①。

　　嘉祐二年科舉在北宋散文史上起到了劃時代的作用,這是不可否認的事實。但是,關於在這次科舉中,歐陽修貶斥的"太學體"究竟是怎樣的一種文體的問題,過去的研究並沒有得到肯定的見解。因此,本文試圖先盡可能闡明"太學體"的文體實質。祇是"太學體"流行的時間較短②,且最終遭到了排斥,"太學體"的作品到今天已經失傳了。因此,本文首先着眼於各典籍中殘留的有關"太學體"的評語,對之進行具體的考察,並參考當時太學的狀況,從而明確"太學體"究竟是駢文還是古文,並藉此探討嘉祐二年科舉對北宋古文復興所具有

① 陳植鍔校點《徂徠石先生文集》(中華書局,1984 年),吳小林《唐宋八家文》(安徽人民出版社,1984 年)。過去,關於宋代古文復興中批評古文晦澀的論文並不少,但是,具體的關於嘉祐二年的科舉,以及與"太學體"有關的論文卻有限。其中,與本文關注點相同的有金中樞《宋代古文運動之發展研究》(《新亞學報》5—2,1969 年),葛曉音《歐陽修排抑"太學體"新探》(《北京大學學報》1983 年第 5 期)。前者探究作爲宋代古文復興的重要一環、以創作晦澀古文著稱的石介。此文有許多創見,但它所論的古文並不是"太學體",而僅僅是關注古文的變體,欠缺對當時太學的視點,同時也沒有考察有關"太學體"的評語。後者,我個人認爲是唯一注意並論證"太學體"的,它將"太學體"視爲是石介、孫復、胡瑗等人在太學主張復古時產生的弊害而進行討論。我對葛曉音的意見基本表示贊同,但是,從她的論文題目可以得知:其論文考察的着力點是歐陽修排斥"太學體"的理由,而以詳細考察當時的太學狀況爲中心,論文未涉及"太學體"的評語,也沒有全面展開對"太學體"文體的具體分析。本文以"太學體"文體自身作爲考察對象,與葛曉音教授的論文意圖有所差別。再者,曾棗莊《北宋古文運動的曲折過程》(《文學評論》1982 年第 5 期)中認定"太學體"爲古文。但是,以宋祁、杜默爲切入點分析"太學體"的存在問題,已在葛曉音論文中被批評了。本注中所指出的論文都是有益的指正,對于本文寫作有着啓發性的意義。

② 如下所述,"太學體"最流行的時期是從慶曆六年(1046)到嘉祐二年(1057)這 11 年間。

的意義。

三、有關"太學體"的評語

就筆者掌握的資料而言,宋代文獻中最早提到"太學體"名稱的文獻是宋代張方平(1007—1091)的《貢院請誡勵天下舉人文章奏》(《樂全集》卷二○):

今貢院考試,諸進士太學新體,間復有之。

根據《續資治通鑒長編》卷一五八所載,此文作于慶曆六年(1046)。當時正是所謂的"太學體"剛剛出現于文壇之時,因此張方平稱該文體爲"太學新體"。而"太學體"三字作爲一個特定稱謂最早出現于韓琦所著的《歐陽公墓誌銘》中,如下文所述:

嘉祐初,權知貢舉。時舉者務爲險怪之語,號"太學體"。公一切黜去。

此文是熙寧八年(1075),即歐陽修死後第三年所作。也就是説,這是繼張方平最初使用"太學新體"這一名稱大約三十年以後的事情了。由此看來,此時"太學體"作爲文體名稱已經一般化,没有必要再如張方平那樣稱之爲"太學新體"了。此後,"太學體"這個名稱被《四朝國史》的《歐陽修傳》所繼承。《四朝國史》一書記録了神宗、哲宗、徽宗、欽宗四朝史事,由李燾、洪邁等人于南宋淳熙十三年(1186)寫成,是後來編撰《宋史》時作爲基礎參考資料的宋代國史之一。因爲這個原因,《四朝國史》的内容當然被《宋史》所繼承。在這裏值得注意的是,上文引述的《宋史·歐陽修傳》中有關嘉祐二年科舉的記述,在行文表現上與《四朝國史》

的記載完全相同,這是《宋史·歐陽修傳》的相關記事因循沿襲《四朝國史》的結果①。此後的正史依據《宋史》的記載,將嘉祐二年科舉貶斥的文章以"太學體"稱呼,"太學體"的名稱就由此而確定下來了。

接下來,我們可以通過歐陽修的傳記以及宋代史書中散見的有關"太學體"的記述,來考察"太學體"是怎樣的一種文體。上文引述的張方平《貢院請誡勵天下舉人文章奏》對太學體的形式有詳細的闡述,這姑且放在下文討論。在這裏首先將上述韓琦所撰的《歐陽公墓誌銘》與《宋史》(《四朝國史》)中的《歐陽修傳》重新整理抄錄如下:

> 時舉者務爲險怪之語,號"太學體"。(《歐陽公墓誌銘》)

> 時士子尚爲險怪奇澀之文,號"太學體"。(《宋史·歐陽修傳》、《四朝國史·歐陽修傳》)

由這些記述可見,可以用"險怪"或"險怪奇澀"來表達"太學體"的風格特色。

另外,在歐陽修之子歐陽發等人撰寫的歐陽修的事蹟(《歐陽文忠公集》附錄所收),以及蘇轍的《歐陽文忠公神道碑》(《欒城後集》卷二三)中,關於歐陽修于嘉祐二年貶斥的文章有如下記載:

> 嘉祐二年,先公知貢舉。時學者爲文,以新奇相尚,文體大壞。公深革其弊,一時以怪僻知名在高等者,黜落幾盡。(《事蹟》②)

---

① 《宋史》與《四朝國史》的關係,在周藤吉之《宋朝國史編纂與國史列傳——與〈宋史〉之關聯》(《宋代史研究》所收,1964 年)中有詳細論述。

② 與此相同的內容,見吳充《歐陽公行狀》。

　　　　二年，權知貢舉。是時進士爲文，以詭異相高，文體
　　大壞。公患之，所取率以詞義近古爲貴，凡以嶮怪知名
　　者，黜去殆盡。（《歐陽文忠公神道碑》）

　　這裏沒有明確地使用所謂的"太學體"的名稱。但是，就
像我們已經知道的那樣，嘉祐二年科舉歐陽修貶斥的文章認
定爲"太學體"是恰當的。而且，從記載中可以知道，太學體的
文章具有"新奇"、"怪僻"、"詭異"、"嶮怪"的特色。

　　另一方面，宋代的史書中關於"太學體"的特色論述如下：

　　　　文士以新奇相尚，文體大壞。修深革其弊，前以怪僻
　　在高等者，黜之幾盡。（《神宗實錄》①）

　　　　時文士以磔裂怪僻相尚，文體大壞。及是修知貢舉，
　　深革其弊，前在高第者，盡黜之。（《重修神宗實錄》②）

　　　　春正月癸未，翰林學士歐陽修權知貢舉。先是，進士
　　益相習爲奇僻，鉤章棘句，寖失渾淳。修深疾之，遂痛加
　　裁抑。（《續資治通鑒長編》卷一八五）

　　從列舉的韓琦等人著的歐陽修的墓誌銘，到這些史書所
載，關於"太學體"特色的評語可以歸納如下："嶮怪"、"嶮怪奇
澀"、"新奇"、"怪僻"、"詭異"、"嶮怪"、"磔裂怪僻"、"奇僻"、
"鉤章棘句"。這些評價雖然在表達上各不相同，但是它們所
體現的內容可以説是屬于同一範疇的。那麽，以具有這些特

①　今天已經無法看到《神宗實錄》的原文。但是，關於歐陽修的傳，在南宋
　　本《歐陽文忠公集》裏有所附載，這裏所用到的就是該文。此記事與已
　　有的歐陽發等的《事蹟》類似，當時史書的記載是以何種作品爲本而撰
　　寫的，這個必須充分考慮。但是因爲本文主要考察對象是"太學體"，所
　　以僅以可見到"太學體"特色的作品爲考察對象。
②　同上注，附載在《歐陽文忠公集》之後。而關於《重修神宗實錄》的編纂
　　情況，可以參見上揭周藤吉之的論文。

色著稱的"太學體"是古文呢,還是駢文?

四、當時古文的傾向及與
"太學體"的關係

要解決這個問題,首先來看看嘉祐二年(1057)科舉第二名及第的蘇軾的説法。他爲了表達對當時權知貢舉歐陽修的謝意,作了一篇《上歐陽内翰書》(《經進東坡文集事略》卷四一)。他是這次排斥"太學體"科舉中選拔出來的優秀人才,所以他纔是對當時的情形把握得最清晰的人。他在文章中是這樣説的:

> 自昔五代之餘,文教衰落,風俗靡靡,日以塗地。聖上慨然太息,思有以澄其源,疏其流,明詔天下,曉諭厥旨。於是招來雄俊魁偉、敦厚樸直之士,罷去浮巧輕媚、叢錯采繡之文,將以追兩漢之餘,而漸復三代之故。士大夫不深明天子之心,用意過當,求深者或至於迂,務奇者怪僻而不可讀,餘風未殄,新弊復作。大者鏤之金石,以傳久遠;小者轉相模寫,號稱古文。

這是嘉祐二年科舉當事者蘇軾的議論,應該説是最具有説服力的。蘇軾稱五代以來衰頹的文風因爲仁宗皇帝頒布的詔書而有所起色。正是因爲仁宗的詔書,士人們開始貶斥"浮巧輕媚、叢錯采繡"的浮華文章,追繼兩漢的遺風,文壇呈現出夏、商、周三代的風貌,古文復興因此展開。但是,後來的士子們所做的古文又產生了"至於迂"、"怪僻而不可讀"的"新弊"。在此,蘇軾完全沒有提及所謂的"太學體"的説法。然而,他所説的古文"至於迂"、"怪僻而不可讀"的這種新傾向確實與我

們已論述過的“太學體”的“詭異”、“怪僻”、“險怪奇澀”等特色
相通。同時，歐陽修貶斥寫作這類文章的士人，並對蘇軾等人
加以提拔。由此可見，蘇軾所説的有新弊的古文也可被看成
是“太學體”。

另外，當時士子們寫作此類文體時，都是以古文的意識來
進行的。對此，蘇軾的弟弟蘇轍在他的《祭歐陽少師文》（《欒
城集》卷二六）中有如下論述：

> 嗟維此時，文律頹毀。奇邪譎怪，不可告止。……號
> 茲古文，不自愧恥。公爲宗伯，思復正始。狂詞怪論，見
> 者投棄。

這裏所説的“奇邪譎怪”的評語，與“太學體”的“怪僻”、
“險怪奇澀”等特色是緊密聯繫的，歐陽修激烈排斥具有此類
傾向的文章。應該注意的是，對于具有這類特色的文章，當時
的士子們毫無異議地把它們認爲是古文。也就是説，從當時
古文的“新弊”以及人們的意識來看，“太學體”是屬於古文範
疇的一種文體。

爲了加强我的論點，另一方面也爲了補充説明當時用來
表述“太學體”特色的“險怪奇澀”等評語還被用于評價何種文
體，我們可以參考宋初著名的古文家柳開（947—1001）在《應
責》（《河東先生集》卷一）中的論述：

> 古文者，非在辭澀言苦，使人難讀誦之。在于古其
> 理，高其意，隨言短長，應變作制，同古人之行事，是謂古
> 文也。

上文如實地反映了當時古文的實際傾向，即人們的一般
共識都是認爲以古文寫成的文章“辭澀言苦”，使人難以閱讀。
針對這樣的風潮，柳開敲響了警鐘，激烈地反對此類文風，要

求予以戒除。另外,關於稍後于柳開的十一世紀初的古文家穆修(979—1023),沈括(1031—1095)在《夢溪筆談》卷一四中這樣述説他的文章:

> 往歲,士人多尚對偶爲文。穆修、張景輩始爲平文,當時謂之古文。……時文體新變,二人之語皆拙澀,當時已謂之工。

由上述可見,穆修、張景(970—1016)等人的古文還不是十分成熟,行文生硬不自然。但是,當時即使是這樣的文章也被世人冠以較高的評價。值得强調的是,這樣的古文特色是用"拙澀"字樣的評語來表現的。此外,時代略後一些,與歐陽修差不多同時活躍的僧人智圓和尚(1061年卒)在《送庶幾序》(《閑居編》卷二九)中是這樣論述當時的古文傾向的:

> 非止澀其文字、難其句讀,然後爲古文也。

智圓認爲古文具有表現晦澀、難以分辨句讀、難以理解的特色。當時,對于深受四六駢儷文熏染,並習慣以此規律來劃分句讀、把握文意的士子們來説,像這樣"澀其文字"、"難其句讀"的古文,連斷句、通讀這類事情都是困難而不易做到的。

從以上論述中可以看出,從宋初到十一世紀中葉,古文具有"澀其文字"、"難其句讀"的傾向,人們大多用"辭澀言苦"、"拙澀"等評語來表述它的特色。我認爲這與評價"太學體"的"險怪奇澀"、"奇僻"等評語是完全一致的。于是,用"險怪奇澀"等評語來表述的"太學體"文章,不也可以説是晦澀而難以句讀的"古文"麽?

另外,可以確定"太學體"並不屬于當時流行的駢文(即

"西崑體"的美文①)的範疇。例如,在提及"西崑體"名稱由來的《西崑酬唱集》序文中,楊億評論西崑派代表人物錢惟演、劉筠的文章時用了"雕章麗句,膾炙人口"這樣的語句,另外,石介在《怪説中》(《徂徠石先生文集》卷五)裏這樣談論西崑派領袖楊億的文章:

> 今楊億窮妍極態,綴風月,弄花草,淫巧侈麗,浮華纂組。

上文中對于西崑體美文的特色是用"雕章麗句"、"窮妍極態"、"淫巧侈麗"、"浮華纂組"等來表述的。這類評語,與上述蘇軾在《上歐陽内翰書》中提到的,在"太學體"之前,因爲仁宗頒布的詔書而已經衰落的"浮巧輕媚,叢錯采繡"的文章特色是相通的。總之,西崑體美文的特色,與以"險怪奇澀"、"磔裂怪僻"表述的"太學體"特色是截然不同的。

換句話説,駢文的風格是注重四六宛如音樂般的節奏,以雕琢字句而競美的,它與辭文艱澀、文脈難通、不易讀誦的"太學體"風格是全然對立的。另一方面,駢文多用典故的特色,也給我們帶來難以理解的印象。可是,當時的士人群體是通曉典故、有學問的知識階層,典故對他們而言絶不是難解之處,即使是一見之下晦澀難懂的駢文,經過機械地用四字、六字加以劃分句讀後,也就能夠很容易理解了。這一點和難以劃分句讀、不易理解的"太學體"文章是大大不同的。

以上,以嘉祐二年科舉當事者蘇軾、蘇轍的論述爲基礎,

---

① 西崑體的名稱多用于詩派,另一方面,在文章中使用的例子也有。比如,南宋趙彦衛的《雲麓漫鈔》卷八中所稱:"本朝之文,循五代之舊,多駢儷之詞。楊文公(億)始爲西崑之體。"總之,西崑體詩作者所作文章大都爲駢文,這類駢文被稱爲"西崑體",故本文將西崑體詩的作者所做的駢文稱作"西崑體美文"。

加上通過考察關於"太學體"的評語,可以明確判定,此次科舉排斥的"太學體"正是古文。由此可見,以前認爲"太學體"是駢文的見解,僅僅是缺乏確切論據的俗説。

五、"太學體"的實相

慶曆四年(1044),科舉考試科目變更,太學開始擴充,以此爲契機,古文得到重視①,正是在這樣的形勢下,"太學體"開始出現于文壇上。就像我們已經説過的那樣,遺憾的是,現在我們已經看不到"太學體"的實作,但是,在稍後出現的北宋沈括的《夢溪筆談》卷九的逸話中,保留着一部分可以被想見爲是"太學體"的文章②:

> 嘉祐中,士人劉幾,累爲國學第一人,驟爲怪嶮之語。學者翕然效之,遂成風俗。歐陽公深惡之。會公主文,決意痛懲。凡爲新文者,一切棄黜。時體爲之一變,歐陽之功也。有一舉人論曰:"天地軋,萬物茁,聖人發。"公曰:"此必劉幾也。"戲續之曰:"秀才刺,試官刷。"乃以大硃筆橫抹之,自首至尾,謂之"紅勒帛",判"大紕繆"字榜之。既而果幾也。

---

① 可以參考拙作《歐陽修的科舉改革與古文復興》(鹿兒島大學法文學部紀要《人文學科論集》第 51 號,2000 年)。

② 在林子鈞所作的《六一居士歐陽修》(莊嚴出版社,1983 年)中,認爲根據《夢溪筆談》卷九的逸話,"太學體"是劉幾主導的文章。此逸話本文後還有續言,稱二年後劉幾以劉煇之名去赴科舉,並中頭名。不過,關於劉幾(煇)的資料非常少,二人是否是同一個人,並不能明確判定。但是,本文以爲從這個逸話中可以探知"太學體"的局部情況。高津孝《北宋文學史的展開與"太學體"》(《鹿大史學》第 36 號,1989 年),將"太學體"認定爲劉幾主導的文體。

　　歐陽修在嘉祐二年擔任科舉主考,即考試委員長時,太學
的第一人劉幾所擅長的、以"怪嶮"爲特色的文章正十分流行。
"怪嶮"和我們前面談到的"險怪奇澀"的"太學體"文章特色是
一致的。將劉幾流行于當時太學的文章和嘉祐二年歐陽修的
貶斥結合起來考慮,可以認定劉幾的文章就是"太學體"。上
述引文中談到劉幾的文章説是"天地軋,萬物茁,聖人發",因
爲他的文章現在已經失傳,所以無法明析"太學體"的全貌,但
是通過沈括的記事可以窺知"太學體"的一斑,因此這段記録
非常有價值①。

　　關於"太學體"的形成時期,張方平的《貢院請誡勵天下舉
人文章奏》(《樂全集》卷二〇)可以提供較爲有力的線索:

> 　　自景祐元年,有以變體而擢高第者。後進傳效,因是
> 以習。爾來文格日失其舊,各出新意,相勝爲奇。至太學
> 之建,直講石介課諸生試所業,因其所好尚,而遂成風。
> 以怪誕詆訕爲高,以流蕩猥煩爲贍,逾越規矩,或悮後
> 學。……今貢院考試,諸進士太學新體,間復有之。其賦
> 至八百字已上,而每句有十六十八字者,論有一千二百字
> 以上,策有置所問而妄肆胸臆、條陳他事者。

　　上文作于慶曆六年(1046),應該注意張方平没有使用"太
學體"這樣的名稱,而是以"太學新體"指稱。這是因爲大約在
慶曆六年前後,"太學體"剛剛定型並且以此面貌呈現,所以張
方平繼用"新體"這樣的詞語。嚴格地説,從重視表現技巧的

---

① 　其他,作爲局部反映"太學體"面貌的記述有歐陽修兒子歐陽發的《事
　　蹟》,關於嘉祐二年流行的文體他是這樣説到的:"僻澀如狼子豹孫、林
　　林逐逐之語。怪誕如周公貴伴,禹操畚鍤,傳説負版築,來築太平之基
　　之説。"

"西崑體"美文全盛的景祐年間開始,古文寫作中那些怪誕猥煩的弊端已經開始出現了。這種弊端在傾向于重視古文的慶曆四年纔發展成型並流行于太學,到了慶曆六年成爲不可忽視的勢力,這就是所謂的"太學體"。

張方平詳細指明並批評了"太學體"在形式方面的特色①:"太學體"的賦字數常在八百字以上,每句十六或十八字;論則達到一千二百字以上;策則不回答策問,僅妄自抒發個人胸臆。下面,試將"太學體"形式與此前的科舉文體形式進行比較。例如,慶曆四年科舉改革時的方案中規定了策、論的字數,即"策,每道限五百字以上;論,限五百字以上"(《宋會要輯稿》選舉二)的説法。從這"論,限五百字以上"的説法可以看出,慶曆四年以前科舉中論的字數允許不滿五百字的情況出現。由此推斷,張方平所言的"一千二百字以上"的"太學體"的論實在是超長的。

其次,我們可以將嘉祐二年科舉中及第的蘇軾的論和"太學體"的論的字數進行比較。這次科舉的論題是"刑賞忠厚之至",幸運的是在蘇軾現存的文集中可以找到這篇文章。該文是論述明快的正宗古文,總字數爲五百四十九字。以此可以發現,當時號稱"一千二百字以上"的"太學體"的論的字數,超出蘇軾簡潔文章字數兩倍以上。

再次,關於賦,已經知道"太學體"甚至有字數在八百字以上的。根據村上哲見的研究②,可以知道,科舉中規定的賦的字數,唐代爲三百五十字以上,宋代爲三百六十字以上,唐宋兩代,字數基本沒有發生什麼改變。雖然都沒有設定

① 當時明確批評"太學體"形式的文章,我所看到的祇有張方平的作品。(《續資治通鑒長編》的記事是根據張方平的作品。)

② 參見村上哲見《科舉的故事》(講談社,1980年)第140—142頁。

字數的上限,但以中唐白居易關於"性習相近遠"這一賦題的答卷爲例,此賦僅爲四百二十一字,由是可以推斷唐宋兩代科舉應試賦的長度。而八百字以上的"太學體"賦的字數,約是白居易的賦字數的兩倍,加上"太學體"賦每句達十六字或十八字,可以知道它具有相當長的篇幅。通過上述字數上的比較結果,很容易推知"太學體"有字詞繁複、篇幅冗長的形式特徵。

另一方面,對于策來説,不圍繞策題作答,隨便寫自己思想的情況很突出。本來,策是根據時事問題,針對古典或歷史等事件的具體問題進行出題,同時要求考生圍繞題目發表意見,進行評論。但是,採用"太學體"形式答題的策完全不回答題目,祇是抒發自己的個人胸臆,言之無物,這也是"太學體"的一大特色。

總而言之,"太學體"在形式上浮誇不實,在賦與論上則浪費大量無用的筆墨,策則完全不理會出題者的意圖,是一種非常粗陋的文體。因此,張方平纔將古文家石介主導太學的文章內容冠以"怪誕詆訕"、"流蕩猥煩"的評價。這一評論與我們説過的嘉祐二年被排斥的"險怪奇澀"、"磔裂怪僻"的"太學體"的特色是相通的。可以説,打着古文復興的錦繡大旗意圖復興的"太學體",其實不僅形式復古,內容上也是晦澀缺陷的。

實際上,慶曆六年(1046)前後確立的"太學體"文體,以後也並未衰亡而是走向流行,比如《續資治通鑑長編》卷一六四,"慶曆八年(1048)"條目中對此有如下論述:

> 時禮部貢院言……自二年以來,國子監生,詩賦即以汗漫無體爲高,策論即以激訏肆意爲工。中外相傳,愈遠愈濫。非惟漸誤後學,實恐後來省試,其合格能幾何人。

根據上述引文,提倡不要拘泥于用舊時傳注解釋經學的孫復,以及强烈排斥過去的駢文、力挺古文復興的石介等,于慶曆二年(1042)開始擔任太學講官,這以後,太學的文風發生巨大的轉變,到了慶曆八年(1048),詩賦、策論已經開始出現了汗漫激訐的弊病。

那時,粗鄙難解的"太學體"的流行原因除了石介、孫復等在太學中以此文風教導灌輸之外,"太學體"本身適應當時的時代風潮,容易被士子們接受這一點也是不可忽視的。對于在慶曆年間形成龐大勢力的"太學體"文章,歐陽修是這樣説的:

> 苟欲異衆,則必爲迂僻奇怪以取德行之名,而高談虛論以求材識之譽。前日慶曆之學,其弊是也。
>
> (《奏議集》卷一六《議學狀》)

當時的士人們,熱衷于標新立異,形成了爭相以奇僻的見解取悦世人的風潮。因此,相對應于這種時代風潮,粗陋難解的"太學體"文章應運而生。也就是説,士子們爲了努力使自己的文章異于他人,不惜打破規律,盡力向晦澀方嚮發展,以求博取名聲。這樣的"迂僻奇怪"的文學傾向又與"奇僻"、"怪僻"、"險怪奇澀"等"太學體"的評語相通。總之,可以説慶曆的時代風潮實際上與"太學體"的流行之間有一條看不見的絲帶相聯繫,所以,具有這類弊害的"太學體"正是歐陽修在嘉祐二年極力排斥的文體。

六、嘉祐二年科舉的意義

慶曆以前的北宋古文,正如此前通過對評語的考察並闡明的那樣，也包含難以理解、不易劃分句讀等許多缺陷，然而，這在當時並沒有形成强大的勢力。但是，到了慶曆年間，此前流行的西崑美文完全衰落，而晦澀艱深的古文先在太學生中流行，緊接着又形成了一股潮流，這種古文就是"險怪奇澀"的"太學體"古文。之後，士人們之間流行的古文傾向，因了嘉祐二年權知貢舉的歐陽修採用了蘇軾等人的明暢達意的古文而得到修正。換句話説，歐陽修嘉祐二年的貢舉完全排斥了晦澀、難以劃分句讀的"太學體"古文。在當時，重視形式的公文仍用駢文寫作，但是在士子們之間流行的範圍來看，駢文僅剩餘風殘響，"太學體"古文佔據了顯要的位置。

在《續資治通鑒長編》卷一八五中，李燾詳細記述了嘉祐二年的科舉，在記述的最後，他説"然文體自是亦少變"。正如他所説，這次科舉的文體，並非是由駢文向古文的大轉換，而是在已然作爲一大勢力的古文文體範圍内、由險怪奇澀的"太學體"向明快達意的古文的"小"轉變。從這個意義上説，李燾的論述可以説是確切、細緻而明白地反映了當時的情形。祇是，雖然祇是"小"轉變，對于習慣了"險怪奇澀"的"太學體"古文的士子們來説，這無疑已經是邁出了很大的一步。因此，此後對嘉祐二年權知貢舉歐陽修的怨謗之聲就不絶于耳了。

然而，正是歐陽修，克服世人怨謗之聲，向人們指明了古文將來明快達意的發展方向。

（李莉、林頂譯，韓淑婷校譯）

歐陽修文章中"文"的
含義與他的駢文觀

一、道 與 文

在考察北宋古文家的古文思想的時候，一般都是着眼於"道"與"文"，採用分析二者的聯繫的手法進行研究的。

比如，對于北宋初期的古文家柳開，郭紹虞在《中國文學批評史》中，就列舉了他的《應責》和《上王學士第三書》，認爲："這就是以道爲本而文爲末，以道爲目的而文爲手段的主張。"①郭紹虞分析認爲，柳開的"文"是"道"的表現手段，他更重視"道"。此外，顧易生、蔣凡、劉明今在《宋金元文學批評史》中說："柳開積極提倡古道與古文，但有重道輕文傾向。"②同樣作爲古文家，石介也被評價爲在"道"與"文"的之間把重點放在"道"這方面。陳書良在《理論與旗幟──歐陽修的文壇領袖人格》中認爲歐陽修糾正了柳開與石介的這種重道的傾向，他說："在這一時期，歐陽修是文壇領袖，他糾正了柳開、石介等人重道輕文、重理輕辭的錯

---

① 郭紹虞《中國文學批評史》，上海古籍出版社，1979 年新 1 版，第 161 頁。
② 顧易生、蔣凡、劉明今《宋金元文學批評史》上冊（上海古籍出版社，1996年），第 24 頁。

誤觀點。"①

另一方面,關於歐陽修的古文思想,前人的研究多評價他"文道並重",在重視"道"的同時,也强調"文"的層面。例如,羅根澤的《中國文學批評史》三稱歐陽修"他道文同樣推重"②;宋柏年的《歐陽修研究》的觀點是"歐陽修正確地解決了文與道的關係,確立了文道並重"③;寇養厚的《歐陽修文道並重的古文理論》也是以歐陽修重視"文"、"道"雙方的論點展開論證的④。

然而,在考察歐陽修的古文思想時,除了"文道並重"以外,常常也可以看到諸如"先道而後文"的評價⑤。這種觀點認爲,歐陽修雖然既重視"道"也重視"文",但是首先考慮"道",其後纔考慮"文"。可知,這種觀點是把歐陽修對"道"和"文"的重視,轉換爲思考先後的問題來進行分析的。因爲僅從歐陽修到底是重視"道"還是"文"這一角度,無法準確把握其古文思想。

以上,我們回顧了過去研究關於歐陽修古文復興思想的觀點,然而,到現在爲止的研究中提出的"道"與"文"到底指的是什麼呢? 尤其是此前關於"文"的研究多將之解釋爲文章或

---

① 陳書良《理論與旗幟——歐陽修的文壇領袖人格》(《中國文學研究》[長沙]1995—3)。

② 羅根澤《中國文學批評史》三(上海古籍出版社,1984 年新 1 版),第 52 頁。

③ 宋柏年《歐陽修研究》,巴蜀書社,1995 年,第 65 頁。

④ 寇養厚《歐陽修文道並重的古文理論》(《文史哲》1997—3)。

⑤ 宋柏年《歐陽修研究》認爲歐陽修有"道先文後的寫作原則",寇養厚《歐陽修文道並重的古文理論》中説:"歐陽修的基本觀點是:先道而後文。"另外曾子魯的《韓歐文探勝》(中國文學出版社,1993 年)第 8 頁論述説:"他提倡'道勝而文不難自至',並不是有了道就有了文,道可以替代文,而是有先有後,有主有次,二者缺一不可。"

文章表現。但是,歐陽修文章中使用的“文”,與上述關於其古文思想的研究一樣,單單從文章或文章表現的意義上去把握是不行的。他文章中所説的“文”到底是什麽樣的概念,這是我們必須弄明白的問題。

正如我們從前人研究中知道的那樣,要考察歐陽修的古文思想,弄清“文”的意義是必不可少的。也就是説,如果不理解當時歐陽修“文”的實際意義,就無法正確理解他的古文思想。因此,本文在考察歐陽修的古文思想的基礎上,從他的文章中探討作爲關鍵字的“文”。通過理解歐陽修文章中的“文”,從與過去古文研究全然不同的角度,研究他的古文思想。

二、歐陽修文章中的“文”

歐陽修在《代人上王樞密求先集序書》(《居士外集》卷一七)中這樣説:

> 某聞:傳曰言之無文,行而不遠。君子之所學也,言以載事,而文以飾言,事信言文,乃能表見於後世。《詩》、《書》、《易》、《春秋》皆善載事而尤文者,故其傳尤遠。荀卿、孟軻之徒亦善爲言。然其道有至有不至,故其書或傳或不傳,猶繫於時之好惡而興廢之。

歐陽修用的是《春秋左氏傳》襄公二十五年的典故:

> 仲尼曰:志有之。言以足志,文以足言。不言,誰知其志。言之無文,行而不遠。

從這段《春秋左氏傳》的記載可以明白,爲了有效傳達言語的内容,“文”對于“言”是非常必要的。這裏的“文”的意思是"文采"、"修飾"。歐陽修接受了這個意義，引用《春秋左氏傳》之後説："言以載事，而文以飾言。"就是説言語負載着事件，而又被"文"所修飾。而且歐陽修認爲《詩》、《書》、《易》、《春秋》"皆善載事"、"尤文者"，因此能行遠。

這個理論並非歐陽修獨有，如下文所示，是基於儒家傳統認識的産物。例如，《論語·顔淵》中這樣説：

> 棘子成曰：君子質而已矣。何以文爲？子貢曰：惜乎夫子之説君子也，駟不及舌。文猶質也，質猶文也。虎豹之鞹，猶犬羊之鞹也。

針對認爲對君子來説衹有實質是必要的棘子成，子貢以"文猶質也，質猶文也"反駁，認爲文（修飾）和質（實質）都很必要。另外，《論語·雍也》中這樣説：

> 子曰：質勝文則野，文勝質則史。文質彬彬，然後君子。

在儒家的傳統文化中，"文"指文采、修飾，"質"指實質、内實，從上述《春秋左氏傳》和《論語》的記述可以明白，"文"與"質"不可割裂，具有同等的價值。

這裏我們再回到前面提到的歐陽修的《代人上王樞密求先集序書》，與《春秋左氏傳》和《論語》一樣，它明確表明了傳統的儒家思想。歐陽修所説的"文"是修飾、文采的意思，而"質"指實質、内實，換言之就可以稱爲"道"，他認爲"質"（道）與"文"（文采）是密不可分的一個整體。

可是，歐陽修的文章中，例如下面提到的《答吳充秀才書》（《居士集》卷四七），使用的"文"字都可以理解爲是文采之意嗎？

然大抵道勝者，文不難而自至也。故孟子皇皇不暇著書，荀卿蓋亦晚而有作。若子雲、仲淹，方勉焉以模言語。此道未足，而強言者也。

歐陽修批判揚雄、王通之流未曾修得"道"，而僅僅模仿"言語"表現。這裏論述了"道"與"言語"表現，也就是"道"與文辭的關係。于是就産生了"文不難而自至也"中的"文"到底是不是表示文章的意思的疑問。但是，關於這個"文"字的意義，筆者想通過下面舉出的《釋名·釋言語》的記述加以確認。

文者，會集衆綵以成錦繡，會集衆字以成辭義，如文繡然也。

可以知道，本作"文采"解的"文"字當用作指"語言"的時候，其内涵指"有文采的語言"。從這種儒家的傳統認識看來，《答吳充秀才書》中的"文"應從"文采"之意推及"有文采的語言"來進行把握。

士大夫歐陽修一定是秉承了這種儒家的傳統認識立論的，因此他必然會積極地肯定文采以及有文采的語言。

三、過去研究對"文"的理解

歐陽修在《答祖擇之書》（《居士外集》卷一八）中這樣説：

夫世無師矣。學者當師經。師經必先求其意。意得則心定。心定則道純。道純則充於中者實。中充實，則發爲文者輝光，施於事者果致。

歐陽修認爲世間的"學者"應該師從于經書。值得注意的是"中充實，則發爲文者輝光"一句，如果修得"道"而能夠充實

"質",那麼"文"也就變得光彩輝煌了。這就是説,歐陽修主張好的"質"是伴隨好的"文"出現的。"質"代表内心的充實,而"文"指文采,是爲之增添光輝的。這就是《論語》中的"文質彬彬",即"質"與"文"的結合。

但王守國、衛紹生的《"文章太守"的文論架構——歐陽修文論的淵源、成就、影響》①中,在引用了此《答祖擇之書》和下文將提到的《與樂秀才第一書》之後這樣説:

> 充中發外是一富有哲學意味的文學創作命題。

他們認爲《答祖擇之書》中所用的"文"是文章的意思,將作品内容與文學創作關聯起來展開論述。

另外,横山伊勢雄在《唐宋八家文》(下)的《載道的思想》中也引用了《答祖擇之書》,並論述説②:

> 不管怎樣,追求"道"的士大夫們,既是經學家又是文學家,他們確實在努力達到"道"與"文"的高度融合。歐陽修對此在《答祖擇之書》(文集卷六八)中闡述如下:"夫世無師矣。學者當師經。師經必先求其意。意得則心定。心定則道純。道純則充於中者實。中充實,則發爲文者輝光。"歐陽修没有執著於議論載道的觀念,也没有逐一探討具體文章是否體現了道,而是指出道僅作爲文章産生的基礎和原動力即可。這樣,他將怎樣寫好文章、充實文章的"文學性"的問題,轉化成了教示後人如何學習"道"的具體方法的問題。

---

① 王守國、衛紹生《"文章太守"的文論架構——歐陽修文論的淵源、成就、影響》(《河南大學學報》1998—1)。

② 横山伊勢雄《唐宋八家文》(下)(學習研究社,1983年)第15—16頁。

　　横山認爲《答祖擇之書》中的“文”就是“文章”，得出了“道”是文章産生的原動力的結論。“‘道’與‘文’的高度融合”，這與我們考察關於歐陽修古文思想研究史時所説的“文道並重”是同軌的。另外，横山從《答祖擇之書》的記述中談到“文學性”的問題。但是，如我們所見，《答祖擇之書》中歐陽修根據儒家的傳統思想，闡發認爲好的“質”會伴隨好的“文”（文采）而出現。他没有説“道”是文章産生的原動力，没有要求“道”與文章要達到高度融合，也没有强調“文學性”。

　　過去對于歐陽修古文思想的研究，没有詳細探討他文章中“文”的意義，而是根據現代人的想法，想當然地認爲“文”就是文章的意思。這樣是無法理解歐陽修的古文思想的本質的。

　　關於歐陽修使用的“文”是文采、修飾的解釋，《與樂秀才第一書》（《居士外集》卷一九）中這樣説：

> 然聞古人之於學也，講之深而信之篤。其充於中者足而後發於外者大以光。譬夫金玉之有英華，非由磨飾染濯之所爲，而由其質性堅實而光輝之發自然也。

　　做學問，如果充實“中”（充實内容）的話，表現出來的東西（修飾、文采）就博大而且光輝，即歐陽修所説的好的“質”必將帶來好的“文”。這與前面提到的《答祖擇之書》中所説的“中充實，則發爲文者輝光”是同一的思想。

　　歐陽修所用的“文”是依據儒家的傳統思想的，這一點在下面的《謝知制誥表》（《表奏書啓四六集》卷一）中可以明確看出：

> 然其爲言也，質而不文，則不足以行遠而昭聖謨。麗

而不典，則不足以示後而爲世法。

這與《春秋左氏傳》的"言之無文，行而不遠"的想法完全一致，認爲語言中的"文"（文采）是必要的，而且一定要正確。

綜上所述，至今對歐陽修古文思想的研究在考察他文章中使用的"文"時，都脫離了歐陽修當時的思想，多基於現代人的想法解釋爲"文章"的意思，試圖以此厘清他的理論。但是，在儒家規範非常强大的當時，且歐陽修又身爲儒家學者，所以如果無視傳統的儒家思想，僅僅將"文"理解爲文章，其分析必然脫離歐陽修思想的實質。

四、古文的文采

過去的研究都程式化地認爲文采、修飾之類是駢文的特色，但是真的是這樣嗎？古文中就沒有文采嗎？

蘇洵在《上歐陽内翰第一書》（《嘉祐集》卷一二）中這樣評價歐陽修的古文：

> 執事之文，紆餘委備，往復百折，而條達疏暢、無所間斷。氣盡語極，急言竭論，而容與閒易，無艱難勞苦之態。

由此可見，歐陽修的古文曲盡委婉，百轉千折，又流暢連貫、跌宕起伏，同時卻悠然自得，毫無辛苦之態。這個印象大部分是指歐陽修古文的特色，認爲其文富于文采。

吉川幸次郎在《中國文章論》中這樣談韓愈的古文[1]：

---

[1]　《吉川幸次郎全集》第二卷，筑摩書房，1968 年。初稿題名爲《支那文章論》收錄于《文學界》（1944 年）。後來補訂後收錄于《中國散文論》（弘文堂，1949 年；筑摩書房，1966 年）。

作爲“四六”的反動而産生的韓退之風格的“古文”究竟是怎樣的呢？即使在這個以排除“四六”的文飾爲使命而興起的文體中，也是可以看到裝飾性的文字的。首先來看一句的字數，韓愈有意打破過去四字六字的定格，採取長短錯落的自由句式爲文。

但是，文章的基調仍然是四字句，即使是有意與四字句對立的文章也或多或少受到這個影響。韓愈雖然力排四字句六字句的定格，卻並不意味着他忽視了句子的音節數目。他脱離了既定的四六節奏，用心建構自由的韻律，也獲得了成功。然而單從這一點出發，與“四六文”的作者相比，他還要費心安排加減句子的音節數目，其耗費的心力是可以想像的。

吉川指出，韓愈雖然打破了四六的節奏，相反的卻比駢文的作者更需要注意文章的音韻。他從文章音韻方面説明了韓愈古文富于文飾的特色。此外，歐陽修在《代人上王樞密求先集序書》中這樣説：

> 又繫其所恃之大小，以見其行遠不遠也。《書》載堯舜，《詩》載商周，《易》載九聖，《春秋》載文武之法，荀、孟二家載《詩》、《書》、《易》、《春秋》者，楚之辭載風雅，漢之徒各載其時主聲名文物之盛以爲辭。後之學者，蕩然無所載，則其言之不純信，其傳之不久遠，勢使然也。……故其言之所載者大且文、則其傳也章，言之所載者不文而又小，則其傳也不章。

以這段文字結合《春秋左氏傳・襄公二十五年》“言之無文，行而不遠”可知，文章能否流傳久遠，是由所寫的事情的大小以及是否有“文”來決定的。因此，他認爲唐以下無

事可載,所以"其傳之不久遠"。關於流傳久遠的文章,歐陽修在《與杜訢論祁公墓誌書》(《居士外集》卷一九)中這樣説:

> 緣修文字簡略,止記大節,期於久遠,恐難滿孝子意。

爲了流傳久遠,歐陽修認爲有必要簡略記録大節。這裏歐陽修説的簡略可以看作是簡潔爲文的志向。根據"言之無文,行而不遠","所載"若"大",即内容重大,且與"文"也就是文采相結合,並貫徹"簡略"(簡潔)的主旨,文章必然傳之久遠。可以説簡潔而有文采的文章,是歐陽修理想的並致力于追求的古文。看一下《易童子問》卷三和《論尹師魯墓誌》中的材料:

> 孔子之文章,《易》、《春秋》是已,其言愈簡,其義愈深。
>
> 　　　　　　　　　　　　　　(《易童子問》卷三)
>
> 述其文則曰,簡而有法,此一句,在孔子六經,惟《春秋》可當之。
>
> 　　　　　　　　　　　　　　(《論尹師魯墓誌》)

由此可見,歐陽修傾向于《易》、《春秋》等簡潔的文章。

此前的研究,認爲古文重視内容(道),因此,否定形式上的修飾("文"),對"文"的研究很少。好像本來就存在没有"文"(文采)的古文一般。但是,正如歐陽修在《代人上王樞密求先集序書》評價的那樣,"《詩》、《書》、《易》、《春秋》,皆善載事而尤文者",認爲五經是最有文采的作品。而且,因爲歐陽修認定《易》、《春秋》等五經是簡潔的文章,所以可以明白,在歐陽修看來,"尤文"(擅長文采)與簡潔可以並立。另外,歐陽修在推薦古文家蘇軾的《舉蘇軾應制科狀》(《奏議集》卷一六)

中,高度評價蘇軾"文采爛然"。由此可見,歐陽修明確肯定了"文"(文采)是與"質"緊密結合的。也就是説,"文"(文采)對于古文來説必不可少。

五、歐陽修的駢文觀

至今,有文采被認爲是駢文的特徵。那麽歐陽修究竟是怎樣看待駢文的呢？現在,我們着眼於他文章中具體論及駢文的地方,試圖梳理其駢文觀。

歐陽修文章中言及駢文時,多用"四六"、"西崑體"、"時文"這樣的詞語。"四六"指的是多用四六字句的駢文。"西崑體"原指作品載于《西崑酬唱集》中的楊億、劉筠等人的詩,他們多用典故、喜好對偶、專注音律又體格豔麗。但是,因爲西崑體的作者同時創作了多用美辭麗句的駢文,他們所作的駢文也被稱爲西崑體。而關於"時文",歐陽修的《記舊本韓文後》(《居士外集》卷二三)稱:"是時天下學者,楊劉之作,號爲時文。"也就是説,西崑派的楊億、劉筠等人的美文,世人稱之爲"時文"。

毫無疑問,關於"四六"、"西崑體"、"時文"具體所指的内容,有必要在各自的語境和文學系統下把握。然而,也可以把它們視爲同屬一個範疇内的、當時流行的駢文的記述方式。

歐陽修在《與荆南樂秀才書》(《居士集》卷四七)中這樣論述時文:

> 姑隨世俗作所謂時文者,皆穿蠹經傳,移此儷彼,以爲浮薄。

另外,《答陝西安撫使范龍圖辭辟命書》(《居士集》卷四

七)稱:

> 況今世人所謂四六者,非修所好。

在《與荊南樂秀才書》中批評了時文的缺點,又在《答陝西安撫使范龍圖辭辟命書》中明確提出自己不喜歡四六文的觀點。雖然"時文"與"四六"的具體表述有差異,但是這裏可以明確看出歐陽修否定駢文的態度。

然而,另一方面,歐陽修自己也寫了很多駢文,全集中的《內制集》、《外制集》、《表奏書啓四六集》和《奏議集》等等,收錄了很多他的駢文①。關於歐陽修寫作的駢文,北宋陳師道在《後山詩話》中這樣評論:

> 國初士大夫,例能四六,然用散語與故事爾。楊文公刀筆豪贍,體亦多變,而不脫唐末與五代之氣。又喜用古語,以切對爲工,乃進士賦體爾。歐陽少師,始以文體爲對屬,又善敘事,不用故事陳言,而文益高,次退之云。

他認爲,楊文公(楊億)的四六文不脫唐末五代遺風,而歐陽修的四六文善于敘事,不用典故陳言,氣格甚高。其對歐陽修的評價超過了楊億,這一點值得注意。此外,南宋吳子良的《荊溪林下偶談》卷二這樣説:

> 然二蘇四六尚議論有氣焰,而荊公則以辭趣典雅爲主。能兼之者,歐公耳。

這裏,在古文家所做的駢文中,對歐陽修駢文的評價比蘇

---

① 歐陽修的全集,由南宋周必大等人整理編纂成《歐陽文忠公集》一百五十三卷流傳至今。其中有《內制集》八卷,《外制集》三卷,《表奏書啓四六集》七卷,《奏議集》十八卷等,總計三十六卷駢文,全集中其他卷次也收錄了駢文。

軾、蘇轍和王安石都高出一籌。

歐陽修自己在《與荊南樂秀才書》中這樣評價駢文（時文）：

> 夫時文雖曰浮巧，然其爲功亦不易也。

歐陽修雖然認爲駢文浮巧，但是從"其爲功亦不易也"可以看出，他對駢文也表示了一定程度的理解。那麼，歐陽修的駢文觀應該怎樣梳理呢？

六、文中"學者"的含義

在考察歐陽修對于駢文和西崑體的記述時，不應忽視他時常使用的"學者"一詞。例如，歐陽修在《蘇氏文集序》（《居士集》卷四一）中這樣説：

> 天聖之間，予舉進士于有司，見時學者務以言語聲偶摘裂，號爲時文，以相誇尚。

"學者"學習的是當時世間流行的重視聲律、對偶等表現技巧的文章，而且他們稱這些文章爲"時文"，並爲此得意。

與此處所言"學者"相關，歐陽修的《記舊本韓文後》（《居士外集》卷二三）中有這樣的言論：

> 是時，天下學者，楊劉之作，號爲時文。能者取科第、擅名聲，以誇榮當世，未嘗有道韓文者。

世間的"學者"對韓愈的文章不屑一顧，專注于學習西崑派楊億和劉筠等人的文章，而且這些人多在當時的科舉中中第。因此，這裏所説的"學者"應該指的是憑藉模仿學習楊億、劉筠的語言表現，而進入仕途的士大夫們。

這裏，我們再一次看看上面論及過的歐陽修對于駢文的評價。《與荆南樂秀才書》中有"姑隨世俗作所謂詩文者,皆穿蠹經傳,移此儷彼,以爲浮薄",《答陝西安撫使范龍圖辭辟命書》中説"況今世人所謂四六者,非修所好"。歐陽修否定的是"世俗"的"所謂時文"和"今世人所謂四六",也就是説,是在前面加了"世俗"、"世人"間流行這些修飾限定的駢文,這一點尤爲值得注意。同樣的,《内制集序》(《居士集》卷四三)中這樣説:

> 今學士所作文書多矣。至於青詞齋文,必用老子浮圖之説,祈禳祕祝,往往近於家人里巷之事,而制誥取便於宣讀,常拘以世俗所謂四六之文,其類多如此。然則果可謂之文章者歟?

這裏,歐陽修也用了"世俗所謂四六之文"這一表述,這值得我們注意。"世俗所謂四六之文"就是當時世間"學者"所要習得的文章。歐陽修認爲所謂的"四六文"甚至不能稱之爲文章,并且對此進行了激烈的批評。

從下文引用的《六一詩話》的記述,可以進一步明確楊億、劉筠與"學者"的關係。

> 楊大年與錢、劉諸公唱和,自西崑集出,時人争效之,詩體一變。而先生老輩患其多用故事,至於語僻難曉。殊不知自是學者之弊。

從行文中一看就可以知道歐陽修批判了西崑體,但是更加值得注意的是"殊不知自是學者之弊"一句。歐陽修在此并非否定楊億、劉筠、錢惟演等人唱和而作的《西崑酬唱集》本身,而是專門針對模仿學習西崑派的世間人,即"學者",批評他們多用典故,文字生僻不易于理解。歐陽修沒有直接指責楊億、劉筠等西崑派,而是將矛頭指向學習西崑體的"學者"爲文的缺點。因此,對於歐陽修評價和批判的對象,究竟是學習模仿當時流行的駢文和西崑體的"學者",還是駢文和西崑體本身,應當予以區別對待。

綜上所述,歐陽修批評的,實際上是當時"學者"所作的"世俗"的"所謂時文"、"世俗所謂四六"。歐陽修的言論當然是對應同時代的狀況展開的,他並沒有將批判的目光,投向駢文和西崑體本身。

七、對駢文、西崑體的評價

在"學者"流行的"世人所謂四六"這一限定之外,我們來看一下歐陽修對于駢文和可被稱爲西崑派領袖的楊億是如何評價的。

例如,在《蘇氏四六》(《試筆》)中,歐陽修這樣說:

> 往時作四六者,多用古人語及廣引故事,以衒博學而不思述事不暢。近時文章變體,如蘇氏父子以四六述敘,委曲精盡,不減古人。自學者變格爲文,迨今三十年,始得斯人。

在否定多用典故的四六文基礎之上,從"近時文章變體"開始,視點轉向文體、形式層面,他高度評價蘇洵、蘇軾、蘇轍父子所作的四六文,認爲它們"委曲精盡",得古人旨趣。

另一方面,在談及可被稱爲西崑派領袖的楊億時,歐陽修的看法又如何呢?《歸田錄》卷一中這樣說:

> (楊大年)以小方紙細書,揮翰如飛,文不加點,每盈一幅,則命門人傳錄,門人疲於應命,頃刻之際,成數千

言,真一代之文豪也。

這裏歐陽修稱楊億爲"真一代之文豪也",應該受到充分的重視。《歸田録》中説及楊億的地方很多,且都是推崇楊億的口吻。同樣在《歸田録》卷一中,歐陽修説:

> 國朝之制,知制誥必先試而後命,有國以來百年,不試而命者纔三人,陳堯佐、楊億及修忝與其一爾。

不經過考試而成爲知制誥的,衹有陳堯佐、楊億和自己,即將楊億與自己放在同樣的位置上,這裏可以明顯看出誇獎的口吻。從上一節的考察可以知道,歐陽修批判的,是學習西崑派的世間的士大夫們,對於西崑派領袖楊億並未給予批判。相反,在《歸田録》中稱楊億"真一代之文豪也",而且自豪於自己與楊億並列,由此可見歐陽修是積極評價楊億的。

過去的研究在論及歐陽修對駢文和西崑體的評價時,對於歐陽修的文章中對駢文和西崑派褒貶不一的態度,採取了兼顧的處理方法。例如,何寄澎的《北宋的古文運動》①就認爲"歐陽不甚反楊劉",論述頗爲曖昧。又,陳書良在《理論與旗幟——歐陽修的文壇領袖人格》中,如下記述②:

> 甚至對待楊劉和四六"時文",歐陽修也不以簡單否定爲滿足;相反,在批判肅清了西崑形式主義文風影響之後,他很注意對西崑體某些有益的藝術經驗的批判吸收。

"對待楊劉和四六'時文',歐陽修也不以簡單否定爲滿足",這句話確實是綜合了歐陽修各方面的論述,即歐陽修對

---

① 何寄澎《北宋的古文運動》(幼獅文化事業公司,1992 年)第 226 頁。
② 陳書良《理論與旗幟——歐陽修的文壇領袖人格》(《中國文學研究》[長沙]1995—3)。

西崑派和駢文有褒有貶的態度之後得出的結論。但是,歐陽
修的論證中,在"學者"、"世俗"的"所謂時文"、"世人所謂四
六"等修飾限定下所討論的駢文和西崑體,與對于駢文和楊億
本人的論述,屬于兩個層次的範疇。歐陽修否定的是當時"學
者"所作的世間流行的時文和所謂西崑體的支流,而他對駢文
本身則表示了一定程度上的認同,也高度評價了西崑體領袖
楊億。由於在他的文章中,這兩個層次的言論混雜在了一起,
所以如果在同一平面上進行考察和討論的話,就形成了現有
研究在考察歐陽修對駢文和西崑派的評價時混亂的情形①。

　　過去的研究主要把切入點放在歐陽修對于古文與駢文,或
者説與古文相對的駢文文體是怎樣理解的這一點上。因此,對
於歐陽修駢文觀的分析局限於他是否肯定駢文這一單調範圍
内。但是,如同上節中談到的,歐陽修是肯定文采的,因此僅從
駢文具有文采這一點,也可知他不會全面否定駢文。歐陽修正
因爲認可駢文這一文體,自己纔創作了大量的駢文。他批評
的,是"質"與"文"的不相稱。歐陽修認爲世間流行的"學者"們
所作的駢文,正是"質"與"文"不相稱的産物。另一方面,歐陽
修評價蘇軾父子的駢文"蘇氏父子以四六述叙,委曲精盡,不減
古人",這也是他對于"質"、"文"相稱的駢文的讚美。

（李莉、林頂譯,韓淑婷校譯）

_____

①　沙裕中、章宗有《論歐陽修的文學批評理論與實踐》(《浙江師範學院學
　　報》1981—3)。此文認爲"或曰歐陽修既然反對時文,怎麽自己有時也
　　去寫那些四六駢文呢？這是因爲時代和環境對他的局限,乃是不得已
　　而爲之"。由此可見,作者將對世間流行的駢文和西崑體文章的批判與
　　對駢文文體的批判混爲一談。當然,由於歐陽修在官場中的重要地位,
　　職務要求他寫作駢文,這是事實。但是認爲他全然否定評價駢文、衹是
　　迫于外在環境而寫作駢文的觀點是没有道理的。

歐陽修《六一詩話》文體的特色

緒　言

　　一般而言,詩話確立於宋代,而《歐陽文忠公集》卷一百二十八所收録的《詩話》,是宋代詩話中首先以“詩話”命名的作品。司馬光即有繼承歐陽修《詩話》的用意,而將自己的《詩話》稱之爲《續詩話》,由此可知歐陽修的《詩話》對後代的影響甚大。(爲了區別其後編纂的詩話,多將歐陽修的《詩話》稱之爲《六一詩話》,因此本文亦稱之爲《六一詩話》。)

　　關於《六一詩話》,洪本健《略論歐陽修散文的陰柔之美》説①:

　　　　這樣,歐陽修的散文更便於實用,創作路子越走越寬。他的《六一詩話》無拘無束地品評詩歌、自由自在地談論藝術、開創了文藝批評的一種新樣式。

以爲歐陽修《六一詩話》用之於散文,其文體不但實用,而且其縱橫自在的評論,開創了詩話的新形式。又,楊慶存《宋代散

---

① 洪本健《略論歐陽修散文的陰柔之美》,收入《華東師範大學學報》(哲學社會科學版)第四期,1985 年。

文體裁樣式的開拓與創新》說①：

> 詩話産生於宋代古文運動極盛之時，是古文運動影
> 響下的産物。

則着眼於宋代古文復興與詩話的關聯性。歐陽修致力於古文復興，《六一詩話》自然有使用古文的文體。換言之，分析歐陽修《六一詩話》所使用的文體，即可窺知歐陽修古文的特色。本文即以歐陽修《六一詩話》的文體作爲考察的對象，藉以辨明其古文的特色。

一、《六一詩話》與《歸田録》

《六一詩話》的撰述時期，由於序文記載着"居士退居汝陰而集以資閒談也"，可知爲歐陽修歸隱汝陰後，以"資閒談"爲目的而作成的。歐陽修歸隱於熙寧四年(1071)七月，翌年熙寧五年(1072)七月，六十六歲時去世，因此《六一詩話》於六十五歲開始撰述，可以說是歐陽修晚年之作。

考察《六一詩話》的成立，不可忽視的是《歸田録》一書。歐陽修撰述《歸田録》，是在英宗皇帝治平年間(1063—1067)的五十七歲到六十一歲之間，接着，更在致仕後的熙寧四年進行改訂。在改訂《歸田録》的同時，歐陽修也編纂了《六一詩話》②。又《歸田録》序文指出"《歸田録》者，朝廷之遺事，史官之所不記，與夫士大夫笑談之餘而可録者，録之以備閒居之覽

---

① 楊慶存《宋代散文體裁樣式的開拓與創新》，收入《中國社會科學》(中國社會科學院，1995 年第六期)。

② 參照拙文《關於歐陽修〈歸田録〉》，收入《九州中國學會報》第三十四卷(九州中國學會，1996 年)。

也”，與《六一詩話》的“資閒談”的閒情逸致相通。而且《歸田録》記載着有關詩歌的論述和逸事，這些文字收録於《六一詩話》也不足爲奇。對於二書的關聯性，前人的看法是有所分歧的。

如李偉國在《歸田録佚文初探》中提及①：《六一詩話》原本是否爲《歸田録》的一部分，其疑問之所以成立，是根據宋人經常把《六一詩話》的文章當作《歸田録》的文章引用，但是李偉國以爲把《六一詩話》當作《歸田録》而引用的人，是因爲不知道歐陽修著有《六一詩話》，事實上《六一詩話》和《歸田録》是不同的兩本書。

豐福健二在《〈六一詩話〉的成立》②則着眼於《六一詩話》的編集和《歸田録》的改訂是同一時期，並提出“歐陽修改訂之際，把原本《歸田録》中，有相歸屬的詩話獨立而出”的主張，進而推測《六一詩話》三分之二以上的内容是屬於《歸田録》的。

興膳宏《宋代詩話之中，歐陽修〈六一詩話〉的意義》③。則説：“這兩本書雖然有以詩和詩人爲對象之相同的内容，但其有意識的分别爲二書，也是不能忽視的問題。”

以上三人的論述，在强調《六一詩話》和《歸田録》有所關聯的觀點上，雖然是一致的，但是對二書的内容性質的見解卻有不同，或以二書是不同的兩本書，或强調《六一詩話》是《歸

---

① 李偉國《歸田録佚文初探》，收入《澠水燕談録　歸田録》（中華書局，1981 年）。
② 豐福健二《〈六一詩話〉的成立》，收入《小尾博士古稀記念中國學論集》（汲古書院，1983 年）。
③ 興膳宏《宋代詩話之中，歐陽修〈六一詩話〉的意義》，收入《日本中國學會創立五十年記念論文集》（汲古書院，1998 年）。

田録》的一部分,或主張二書是在有意識的區分下才成爲兩本書的。

綜括以上的論述,大抵是以《六一詩話》和《歸田録》內容的相似性,或編纂時期爲着眼點來進行考察的,本文擬從歷來未嘗注意的觀點,即《六一詩話》和《歸田録》的文體,特別是從歐陽修文章中的虛詞的用法去進行探究。因爲歐陽修古文的特色在於虛詞的用法。如劉德清《歐陽修論稿》説①:

> 文章神氣,駢文在音律,散文在虛字,是有一定道理的。歐陽修在本文中連用二十一個"也"字,它有規律地散見全篇,反復出現,加强了文章的節奏感和抒情氣氛,也强化了文章詠嘆的韻味,讀起來琅琅上口。

散文特色在虛詞,歐陽修的古文即反復連用虛詞,表現出文章高度的精純成熟。對於使用二十一個"也"字的《醉翁亭記》,吳孟復《唐宋古文八家概述》説②:

> 歐文中,不僅《醉翁亭記》多用"也"字,《瀧岡阡表》中也連用了許多"也"字。

其實不衹是《醉翁亭記》,《瀧岡阡表》也大量使用了"也"字。由此可知,歐陽修古文的特色在於虛詞的使用,因此,以虛詞的分析而究明其文體究竟是可行的。

在此,比較《六一詩話》與《歸田録》的虛詞使用情形,而列舉以下十個虛詞,進行分析③。

---

① 劉德清《歐陽修論稿》(北京師範大學出版社,1991 年),第 273—274 頁。
② 吳孟復《唐宋古文八家概述》(安徽教育出版社,1985 年),第 83 頁。
③ 本文於虛詞的意義和用法,主要參照牛島德次《漢語文法論(中古編)》(大修館書店,1971 年)。

○乎——表示疑問、反問的語助詞。

○也——表示認定、疑問、反問、感嘆的語助詞。

○焉——表示認定的語助詞。

○矣——表示斷定的語助詞。

○耳——表示認定的語助詞。

○而——表示順接、逆接、追加的連接詞。

○然——表示轉折的連接詞。

○於——用於限定的介詞。也用於比較。

○蓋——表示限定的副詞。

○爾——表示認定的語助詞。

《六一詩話》共有四千零七十字,《歸田錄》則有一萬四千一百一十字,由於總字數差異甚大,一萬字中的虛詞出現數的換算,如表 13。

表 13

作品名	六一詩話	歸田錄
字數	10 000	10 000
乎	12.3	7.1
也	125.3	107.7
焉	0	0.7
矣	39.3	17.7
耳	17.2	0
而	105.7	119.1
然	12.3	20.6
於	105.7	76.5
蓋	22.1	17
爾	4.9	12.8

　　表示認定、疑問、反問、感嘆的語助詞的"也"字,《六一詩話》有 125.3 字(一萬字中的出現數。下同),《歸田録》則有 107.7 字,表示疑問、反問的語助詞的"乎"字,《六一詩話》爲 12.3 字,《歸田録》則爲 7.1 字,表示轉折的連接詞的"然"字,《六一詩話》是 12.3 字,《歸田録》是 20.6 字,表示順接、逆接、追加的連接詞的"而"字,《六一詩話》是 105.7 字,《歸田録》是 119.1 字,這些虛詞的使用數並沒有太大的差異。但是"耳"字,《六一詩話》是 17.2 字,《歸田録》則爲 0 字;"爾"字,《六一詩話》是 4.9 字,《歸田録》則爲 12.8 字,彼此有相當大的不同。"耳"和"爾"都是含有認定意思的虛詞,如果包含亦具認定意義的"焉"和"也"字一併計算,則這四個虛詞合計 1 萬字的出現數,則是《六一詩話》147.4 字,《歸田録》121.1 字,其使用頻繁度就未必有顯著的差異。

　　其次將《六一詩話》和《歸田録》所使用的虛詞與《五代史記》列傳的①,作一比較。

表 14

作品名	五代史記列傳	六一詩話	歸田録
字數	10 000	10 000	10 000
乎	10.9	12.3	7.1
也	45.1	125.3	107.7

---

① 《五代史記》列傳部分的虛詞用法的分析抽樣,是五個王朝各取五人,合計二十五人的傳。二十五人爲敬翔、寵師古、寇彦卿、王重師、王檀(以上,後梁)、郭崇韜、周德威、元行欽、符習、劉贊(以上,後唐)、景延廣、吳巒、趙瑩、馬全節、王建立(以上,後晉)、蘇逢吉、史弘肇、楊邠、王章、郭允明(以上,後漢)、王樸、鄭仁誨、翟光鄴、馮暉、王殷(以上,後周)。

作品名	五代史記列傳	六一詩話	歸田録
焉	1.6	0	0.7
矣	17.4	39.3	17.7
耳	3.3	17.2	0
而	119.1	105.7	119.1
然	8.7	12.3	20.6
於	65.5	105.7	76.5
蓋	0.5	22.1	17
爾	1.1	4.9	12.8

在此之所以摘録《五代史記》作爲比較的對象,是因爲《五代史記》的文體異於詩話或隨筆,而且是歐陽修在三十一歲至四十七歲之間執筆的①。可以説是歐陽修少壯時期的著述,將之與其晚年所作的《六一詩話》與《歸田録》相比較,自然能清楚地看出差異,而且彼此的特色也可以辨明。

　　"也"字在《五代史記》是 45.1 字(一萬字中的出現數。下同),《六一詩話》是 125.3 字,《歸田録》是 107.7 字,"然"字在《五代史記》是 8.7 字,《六一詩話》是 12.3 字,《歸田録》是 20.6 字,"蓋"字在《五代史記》是 0.5 字,《六一詩話》是 22.1 字,《歸田録》是 17 字,可見《六一詩話》和《歸田録》在虛詞的使用頻率上,遠高於《五代史記》列傳部分。換言之,《五代史記》與

① 關於《五代史記》執筆的時期,前人既有考察。本文主要參考佐中壯《新五代史撰述情況》收入《史學雜誌》第 50 編第 1 號(公益財團法人審學會,1939 年)、石田肇《新五代史撰述經緯》收入《東洋文化》復刊第 41、42 合併號(財團法人無窮會,1977 年)、陳光崇《尹洙與〈新五代史〉小議》收入《遼寧大學學報》(哲學社會科學版)1991 年第 2 期,1991 年。

《六一詩話》、《歸田録》在虛詞的使用頻繁度上，有極大的差異。

　　接着，再列舉以下"而、也、於、因、乃、則、然、矣、蓋、爾、乎、哉、焉、耳、邪、歟"十六個虛詞，標出於《六一詩話》和《歸田録》使用頻率高低順序表。

表 15

作品名	六一詩話	歸田録
而	2	1
也	1	2
於	3	3
因	9	4
乃	5	5.5
則	7.5	5.5
然	10.5	7
矣	4	8
蓋	6	9
爾	12	10
乎	10.5	11
哉	14.5	12
焉	14.5	13
耳	7.5	15
邪	14.5	15
歟	14.5	15

　　根據表 15 的數據，《六一詩話》和《歸田録》的 Spearmans 順位相關係數（Spearmans rank correlation coefficient）是

0.792 1,而 Pearson 相關係數是 0.953 4,二者的關係相當接近①。也就是说,《六一詩話》和《歸田録》於虛詞的使用極其類似,在文體上,有相同的特色。而且從《六一詩話》之編撰與《歸田録》之改修工作又在同一時期的共通點來考量的話②,《六一詩話》和《歸田録》此一系列的作品,其母體相似的可能性甚高。

二、《六一詩話》與《續詩話》

本節擬比較《六一詩話》與司馬光《續詩話》的虛字的用法。司馬光(1019—1086)比歐陽修年輕十二歲,宋人劉炎《邇言》比較司馬光和歐陽修的文章说:

> 或問:歐陽、司馬之文孰優? 曰:歐陽本之韓退之,學而至者也。温公遠齊先漢,自誠實而充也。

簡要地指出歐陽修和司馬光文章的特色,司馬光以漢以前的文章爲規範,與歐陽修皆善於古文。至於司馬光著作《續詩話》的旨趣,則於序文明白地指出:

> 詩話尚有遺者,歐陽公文章名聲雖不可及,然記事一

---

① 《統計學辭典》(東京:東洋經濟新報社,1989 年)關於 Spearmans 順位相關係數的記載是:"由順位作成的 Pearson 相關係數,稱之爲 Spearmans 順位相關係數(Spearmans rank correlation coefficient 或 Spearmans ρ)(C. Spearman [1944a])"。Spearmans 順位相關係數和 Pearson 相關係數皆相同,則爲 1;完全相反,則爲 -1。故愈接近 1,就表示關係愈近。此所用的 Spearmans 順位相關係數是 Spearmans 順位的修正版。又,有關統計學的知識,皆受教於鹿兒島大學理學部近藤正男教授(統計學)。

② 參照第 170 頁注②豐福論文。

也,故敢續書之。

由此可窺知司馬光推崇歐陽修的《詩話》(《六一詩話》),乃續其作而編成《續詩話》。也就是説,以《六一詩話》爲詩話的始祖,而接續作成之《續詩話》,此二書在宋代多數詩話中,乃屬於早期作成的詩話。《續詩話》共有二十八條[①],此是模仿《六一詩話》二十八條體例而作成的。至於其內容,如《興膳宏集》所説[②]:

> 司馬光熟知《六一詩話》的內容,乃服膺歐陽修的著述要旨而著作《續詩話》。

司馬光根據《六一詩話》作成的《續詩話》裏,也有不少根據同樣主題寫成的文章。以下,列舉十五個虛詞來計算《六一詩話》和《續詩話》使用的數量。

表 16

作品名	六一詩話	續詩話
總字數	4 070	3 199
而	45	14
也	52	21
乃	10	7
則	7	3
因	6	1

---

① 清何文煥《歷代詩話》(中華書局,1981 年)稱《續詩話》收錄三十一條記事,但是最後三條是《春明退朝錄》、《詩話總龜》記事的誤衍。詳參許山秀樹、松尾肇子、三野豐治、矢田博士譯注《〈溫公續詩話〉譯注稿》,收入愛知大學語學教育研究室紀要《言語與文化》第 9 號,2003 年。

② 參照第 170 頁注③。

作品名	六一詩話	續詩話
然	5	3
矣	16	4
蓋	9	1
爾	2	1
乎	5	0
哉	0	1
焉	0	1
耳	7	3
邪	0	3
故	10	6

　　如表 16 所示,《六一詩話》於虛詞使用比《續詩話》多。
又,《續詩話》於"哉"、"焉"和"邪"的使用,雖然比《六一詩話》
多,但不過是 1 字到 3 字的差別而已,並沒有太大的不同。由
於《六一詩話》和《續詩話》的總字數有所差異,以一萬字的出
現數來換算,則如表 17。根據表 17 的數據,可以清楚看出歐
陽修於虛詞使用上的特色。

表 17

作品名	六一詩話	續詩話
字數	10 000	10 000
而	110.6	43.8
也	127.8	65.6
乃	24.6	21.9

續　表

作品名	六一詩話	續詩話
則	17.2	9.4
因	14.7	3.1
然	12.3	9.4
矣	39.3	12.5
蓋	22.1	3.1
爾	4.9	3.1
乎	12.3	0
哉	0	3.1
焉	0	3.1
耳	17.2	9.4
邪	0	9.4
故	24.6	18.8

　　高橋明郎在《歐陽修散文文體的特色——與韓愈散文差異的原因》①一文中比較歐陽修和韓愈的散文,指出歐陽修散文特色在於大量使用"非明示型"的虛詞。所謂"非明示型",是指同一論體文中,"如'而'可用於順接、逆接與並列,若祇根據連詞,則不能確定接續的形式爲何。至於'則'祇能用於順接。茲規定前者是'(接續形式)非明示型',後者是'明示型'"。韓愈的文章以"明示型"虛詞居多,歐陽修的文章則是"非明示型"虛詞爲多。大量使用"非明示型"虛詞的歐文,由於文章的接續關係比較難以把握,"讀者必須釐清論旨及理路

---

① 高橋明郎《歐陽修散文文體的特色——與韓愈散文差異的原因》,收入《日本中國學會報》第 38 號(日本中國學會,1986 年)。

脈絡"。高橋氏的考察是根據自由度比較高的序、記,而且作品的作成年代也沒有偏重於某一時期的傾向,因此其論證比較可信。

根據表 17,"明示型"的"乃"、"則"、"因"和"故",《六一詩話》確實使用得比較多,但是除了"因"以外,《六一詩話》和《續詩話》並沒有顯著的差異。換言之,有明顯差別的是"非明示型"虛詞的使用。如順接、逆接與並列皆可用的"而",《續詩話》是 43.8 字,《六一詩話》則是 110.6 字。至於與讀者必須釐清論旨及理路脈絡之"非明示型"虛詞同一性質的"蓋"①,《續詩話》祇有 3.1 字,《六一詩話》則是七倍以上的 22.1 字。其他,表示斷定語氣的"矣",《續詩話》有 12.5 字,《六一詩話》是 39.3 字,表示認定、疑問、反問、感嘆的語助詞"也",《續詩話》有 65.6 字,《六一詩話》是 127.8 字,此類虛詞,《六一詩話》顯著用得比《續詩話》多。

接下來再比較幾處話題類似的部分。司馬光《續詩話》引用歐陽修《六一詩話》而記述的,如:

> 歐陽公云:九僧詩集已亡。元豐元年秋,余遊萬安山玉泉寺,於進士閔交如舍得之。

而歐陽修《六一詩話》的記述,則是:

> 國朝浮圖,以詩名於世者九人。故時有集號九僧詩,今不復傳矣。

《六一詩話》使用"以"、"於"、"故"、"矣"等虛詞,司馬光《續詩話》祇用"於"字,至於其所引用的歐陽修的"九僧詩集已亡",《六一詩話》則於文末有"矣"一虛詞。

---

① 參照上頁注①高橋論文。

　　司馬光雖紹承歐陽修《詩話》而作《續詩話》,而且內容的分量同爲二十八條,內容的旨趣大抵相同,但是若分析《六一詩話》和《續詩話》的文章,則可見虛詞的使用有明顯的差異。這就說明二人在文體上表現出不同的個性,此即二人文章風格不同之所在。

　　比較歐陽修《六一詩話》和司馬光《續詩話》的文體,《六一詩話》多用虛詞,尤其頻繁地使用"非明示型"虛詞。此與序、記文體之多用"非明示型"虛詞的歐陽修文章特色一致。因此《六一詩話》的文體亦表現出歐陽修古文的特色。

三、《六一詩話》與《試筆》

　　《六一詩話》二十八條中,有五條的內容與《試筆》所收錄的相似。《試筆》收錄於《歐陽文忠公集》卷一百三十中,乃歐陽修的即興偶得之作,蘇軾說[①]:

> 此數十紙,皆文忠公衝口而得,信手而成,初不加意者也。其文采字畫,皆有自然絶人之姿,信天下之奇蹟也。元祐四年九月十九日蘇軾書。

　　《試筆》所收的作品大抵爲歐陽修隨口而出,信手而成,並爲蘇家所保管。作成的年代並不明確。唯應在死前編纂的《六一詩話》之前作成。也就是說,《試筆》所收錄的作品是歐陽修信口而成,屬於初稿階段。其中,有些或許經過推敲發展而收入《六一詩話》中。如《試筆》的《溫庭筠嚴維詩》:

————————————

① 記述於《歐陽文忠公集》卷一百三十卷末。

> 余嘗愛唐人詩云:"雞聲茅店月,人跡板橋霜。"則
> 天寒歲暮,風淒木落,羈旅之愁,如身履之。至其曰:
> "野塘春水漫,花塢夕陽遲。"則風酣日煦,萬物駘蕩,天
> 人之意相與融怡,讀之便覺欣然感發。謂此四句可以
> 坐變寒暑。詩之為巧,猶畫工小筆爾,以此知文章與造
> 化爭巧可也。

與此相應的《六一詩話》的記述為:

> 聖俞曰:作者得於心,覽者會以意,殆難指陳以言
> 也。雖然,亦可略道其髣髴。若嚴維"柳塘春水漫,花塢
> 夕陽遲。"則天容時態,融和駘蕩,豈不如在目前乎?又若
> 溫庭筠"雞聲茅店月,人跡板橋霜",賈島"怪禽啼曠野,落
> 日恐行人",則道路辛苦,羈愁旅思,豈不見於言外乎?

兩者在文體上,《六一詩話》不但添加"於"、"亦"、"若"、
"又"等虛詞,而且行文的語氣也增加"豈不……乎"反問形式
的語句。此蓋可窺知歐陽修加入自己的情感,提醒讀者應注
意的寫作意圖。

再者,《六一詩話》更有深化內容之處,如:

> 近世有《九僧詩》,極有好句,然今人家多不傳。如
> "馬放降來地,鵰盤戰後雲;春生桂嶺外,人在海門西"。
> 今之文士未能有此句也。(《試筆·九僧詩》)

> 國朝浮圖,以詩名於世者九人,故時有集號《九僧
> 詩》,今不復傳矣。余少時聞人多稱之。其一曰惠崇,餘
> 八人者,忘其名字也。余亦略記其詩,有云:"馬放降來
> 地,鵰盤戰後雲。"又云:"春生桂嶺外,人在海門西。"其佳
> 句多類此。其集已亡,今人多不知有所謂九僧者矣,是可
> 歎也。(《六一詩話》)

　　《試筆》開頭的"近世有《九僧詩》,極有好句,然今人家多不傳",祇使用表示轉折的虛詞"然"字,《六一詩話》的"國朝浮圖,以詩名於世者九人,故時有號《九僧詩》,今不復傳矣"則連用表示限定的"以"、"於",表示因果關係的"故",表示斷定的"矣",使讀者易於把握文章脈絡。而且增添"是可歎也"用來表現感情,以深化文章的內容而形成立體的開展。

　　如"三上"、"三多"等眾所周知的逸聞,都是歐陽修對於初稿再三推敲,修正改訂才鍛煉而成。《試筆》到《六一詩話》的發展,其深化內容、精煉文章的過程,也可說是歐陽修文章筆法的表徵。而在形成《六一詩話》的發展過程中,虛詞的使用亦增添了文章深化的效果。

四、結　　語

　　歷來對《六一詩話》的文體甚少進行具體的研究,尤其是以虛詞使用的觀點,進行總合性考察的研究則未見。本文着眼於《六一詩話》的虛詞並進行分析,發現《六一詩話》與《歸田錄》的文體具有相同的特色,而虛詞則用得比司馬光的《續詩話》多,尤其是"非明示型"虛詞。至於《六一詩話》的編纂過程,有文章洗練,添加虛詞的傾向,此蓋爲《六一詩話》文體的特色。

　　本文從《六一詩話》虛詞的使用着眼,揭示歐陽修文章的特色。此與歷來的研究視點完全不同,可以說是啟開了《六一詩話》新的一面。《六一詩話》的虛詞使用,是歐陽修文章寫作的特色,也是歐陽修文體的典型。

(李　祥　譯)

關於天理本《歐陽文忠公集》

一、天理本相關之舊説

歐陽修的全集《歐陽文忠公集》一百五十三卷及附録五卷，是由南宋周必大等人編纂，並流傳至今。前章所言的南宋本《歐陽文忠公集》現在中國大陸與中國臺灣均有收藏，但皆非全本，且保存狀況不佳。日本天理大學附屬天理圖書館所藏南宋本《歐陽文忠公集》，雖一部分經後人補寫，但仍接近全本，且保存良好。其版刻形態爲：

> 長二十八釐米，寬十三點八釐米。
>
> 半葉十行，每行十六字，注文雙行，左右雙邊。
>
> 版心下方有刻工姓名。

一部分爲後人補寫（補寫部分爲卷三十五—卷四十第一葉、卷七十三第十八葉—卷八十五、卷九十三第一葉—第五葉、卷九十四第二十六葉—第二十九葉、卷百四十第一葉—第十六葉）。

一百五十三卷之中，後人補寫部分，僅不過二十二卷，較好地保存了南宋刊本原貌，所以在一九五二年天理本被日本指定爲國寶。

據對天理圖書館所藏宋、金、元刻本進行過詳細考察的阿部隆一氏的研究①,《歐陽文忠公集》的刻工多是寧宗朝(1194—1224)人,他們的活動時期是從孝宗(1162—1189)後期直到理宗(1224—1264)初年這三十餘年之間。由於刊刻以缺筆避諱光宗(1189—1194)名諱"惇"及相關文字,可以判定天理本應爲寧宗朝前期刊刻。祇是,此處阿部氏雖斷定爲前期卻沒有相關論據。如前章所述,阿部氏亦將天理本視爲慶元二年(1196)刊行的周必大原刻本,可能爲了與此結論相符,所以推定爲寧宗朝前期。如阿部氏所説,刻工的活動時期是直到理宗初年,所以天理本刊行時間的下限也理所當然地被認定爲理宗初年。

周必大在《歐陽文忠公集後序》中有段記載②:

> 起紹熙辛亥春,迄慶元丙辰夏,成一百五十三卷,別爲附録五卷。

由此可見,《歐陽文忠公集》的編纂時期是從紹熙二年(1191)到慶元二年(1196)。日本文化廳監修的《國寶》(東京每日新聞社,1985年)中認定天理圖書館所藏《歐陽文忠公集》是周必大原刻本,爲慶元二年出版。另一方面,《善本寫真集十九 宋版》(京都天理圖書館,1962年)中記載"通過勘考刻工可知此爲慶元、嘉泰之交所刊刻"。他們認爲刊行的時期應爲慶元年間(1195—1200)到嘉泰年間(1201—1204)的交替之際,但編纂時期卻没能確定。但是,通過考察《歐陽文忠公集》的編纂者周必大的文章,當可細緻考訂

---

① 阿部隆一《天理圖書館所藏宋金元版本考》,收入《天理圖書館》第75號(天理大學出版部,1980年)。

② 周必大《文忠集》以《影印文淵閣四庫全書》(臺灣商務印書館,1983年)爲底本。

天理本《歐陽文忠公集》的編纂時期。下面即以天理本爲視點來進行考察。

二、關於周必大的《歐陽文忠公集》編纂工作

周必大在《歐陽文忠公集後序》中對參加《歐陽文忠公集》編纂的學者有如下記述：

> 會郡人孫謙益老於儒學，刻意斯文。承直郎丁朝佐博覽群書，尤長考證。於是遍搜舊本，傍采先賢文集，與鄉貢進士曾三異等互加編校。

從中可以看出，周必大列舉了《歐陽文忠公集》的三位編纂者：孫謙益、丁朝佐、曾三異。關於孫謙益，在《居士集》五十卷每卷末均有"紹熙二年三月郡人孫謙益校正"的記載。在全集編纂初期，《歐陽文忠公集》收錄的《居士集》五十卷部分的校勘工作正是由孫謙益完成的。另外，還可參看周必大寫給孫謙益的一封信（紹熙五年六月）：

> 曾無疑送別集目錄來，共三冊，並移改手書五卷，丁朝佐劄子一幅，並納呈。幸仔細點勘，疾速示。恐未能併了。

由此可見，周必大曾將曾無疑（曾三異字無疑）的目錄、丁朝佐的劄子交給孫謙益再次校勘。另外，還可列舉另外一封書簡（紹熙五年）：

> 今汲汲欲得總目及諸集排比，庶免因循，何乃遲遲如此。

周必大敦促孫謙益加快對《歐陽文忠公集》目録和各集排列的考證，以免影響成書進度。可以看出，周必大在編纂全集時最依賴孫謙益。

關於丁朝佐，通過《居士集》卷二十五、卷三十一的卷末校勘記可知①，丁氏精於文字語彙的校正。《居士集》卷三十一校勘記記載如下：

> 朝佐②考公集，怠、迨、殆三字似通用。……此亦以怠爲殆也。……此則以迨爲殆也。諸本間有改者，覽者以意讀之。

正如周必大在《歐陽文忠公集後序》贊丁朝佐"尤長考證"之語，文字異同的校核，在全集編纂中乃是不可或缺的部分，而這正是丁朝佐擅長之處。關於曾三異，周必大在寫給他的一封信（紹熙四年）③中説道："蒙索元稿，謹封納。"可知周必大等人編纂《歐陽文忠公集》時所用原稿的一部分，爲曾三異所收藏之物。

天理本《歐陽文忠公集》的卷末，有包括上述三人在内的全集校正者、覆校者一覽表：

編定校正：孫謙益、丁朝佐、曾三異、胡柯

---

① 《歐陽文忠公集》各卷末，有校正者的校訂意見及校異，本章均稱之爲"校勘記"。

② 此處天理本作"位"字。《四部叢刊》本及其他諸本皆作"佐"字，因是校勘部分的記載，所以"朝佐"當是指"丁朝佐"，天理本可能因兩字字形相似而致誤。

③ 《文忠集》（《四庫全書》所收）中，此信寫於"紹興四年"。紹興四年是1134 年，周必大九歲，所以"紹興四年"，當是"紹熙四年"之誤。此一錯誤，森山秀二《關於歐陽修的文本——以成立過程爲中心》，收入《立正大學教養部紀要》第 27 號，1993 年，此文亦曾指出。本章皆作"紹熙四年"，下同。

　　　　覆校：葛溁、王伯芻、朱岑、胡炳、曾煥、胡渙、劉贊、
　　羅泌

　　在上述三人之外，還列舉了另一位校正者胡柯，他的職責
不甚明確①。關於覆校者，從《歐陽文忠公集》各卷末的校勘
記部分，可以明白各人所擔當部分，《河北奉使奏章》上、下部
分皆署有"紹熙五年十月郡人王伯芻校正"，可知此一部分有
王伯芻擔當校正。關於王伯芻，在"濮議"卷末校勘記有"紹熙
五年十月郡人孫謙益、王伯芻校正"字樣。另外，《近體樂府》
卷三的校勘記裏有"郡人羅泌校正"，由此可知，《近體樂府》部
分爲羅泌擔當校正。其他的覆校者，尚不能明確他們所負責
校正的範圍。

　　關於《歐陽文忠公集》的刊行過程，周必大在給曾三異的
信中（紹熙四年）曾這樣說：

　　　　《六一集》方以俸金，送劉氏兄弟，私下刻板。

　　紹熙四年（1193）左右，周必大已將資金交付刻工劉氏兄
弟，開始版刻。此外，周必大在《歐陽文忠公集後序》中有"第
首尾浩博，隨得隨刻，歲月差互，標註牴牾，所不能免"等語。
可知是校勘完一部分便立即付諸版刻。例如，《奏議集》卷十
七的校勘記裏載有：

　　　　皆當以"一作"爲正。已刻板，難盡易，書示後人，使
　　知所擇焉。

　　當初因爲在編纂階段即存在異本的緣故，便將異文以"一
作"這樣的形式附在其後。但後來確認"一作"的異文乃爲正，

---

① 　關於胡柯所擔當的職責，上頁注③中的森山秀二論文也有考察，如森山
　　氏所言，其職責仍難以弄清。

卻由於已經刻板,難以更改,所以將"一作"是正確文字的情況
在校勘記中加以說明。由於校勘完畢一部分即將此一部分付
與版刻,其後雖有變更,卻難以再對本文進行更改。另外,在
《歐陽文忠公集》所收的《書簡》部分最後所附校勘記云:

> 雖併注歲月,而先後間有差互。既已誤刊,重于改
> 易,姑附註其下。

《書簡》部分後來也發現有錯誤之處,但既已版刻,很難改
易,便標附註於其下,這一事實在校勘記中進行了說明。例如
《書簡》卷八《答韓宗彥》中有注曰:"本卷前有答韓欽聖二幅即
宗彥也。誤置此。"確實,在卷八中已經收錄有《答韓欽聖》的
書信,《答韓宗彥》與《答韓欽聖》是一組相連的書信,本應放在
一處,但當時沒有認識到韓欽聖與韓宗彥為同一人,兩封信就
被分開付刻了。後來發現二人為同一人,便追加了此注進行
補充說明。

從以上所述可知,《歐陽文忠公集》一百五十三卷及附錄
五卷,大部分是在紹熙二年(1191)至慶元二年(1196)六年間
編纂出來的,期間周必大即校即刻的工作方針被貫徹始終。

三、周綸的修訂本

陳振孫的《直齋書錄解題》,作為對南宋中期以來流傳書
籍的解題,其卷十七關於歐陽修全集有如下記載:

> 其集遍行海內,而無善本。周益公解相印歸,用諸本
> 編校,定為此本,且為之年譜。自《居士集》、《外集》而下,
> 至於《書簡集》,凡十,各刊之家塾。其子綸又以所得歐陽
> 氏傳家本,乃公之子棐叔弼所編次者,屬益公舊客曾三異

校正,益完善無遺恨矣。

由此可見,周必大編纂的歐陽修全集刊行之後,其子周綸進行過重新修訂。如前所見,周必大是即校即刻,亦如陳振孫所言,周必大編纂的《歐陽文忠公集》也一定出版過了。此後,周綸得到了一些新的資料,即所謂的歐陽氏家傳本,也就是歐陽修的兒子歐陽棐的編纂本。因此,周綸爲了完善起見,再度請曾三異擔當校正,經過校勘,然後刊行了新的修訂本。關於此一過程,《四庫全書總目》卷一百五十三的歐陽修《文忠集》提要中説道:

> 而振孫所云綸得歐陽氏本附三異校正者,乃在朝佐等校定之後添入刊行,故序未及之歟。

以周必大爲中心編纂的《歐陽文忠公集》,是在校正者丁朝佐等人的校正之後,周綸得到歐陽氏家傳本,然後再度請曾三異進行校正,最後刊行全集,所以在周必大的序文裏,没有提到周綸修訂一事。曾三異在周必大進行編纂之時便擔當編定校正工作,周綸因他熟知全集編纂工作,所以委以校正重任。陳振孫就是見到的周綸這個修訂本,並爲之作解題。

關於周綸所得到的這個歐陽氏家傳本,《四庫全書總目》的歐陽修《文忠集》提要裏的記述是:

> 惟卷末考異中多有云公家定本作某者,似即周綸所得之歐陽氏本。

《四庫全書總目》推測卷末校勘記中出現的"公家定本",即是周綸所得到的歐陽氏家傳本。據此,《居士集》卷十四的卷末校勘記裏的"朝佐考公家定本"便不可小視。因爲丁朝佐是最初周必大編纂《歐陽文忠公集》時的校定者,而並没有參

與周綸修訂時的校定工作。上面提到丁朝佐校勘時使用了
"公家定本"，應是周必大最初編纂時就已使用的資料。所以，
周綸得到的歐陽氏家傳本，與校勘記中提到的"公家定本"，應
是不同本子，《四庫全書總目》的説法不成立。

四、關於天理本的刊行

對天理本的刊行時期進行確定時，周必大遺留下來的作
品可作爲考察線索。周必大的全集《文忠集》中收録了四篇他
和《歐陽文忠公集》編纂有關的文章：《歐陽文忠公集古録
序》、《歐陽文忠公集古録後序》、《歐陽文忠公集後序》及《歐陽
文忠公年譜後序》。天理本收録了《歐陽文忠公集古録序》、
《歐陽文忠公集古録後序》、《歐陽文忠公集後序》三篇文章①。
《歐陽文忠公集古録序》是放在《集古録跋尾》卷頭的歐陽修序
文後，《歐陽文忠公集古録後序》是在《集古録跋尾》卷末的校
勘部分，《歐陽文忠公集後序》則是置於全集最後。

---

① 與周必大編纂《歐陽文忠公集》相關的文章中，《歐陽文忠公年譜後序》
天理本未收録，《四部叢刊》則有收録。後來編纂的《四部叢刊》本在開
頭部分有歐陽修的年譜，在最後又收録《歐陽文忠公年譜後序》。而天
理本則是在開頭部分便没有歐陽修年譜。同樣是南宋本的中國國家圖
書館所藏《歐陽文忠公集》裏也没有年譜。中國國家圖書館藏本與天理本
都被認爲是保存了周必大當初的編纂形式，它們均無年譜。另外，《四
部叢刊》本中，在年譜後附加的《歐陽文忠公年譜後序》文末有"郡人登
仕郎胡柯謹記"文字，所以可推斷其作者爲胡柯。但《文忠集》中卻將此
《歐陽文忠公年譜後序》當作周必大作品予以收録。其中原委雖不甚明
了，但前面提到的森山氏論文作如下推測："胡柯實際上是在周必大身
邊做了很多工作，周必大爲了報答胡柯的努力，而寫上他的名字。或者
是如前所述，胡柯作爲編定校正的最終責任者，所以把他的名字記在了
作爲編纂的收尾工作——《年譜》的末尾。"另外，因《歐陽文忠公年譜後
序》未被收入天理本，所以本章不予考察。

　　周必大的全集《文忠集》是其子周綸編纂的,陸游在《文忠集原序》中記述:

　　　　公既薨逾年,公之子綸以公遺文,號省齋文稿者,屬予爲之序。開禧元年十二月甲子陸游謹序。

　　由此看來,周綸托陸游爲《文忠集》作序,陸游則在開禧元年(1205)完成此序。另外,《四庫全書總目》卷一百五十九周必大《文忠集》的提要記載如下:

　　　　宋周必大撰。……開禧中,其子綸所手訂。以其家嘗刻《六一集》,故編次一遵其凡例。

　　周必大的《文忠集》,是其子周綸在開禧年間(1205—1207),仿照《六一集》,亦即《歐陽文忠公集》的體例編纂而成。

　　在周必大所作的有關《歐陽文忠公集》編纂的文章當中,應當注意收録在《文忠集》中的《歐陽文忠公集古録序》與《歐陽文忠公集古録後序》這兩篇。首先,《歐陽文忠公集古録後序》主要寫的是收録在《歐陽文忠公集》卷一百三十四到卷一百四十三的《集古録跋尾》的編纂體例。其内容大抵如下:

　　　　集古碑千卷,每卷碑在前,跋在後。……公嘗自云四百餘篇有跋,今世所傳本是也。……方崧卿裒聚真蹟刻板,廬陵得二百四十餘篇,以校集本,頗有異同,疑真蹟一時所書,集本後或改定。今於逐篇各注何本,若異同不多,則以真蹟爲主,而以集本所改注其下,或繁簡遼絶則兩存之。

　　大致闡述完《集古録跋尾》編纂方針之後,文末又換行空格另起一段寫道:

　　　　集古跋既刻成,方得公子叔弼目録二十卷。具列碑

之歲月。雖朝代僅差一二，而紀年先後頗有倒置，已具
其下。

在《歐陽文忠公集》的《集古録跋尾》裏，收録文章的次序
以歐陽修的《集古録目序》爲先，再是歐陽棐的《録目記》，然後
是周必大的《歐陽文忠公集古録序》。在歐陽棐的《録目記》
中，叙述了《集古録》的《録目》製作過程。另一方面，周必大在
《歐陽文忠公集古録序》中提出疑問，認爲《録目記》中所稱集
古録跋有二百九十二篇，可能應爲三百九十二篇之誤，或者
是，雖然記載歐陽棐《録目記》是作於歐陽修六十三歲之時，也
即熙寧二年(1069)，但若真是二百九十二篇的話，則可能實際
寫作時收集尚未完成，所以或許是在歐陽修年輕時，《録目記》
便已完成。另外，歐陽修因爲忙碌而讓歐陽棐代做《録目》一
事，亦與歐陽修《集古録目序》中"乃撮其大要，別爲目録"的記
載頗爲矛盾，所以周必大認爲"是皆可疑"，且"姑以棐所記附
公本序之後"，所以暫且將歐陽棐《録目記》置於歐陽修《集古
録目序》之後。從周必大的行文來看，他認爲《録目》可能並非
歐陽棐所作，且對歐陽棐的記述也並不信任。

如上文所述，周必大在《歐陽文忠公集古録後序》文末換
行空格記有"方得公子叔弼目録二十卷。具列碑之歲月。雖
朝代僅差一二，而紀年先後頗有倒置，已具其下"。從這來看，
作者當是目睹過歐陽棐(叔弼)"目録"的實物。這裏的"目録"
同前面的"録目"雖無法確定是否爲同一物，但這一部分的記
述，是作者確實在得到歐陽棐的《目録》後，以它爲基礎而作的
注。也就是說，與《歐陽文忠公集古録序》中對歐陽棐作《録
目》的懷疑與不信任的記述形成對照，《歐陽文忠公集古録後
序》文末部分卻認定《目録》爲歐陽棐所作，並依此實際得到的
《目録》對《集古録跋尾》進行全面調查。因此從內容來看，很

難將《歐陽文忠公集古録後序》,與其文末改行空格另寫的一段文字視爲同一人所作。

重新檢視收録有《歐陽文忠公集古録序》與《歐陽文忠公集古録後序》的周必大《文忠集》,其收録《歐陽文忠公集古録後序》時,保持着文末換行空格的部分。這部分與前面説明《集古録跋尾》編纂體例的内容完全不同,且文末換行空格,即是用對本文追加説明的形式表示與前文的區別。若再考慮周綸編纂的周必大《文忠集》收録的始末,應該可以認爲這是周綸在編纂其父周必大《文忠集》時,爲了對原文進行補充説明,而採用了在文後追加的形式。

此處,讓人想起在陳振孫《直齋書録解題》的記載中,提及周綸在修訂《歐陽文忠公集》時得到的歐陽氏家傳本,是歐陽修的兒子歐陽棐所編纂,且《集古録》目録的作者也是歐陽棐。在周必大刊行《歐陽文忠公集》之後,周綸得到了歐陽棐的編纂本,也同時得到了歐陽棐所編的《集古録》目録二十卷(這個歐陽棐的目録同歐陽棐編纂的家傳本的關係有些不甚明確,但因編者相同,目録可能是與編纂本一同被周綸所得到,或者説歐陽棐的編纂本中本就包含了這個目録①),編纂本通過曾三異的校正之後,《歐陽文忠公集》得以修訂並刊行。當時,周綸對照了《集古録跋尾》和得到的歐陽棐的目録,發現所收録的碑刻年代標記有所差異,所以在《集古録跋尾》後面以換行空格的形式,追加注記,進行補足説明。

再來看天理本,天理本《歐陽文忠公集》裏的《集古録跋尾》卷末校勘記部分,收録了周必大《歐陽文忠公集古録後

---

① 陳振孫《直齋書録解題》卷八中有"歐陽棐撰《集古目録》二十卷"。可見當時,有單行本的《目録》流傳。

序》,且對於《文忠集》中文末換行空格附加的周綸文字,亦按照其換行空格的形式照録。總而言之,收録了周綸補記文字的天理本,絶非周必大編纂的《歐陽文忠公集》原刻本,而應是屬於此後刊行的周綸修訂本系統裏的。《四部叢刊》裏所收的《歐陽文忠公集》①,它的周綸補記部分没有換行書寫,而是緊接周必大原文,未加區分。由於與南宋本的編纂時間相去甚遠,《四部叢刊》本的編纂者未能區分周必大的本文與周綸的補足説明。

如前所述,天理本用缺筆避光宗諱"惇",説明刻工者的活躍時期是孝宗(1162—1189)後期至理宗(1224—1264)初年,所以天理本刊行時期的下限應是理宗初年左右。因此,天理大學附屬天理圖書館所藏國寶《歐陽文忠公集》一百五十三卷集附録五卷,並非慶元二年編纂的周必大原刻本,而是在周必大之子周綸修訂後,刊行於理宗初年以前的一個屬於周綸修訂本系統的版本。

(附記)在天理圖書館進行調查時,得到早田一郎、田淵正雄二位相助,此處特表謝意。

(李　祥　譯)

---

① 《四部叢刊》所收《歐陽文忠公集》記載爲元刊本,但森山秀二《圍繞元刊本〈歐陽文忠公集〉》,收入《經濟學季報》第51卷第10號(立正大學經濟學會,2001年),一文認爲,《四部叢刊》所收《歐陽文忠公集》並非元刊本,而是以明代内府本爲底本的。另外,清水茂在《唐宋八家文二》(朝日新聞社,1978年)第99頁中也説"根據《四部叢刊》的目録認爲其是元刊本,但在故宮博物院編《重整内閣大庫殘本書影》(江蘇廣陵古籍刻印社,1933年)裏看到同一版本的書影,卻注爲明刊本。後者應該是正確的"。

關於歐陽衡的《歐陽文忠公全集》

—— 中華書局《歐陽修全集》底本選擇的問題點

一、問題所在

目前,歐陽修(1007—1072)的許多作品正基於周必大等人編纂的全集流傳着。周必大編纂本是以周必大(1126—1204)爲主編纂的《歐陽文忠公集》,從南宋紹熙二年(1191)至慶元二年(1196),全書花了六年時間編成,凡一百五十三卷,附録五卷。由於周必大等人在收集先前刊行的諸種本子的基礎上進行了精心的校勘,所以,此後周必大本成了《歐陽文忠公集》的定本,此前的種種歐陽修全集相繼散佚,以後的諸版本都以周必大本爲根據。例如,《四部叢刊》所收録的《歐陽文忠公集》一百五十三卷附録五卷①,

---

① 《四部叢刊》所收的《歐陽文忠公集》,有所謂元刊本的説法,但清水茂氏的《唐宋八家文》(二)(朝日新聞社,1978 年)第 99 頁指出:"故宮博物院編《重整内閣大庫殘本書影》(北京,1933 年)裏可以看到的被斷定與此同一版本的書影,卻注着'明刊本'。也許那纔是正確的。"還有,森山秀二氏在《圍繞元刊本〈歐陽文忠公集〉》(《經濟學季報》第 51 卷第 10 號,2001 年)中,對元刊本《歐陽文忠公集》的情況,以近人的書目類爲綫索進行了考證,弄清了這樣的事實,即《四部叢刊》所收的《歐陽文忠公集》不是元刊本,而是以明代的内府本爲原本的版本。森山氏之説論證詳細,因而筆者是贊同這一見解的。

也是以周必大編纂本爲根據的；更有明天順六年(1462)的程宗刻本，同是明正德七年(1512)的劉喬刻本等①，還有清乾隆年間鈔録的《四庫全書》本等，都屬于周必大本系統。森山秀二氏在《關於歐陽修的版本——以其成立過程爲中心》一文中②，點評了南宋以來的十幾種歐陽修全集的版本，指出"至少上述版本中的絶大部分是周必大刻本的子孫"，且以周必大本爲基準，論及了迄今爲止多種《歐陽文忠公集》的刊行情況。

　　然而，這次作爲《中國古典文學基本叢書》之一種出版的中華書局《歐陽修全集》全六册(李逸安點校，2001 年 3 月版)，卻是以清嘉慶二十四年(1819)歐陽修二十七代孫歐陽衡編纂的《歐陽文忠公全集》(以下簡稱"歐陽衡本")爲底本的。此歐陽衡本，如後所述，其中歐陽衡不僅根據自己的見解對他認爲周必大本錯誤的地方進行了訂正，而且對周必大本的作品排列也作了很大的變更，從而形成了一種新的版本。歷代刊行的各種歐陽修全集，都力求承襲最古老的

---

①　根據森山氏論文，在歐陽修的故鄉吉安，刊刻了種種歐陽修的全集，有天順六年(1462)的程宗刻本、弘治五年(1492)顧福等人重修程宗刻本所刻的弘治本、正德七年(1512)的劉喬刻本、嘉靖十六年(1537)季本編纂的嘉靖季本，還有嘉靖三十九年(1560)何遷依據正德本和季本編纂的何遷遞修本等。關於這些版本，森山氏記述道："吉安的程宗刻本以後多次刊刻的五種刻本，基本上都是忠實地繼承程宗刻本進行修訂、重修的。"程宗刻本本身，是以明代內府本爲祖本的。而明代內府本，是忠實繼承周必大編纂的宋刻本的版本。因此，程宗刻本以後的五種刻本，無疑是屬于周必大本系統的。還有，20 世紀 30 年代用活字印刷的歐陽修的集子《國學基本叢書》本《歐陽文忠公集》，以及最近重印的《歐陽修全集》(中國書店據世界書局本影印，1986 年)，也都可以説是周必大本系統的版本。

②　《立正大學教養部紀要》第 27 號，1993 年。

周必大本；與此相對，在周必大本出現六百多年後編纂的
歐陽衡本，卻完全是按照歐陽衡的方針對周必大本加以改
動的東西，所以可以説是與歷代的各種版本性質不同的
版本。

　　這次出版的中華書局《歐陽修全集》，因爲附有編者李逸
安氏的校點和篇目索引，所以與以前的各本相比，使用起來更
方便。估計今後歐陽修的作品將以此版本爲依據而被人誦
讀、研究。但是，作爲中華書局《歐陽修全集》底本的歐陽衡
本，因爲僅僅是大約二百年前依照歐陽衡的見解而編纂修改
的東西，所以和以周必大本爲依據的先期流行的諸版本有着
似是而非的形式。因而，我認爲中華書局的《歐陽修全集》以
歐陽衡本作底本，對于今後的歐陽修研究將帶來混亂。下面，
想在明確歐陽衡本的問題的基礎上，考察一下就中華書局《歐
陽修全集》的編纂而言，以歐陽衡本爲底本會引發什麼樣的
問題。

二、歐陽衡本的問題點

（一）所謂歐陽衡本

　　清嘉慶二十四年，歐陽修的二十七代孫歐陽衡刊行了《歐
陽文忠公全集》一百五十三卷、首一卷、附錄五卷。在周必大
本所沒有的新設的卷首一卷中，以"聖祖仁皇帝御批宋臣歐陽
修文"、"高宗純皇帝御批宋臣歐陽修文"作爲開始，集結了全
集的序文、歐陽修的傳記與年譜等。若根據歐陽衡本卷首的
累代校刊姓名，歐陽衡的頭銜應是"寧國府知府前户部江南司
郎中陝西司員外郎"。在同樣刊于卷首的歐陽衡的《先文忠公
全集叙略》中，可以窺見歐陽衡編纂《歐陽文忠公全集》的

經緯：

> 彙爲全書，則自周益公始。總一百五十三卷、附録五
> 卷。歷代摹刻悉所依據。我朝《四庫全書》，即以是書著
> 録。……顧相沿浸久，簡葉譌脱，點畫差謬，往往而有。
> 自乾隆丙寅歲，族叔祖教諭公諱安世，雕板宗祠。閲今又
> 七十年，漫漶亂昧，亦所不免。郡齋稍暇，偕從父叔平先
> 生，互相讎勘，訛脱差謬，一一釐正。

從此可以知道，歐陽衡編纂《歐陽文忠公全集》時，是以乾
隆十一年(1746)歐陽安世編纂的版本爲依據的。其後，經過
了七十年，因爲變得漫漶難讀的地方頻頻出現，歐陽衡與從父
叔平一起校勘，謬誤和脱落的部分一一加以改正，于是刊行了
《歐陽文忠公全集》。

(二) 與歐陽修手定本的關係

周必大等編纂的《歐陽文忠公集》一百五十三卷中，《居士
集》五十卷是歐陽修自己編纂的。關於此事，我想確認一下。
下面所舉《文獻通考》卷二三四《經籍考》六一的記事中，引葉
夢得的話這樣説：

> 石林葉氏曰：歐陽文忠公晚年取平生所爲文，自編
> 次。今所謂《居士集》者，往往一篇至數十過，有累日去取
> 不能決者。

可見歐陽修晚年苦心編纂《居士集》的情況。又，在周必
大的《歐陽文忠公年譜後序》(《文忠集》卷五二①)中，有"《居
士集》五十卷，公所定也"，在陳振孫的《直齋書録解題》卷一七
別集類中，也有"《居士集》，歐公手所定也"的記述。並且，歐

---

① 周必大的作品依據《文忠集》(《四庫全書》本)。

陽修在編纂時,或改換作品,或删削作品,苦心經營,編成了
《居士集》。對此,南宋的沈作喆在《寓簡》卷八中作了如下的
描述:

> 歐陽公晚年,嘗自竄定平生所爲文,用思甚苦。其夫
> 人止之曰:"何自苦如此,當畏先生嗔耶?"公笑曰:"不畏
> 先生嗔,卻怕後生笑。"

歐陽修在臨死前自己編纂《居士集》五十卷,修改文章,確
定作品。當看不下去的夫人問他爲何如此苦心編纂時,歐陽
修的回答是不要成爲後世的笑柄。可以説,歐陽修在編纂《居
士集》時没有别的想法,祇有對後世的人們負責任的强烈意
識,希望自己的作品在後世不受誤解地流傳下去,爲此,專心
致志地埋頭于《居士集》的編纂。

雖説在歐陽衡編纂的《歐陽文忠公全集》一百五十三卷的
卷一至卷五〇中,與周必大本一樣載有《居士集》五十卷,但
是,如歐陽衡本的凡例中所説的:

> 原刻,未經編年。今惟詩,仍其舊。餘悉以年月前後
> 爲次。不知者闕之。

除了詩(《居士集》卷一至卷一四)以外,其他作品都依年月重
排。比如説,我們注意看一下歐陽修手定本《居士集》卷二六
至卷三六中的墓志銘,可以發現歐陽衡本中收録于此處的墓
志銘已被全部按編年順序重排過了。由此,發生了歐陽修手
定本《居士集》與歐陽衡本《居士集》收録作品排列不同的狀
況。排列不同的作品列舉如下[1]:

---

① 關於這裏採用的題目名,周必大本與歐陽衡本時有不同,所以,基本上
　依據歐陽衡本,但明顯有誤時則從周必大本。

篇　名	歐陽修《居士集》（卷數）	歐陽衡本（卷數）
贈尚書度支員外郎張君墓志銘	26	32
江寧府句容縣令贈尚書兵部員外郎王公……	27	28
孫明復先生墓志銘	27	30
蔡君山墓志銘	28	27
黃夢昇墓志銘	28	27
薛質夫墓志銘	28	26
太子中舍王君墓志銘	29	27
少府監分司西京裴公墓志銘	29	31
尚書工部郎中歐陽公墓志銘	29	34
翰林侍讀學士右諫議大夫贈工部侍郎張……	30	29
鎮安軍節度使同中書門下平章事贈中書……	30	31
太子中舍梅君墓志銘	31	28
太常博士尹君墓志銘	31	30
湖州長史蘇君墓志銘	31	30
翰林侍讀侍講學士王公墓志銘	31	32
尚書戶部侍郎參知政事贈右僕射文安王……	32	33
資政殿大學士尚書左丞贈吏部尚書正肅……	32	33
鎮潼軍節度觀察留後李公墓志銘	32	33
尚書工部郎中充天章閣待制許公墓志銘	33	32
江鄰幾墓志銘	33	34
故霸州文安縣主簿蘇君墓志銘	34	35
贈太子太傅胡公墓志銘	34	35
永州軍事判官鄭君墓志銘	35	28
零陵縣令贈尚書都官員外郎吳君墓碣銘	35	32

　　墓志銘以外的部分,歐陽修手定本《居士集》與歐陽衡本《居士集》作品排列順序不同的情況也較多。

　　可是,歐陽衡在編年時所依據的,其實是周必大本《居士集》目錄的篇名下記載的作品的寫作年代。關於周必大添加作品寫作年代一事,從下舉《歐陽文忠公集》所收"書簡"部分卷末周必大等人的校勘記也可見一斑:

> 雖並注歲月,而先後間有差互。既已誤刊,重於改易,姑附注其下。又不可知則闕之。

　　由此可見,周必大等人在編纂全集時,對作品的寫作年代進行了推定。這一記述雖是針對"書簡"部分而言,但想來其他部分也當持有同樣的方針。而且,《居士集》目錄部分的篇名下所標的寫作年代,如"天聖□年"這樣的記載,雖然可以推定是天聖年間作成的,但是卻不能確定具體的寫作年代,這樣的記載也多有所見。如果是作者歐陽修自己記錄了寫作年代的話,大概就不會出現不能確定具體寫作年代的情況吧。由此可知,周必大本在目錄部分記載的寫作年代是周必大等人推定的,這一點沒有疑問。然而,歐陽衡基本上是以這些寫作年代爲依據,對《居士集》收錄的文章(除了詩)按編年順序重排的。對周必大等不能確定的具體寫作年代,歐陽衡盡可能地給予了確定。但是,周必大也好,歐陽衡也好,說到底都是從歐陽修死後的時代來推定寫作年代的,錯誤總是會有的吧。這樣說來,不由產生了這樣的疑問,即對歐陽修自己確定作品排列順序的《居士集》,特意按編年順序重排,到底有什麽意義呢?

　　更進一步說,且不論這樣的編年是否妥當,歐陽衡變更《居士集》所收作品的排列順序這件事,本身就明白地表現出他完全不尊重"編集《居士集》的是歐陽修自己"這一事實。若是這樣的話，仍然使用《居士集》這個名稱，仍然維持《居士集》這個集子，且不説是不妥當且無意義的，而且初看之下，容易使人産生歐陽衡本《居士集》與歐陽修手定本《居士集》是同一事物的錯覺，因此反而成了招致混亂的原因。

（三）與周必大本的關係

現今可見的《歐陽文忠公集》一百五十三卷的構成，乃是由周必大等人所定。這個構成如下：

> 《居士集》五十卷、《居士外集》二十五卷、《易童子問》三卷、《外制集》三卷、《内制集》八卷、《表奏書啓四六集》七卷、《奏議集》十八卷、《雜著述》十九卷（《雜著述》的細目爲《河東奉使奏草》二卷、《河北奉使奏草》二卷、《奏事録》一卷、《濮議》四卷、《崇文總目叙釋》一卷、《于役志》一卷、《歸田録》二卷、《詩話》一卷、《筆説》一卷、《試筆》一卷、《近體樂府》三卷）、《集古録跋尾》十卷、《書簡》十卷——合計一百五十三卷。

作爲南宋本中最值得信賴的天理本《歐陽文忠公集》當然是集結了這些作品集構成的①，即使以《四部叢刊》底本爲首的明清時代刊行的《歐陽文忠公集》中的大多數也是如此。在這一百五十三卷裏面，如前面所看到的，《居士集》五十卷是歐陽修自己在晚年編纂的。那麼，除了《居士集》以外，被收入《歐陽文忠公集》一百五十三卷中的各部作品集也是他生前整理的嗎？關於這一點，想稍稍加以考察。

歐陽修編纂的《居士集》卷四三裏收録了《内制集序》、《外

---

① 關於天理本《歐陽文忠公集》，拙稿《關於天理本〈歐陽文忠公集〉》（《中國文學論集》第 30 號，2001 年）中叙述詳細，可參見。

制集序》。它們分別載于周必大編纂的《歐陽文忠公集》的《内制集》八卷、《外制集》三卷的開頭部分。例如，《外制集序》中説：

> 豈以予文之鄙而廢也。於是録之爲三卷。

可見歐陽修自己編纂了《外制集》三卷。又在《内制集序》中説：

> 予既罷職，院吏取予直草，以日次之，得四百餘篇。因不忍棄。……嘉祐六年秋八月二日，廬陵歐陽修序。

可見是歐陽修手下的事務官按日期整理了他的四百餘篇作品，因此于嘉祐六年(1061)作成了作爲其序文的《内制集序》。若如此，從這些序的記述可以知道，《内制集》八卷、《外制集》三卷在歐陽修生前已被整理成集。而且《居士集》卷四四中收有治平四年(1067)九月的《歸田録序》，可見《歸田録》也是其生前整理的。《居士集》卷四一收有《集古録自序》，説明了當時《集古録跋尾》也已整理成册。並且，因爲這些文章也都被收入了歐陽修自己編纂的《居士集》中，所以，可以推定《内制集》、《外制集》、《歸田録》、《集古録跋尾》是歐陽修生前編纂的。

　　接着想確認的是，歐陽修死時留下了多少作品。其時，有吳充在歐陽修去世翌年(熙寧六年)所寫的歐陽修行狀、歐陽修的長子發等所述的事跡可供參考。因爲幾乎是相同的記述，所以僅舉吳充所寫的行狀爲例：

> 嘗被詔撰《唐書》紀十卷、志五十卷、表十五卷。又自撰《五代史》七十四卷。……嘗著《易童子問》三卷、《詩本義》十四卷、《居士集》五十卷、《歸榮集》一卷、《外

制集》三卷、《内制集》八卷、《奏議集》十八卷、《四六集》
七卷、《集古録跋尾》十卷、《雜著述》十九卷。諸子集以
爲《家書總目》八卷。其遺逸不録者，尚數百篇，別爲編
集而未及成。

　　在這吳充的行狀中記述的《易童子問》三卷、《居士集》五
十卷、《外制集》三卷、《内制集》八卷、《奏議集》十八卷、《四六
集》七卷、《集古録跋尾》十卷、《雜著述》十九卷，被上述周必大
編纂的《歐陽文忠公集》一百五十三卷所繼承，可見周必大等
人尊重歐陽修死時遺留下的作品集的構成，依此來編纂《歐陽
文忠公集》。祇是有一點不同，即在吳充的行狀中所述的《歸
榮集》一卷，在周必大本中見不到；周必大本的《居士外集》二
十五卷、《書簡》十卷，在吳充的行狀中見不到。關於這個《居
士外集》，我想是周必大留心收集歐陽修死時因散佚而未被收
入《居士集》的數百篇作品，然後把這些作品編纂成了《居士外
集》二十五卷。然而，周必大等人編纂的《居士外集》，明確地
被置于《居士集》之外集的位置上，其作品排列也大致承襲歐
陽修手定本《居士集》的作品排列。這樣，可以明白，周必大的
《歐陽文忠公集》一百五十三卷，是尊重歐陽修的手定本和歐
陽修死時遺留的作品集的，而且，彙集散佚的歐陽修的數百篇
作品編成的《居士外集》，也是承襲了歐陽修手定本《居士集》
而編纂成的。

　　可是，歐陽衡本卻大大變更了周必大等人編纂的《居士外
集》的構成。在周必大本中收入于《居士外集》卷二四的近體
賦十一首、官題詩三首，歐陽衡本收入于《居士外集》卷九、周
必大本中收入于《居士外集》卷一〇的經旨十三首，歐陽衡本
全部收入于《居士外集》卷一一。此外，周必大本《居士外集》
卷一三收入的記二十首（《吉州學記》除外），歐陽衡本全部收

入于《居士外集》卷一四;周必大本收入于《居士外集》卷二〇
的祭文六首,歐陽衡本全部收入于《居士外集》卷二二;同樣,
周必大本《居士外集》卷二三雜題跋裏的最初七篇,歐陽衡本
收入于《居士外集》卷二二。還有,周必大本收入于《居士外
集》卷二一的《歐陽氏譜圖序》,歐陽衡本收入于《居士外集》卷
二四;周必大本《居士外集》卷二二收入的《洛陽牡丹記》,歐陽
衡本收入于《居士外集》卷二五。其他作品排列的異同不暇枚
舉,而且即使收入同一卷的作品,在該卷内的排列順序也多被
作了變更。

而且,周必大等人在編纂全集的時候,關於校勘的意見、
方針以及所用版本的文字異同等,都寫有校勘記,附在卷末。
在這些校勘記中,包含着許多今天看不到的資料,而且從中也
可窺見周必大等人編纂全集的過程之一斑。總之,在這些校
勘記中,包含着今日失傳的資料和周必大等人檢討過的問題
點,在閱讀歐陽修的作品時,它們可以給人以有益的啓示。但
遺憾的是,在歐陽衡本中,刪掉了其中的大部分[1]。例如,在
周必大本《居士外集》卷九的校勘記中,有如下的關於《正統
論》的記述:

> 慶曆四年,京師刊《宋文粹》十五卷。皆一時名公之
> 古文,《正統論》七篇在焉。蓋公初本也。外集此卷,則公

---

[1] 據第 196 頁注[1]的森山氏的論文,歐陽衡所依據的乾隆十一年(1746)
由歐陽安世所刻的所謂乾隆祠堂本,據説是採用了刪除周必大等人的
校勘記的編纂法。筆者未能檢乾隆祠堂本加以確認,但是,歐陽衡編纂
的《歐陽文忠公全集》,從其凡例來看,不衹是重刻了乾隆祠堂本,而且
也是歐陽衡依據自己的見解自主編纂的。所以説,歐陽衡不是無批判
地承襲乾隆祠堂本,而是始終依據自己的判斷,認識到削除周必大等人
的校勘記的妥當性的。

所自改者。至《居士集》十七卷,方爲定本。今並存之,使
學者有考焉。

據此可見,《正統論》的初稿收入了慶曆四年(1044)刊行
的《宋文粹》,最終改定的作品(定稿)收入了《居士集》。而且,
《居士外集》中收入的,是《宋文粹》所收作品的修訂稿,亦即定
稿以前的作品,這一點也非常明確。歐陽修《正統論》的定稿
過程,因周必大等人得到了考證,這一信息是有益的。但遺憾
的是,歐陽衡本中,像這樣的周必大等人的記述全部被删掉
了。又如,周必大本《居士外集》卷一二中,出現了校勘中所使
用的石本和恕本等版本,但歐陽衡本的該部分(《居士外集》卷
一三)中,這樣的記述基本上都被删除了。其他的地方也是如
此,周必大等人對於校勘中所使用的先前的歐陽修全集的諸
種版本和各種文選作了點評,但在歐陽衡本中,他們的這一類
記述幾乎全被删掉了。因爲周必大以前的諸種版本現在大多
沒有流傳,所以周必大等人的點評是重要的信息,但是在歐陽
衡本中讀者卻接觸不到這些内容了。在歐陽修編纂的《居士
集》部分中也是如此,周必大等人再次過目,用種種資料進行
校勘,並將校勘情況記述于各卷末,但這些記述的大部分在歐
陽衡本中都被删除了。

還有,注意一下《歐陽文忠公集》卷一三一至卷一三三中
收録的《近體樂府》(歐陽衡本中以《詩餘》名義收録)的校勘
記,可見編纂周必大本的校勘人之一羅泌的如下記述:

> 而柳三變詞,亦雜《平山集》中,則此三卷或甚浮艷
> 者,殆非公之少作。疑以傳疑,可也。

當時,柳永(柳三變)詞有混入歐陽修詞者。最初,人們認
爲詞是與正統文學分離的,而且大多是在宴會上所作,歐陽修

的詞與其他詞人的詞有混同的,僞作問題也時有發生①。因而,周必大本編成的當時,歐陽修詞的全貌已經不清楚了。爲此,羅泌附上了上述那樣的校勘記,結論靠不住的部分就將疑問清楚地傳達給後人,意在由後人自作判斷。然而,在歐陽衡本中這些都被删除了。周必大本編纂者在校勘時的此種見解,即歐陽修的詞中包含着這些疑問點,歐陽衡本一概没有表示。

就這樣,周必大等人的校勘記中的記述,傳達着歐陽修在世時的信息和今日未見流傳的資料,資料性價值是非常高的。因而,把這些内容删除殆盡的歐陽衡本,説它減少了資料性價值並不爲過。

然而,在歐陽衡本的凡例中列出了十五個項目,其開頭有:

> 原刻一百五十八卷,内《居士集》五十卷,《外集》二十五卷,《易童子問》三卷,《外制集》三卷,《内制集》八卷,《表奏書啓四六集》七卷,《奏議》十八卷,《雜著述》十九卷,《集古録跋尾》十卷,《書簡》十卷,附録五卷。今每集名目卷數次第悉仍其故,不敢紊亂舊章也。

歐陽衡本各集的名稱、卷數等都以周必大本爲準,全集全體的構成未作變動。在此雖這麽説,在别的凡例中卻又説:

> 原刻《正統論》、《吉州學記》、《瀧岡阡表》諸文,兩篇不同。益公兩載之,離之兩集。今載定本一篇而以小字附録别本於後。傚《歸震川集》中《周憲副行狀》之例。

---

① 關於歐陽修詞的僞作問題,田中謙二《關於歐陽修的詞》(《東方學》第 7 輯,1953 年)論述較詳細。

　　在周必大(字益公)等人編纂的《歐陽文忠公集》中，《正統論》、《吉州學記》、《瀧岡阡表》各有兩篇(可以認爲是初稿與定稿)①，分別將定稿收入《居士集》，初稿收入《居士外集》。但是，歐陽衡本中，將《居士外集》中收入的作品移入了《居士集》，用小字放在原本《居士集》收錄的作品的後面，説是倣傚《歸震川集》。

　　在這裏，我們來確認一下歸有光的《震川文集》的編纂方針。歸有光的曾孫歸莊，校勘了當時的幾種版本，編纂了《震川文集》。在編纂的時候，歸莊將錢謙益刪除的文章，如像《封中憲大夫興化府知府周公行狀》，以小字雙行的形式放在本文的後面以示區別，並寫上"此文錢宗伯汰之，今仍存。莊識"。歐陽衡倣傚《震川文集》，也將歐陽修自己刪除的、周必大本中入《居士外集》的作品，以小字雙行的形式放在《居士集》本文的後面，進行編集。這樣編纂的作品，是前面在凡例中指出過的《正統論》、《吉州學記》、《瀧岡阡表》三篇作品。

　　首先，作爲與《正統論》相關聯的作品，周必大本的《居士集》卷一六中收有《正統論》序論、上篇、下篇及《或問》凡四篇，卷一七收有《魏梁解》一篇。周必大本的《居士外集》卷九中還收入了《原正統論》、《明正統論》、《秦論》、《魏論》、《東晉論》、《後魏論》、《梁論》凡七篇和《正統辨》二篇。對此，周必大本《居士集》卷一六末所附丁朝佐的校勘中記述如下：

─────────

① 能夠據以判斷初稿和定稿的，是編纂《歐陽文忠公集》的周必大等人留下的考證。但是，僅就《正統論》而言，應是初稿的修訂稿和定稿。不過因爲該修訂稿繼承了初稿的見解，所以本稿爲方便起見也稱之爲初稿。另外，拙稿《歐陽修古文考──"陰柔"之美的形成過程》(《九州中國學會報》第 27 卷，1989 年)中，着眼於《正統論》、《吉州學記》、《瀧岡阡表》的初稿(《正統論》是初稿的修訂稿)和定稿，分析了其文章表現的不同，闡明了歐陽修古文的特色，可參考。

攷《正統論》,初有《原正統》、《明正統》、《秦》、《魏》、
《東晉》、《後魏》、《梁論》凡七篇。又有《正統後論》二篇,
《或問》一篇,《魏梁解》一篇,《正統辨》二篇。當編定《居
士集》時,刪《原正統》等論爲上、下篇,而繼以《或問》、《魏
梁解》。餘篇雖削去而傳于世。今附外集。

從這個記述中可以知道,《正統論》起初有《原正統論》、
《明正統論》、《秦論》、《魏論》、《東晉論》、《後魏論》、《梁論》凡
七篇,還有《正統後論》二篇(現失傳)、《或問》一篇、《魏梁解》
一篇、《正統辨》二篇。然而,歐陽修在編纂《居士集》的時候,
刪除了從《原正統論》至《梁論》的七篇,作《正統論》上、下二
篇,再加上《正統論》序論,又選《或問》、《魏梁解》,收入了《居
士集》。歐陽修刪除的《原正統論》等七篇與《正統辨》二篇,後
來由周必大等人收集並收入了《居士外集》卷九之中。歐陽修
在編定《居士集》的時候,刪除《原正統論》、《明正統論》、《秦
論》、《魏論》、《東晉論》、《後魏論》、《梁論》等七篇是有理由的。
其理由之一是歐陽修對于歷代的正統國家的見解曾有過很大
的轉變[1]。當初,歐陽修曾認爲五代是正統的,但後來又認爲
五代是非正統的,其看法有了一百八十度的轉變。歐陽修刪
除的《原正統論》等七篇持五代正統論,而晚年收入《居士集》
的《正統論》上、下篇持五代非正統論。對于在正統問題上見
解已發生了巨大轉變的晚年歐陽修來説,當初所作的《原正統
論》等七篇自然是一組不願再提起的作品,他在編纂《居士集》
的時候當然會將它們刪除掉。這些被刪除的作品傳到後世,

---

[1]　拙稿《歐陽修〈居士集〉的編纂意圖》(《中國文學論集》第 17 號,1988 年)
中,着眼於歐陽修在編纂《居士集》時替換了與《正統論》有關的作品這
一事實,考察了歐陽修對于歷代國家正統性的見解的變化,希望參考。

周必大等人將之與《居士集》所收的作品加以區別,收入了《居士外集》。但是,歐陽衡卻將周必大等人收入《居士外集》的《原正統論》等七篇移到了《居士集》所收的一系列《正統論》等的後面。

其次,關於凡例中所說的《吉州學記》,周必大本分別收入于《居士集》卷三九與《居士外集》卷一三。《居士集》卷三九所附周必大等人的校勘記云:

> 又《吉州學記》,以校承平時闆本,往往異辭。疑是初稿先已傳佈。今錄全篇,附外集十三卷之後,使學者有考焉。

由此可知,《居士外集》卷一三收入的是初稿,歐陽修自己編纂的《居士集》卷三九收入的作品是定稿。比較這二篇作品可以知道,其主題有了很大的變化①。歐陽修自己當然祇想將定稿收入《居士集》,以傳後世。可是,歐陽衡本卻將初稿放在定稿之後,將兩者都收入了《居士集》卷三九。

再次,根據周必大本《居士外集》卷一二《先君墓表》的校勘記,《先君墓表》是收入《居士集》卷二五的《瀧岡阡表》的初稿。據周必大等人的意見,《先君墓表》是皇祐年間(1049—1053)所撰,而《瀧岡阡表》的完成是在熙寧三年(1070),從初稿到定稿完成大致經過了二十年。即歐陽修並不是在父親歐陽觀死後馬上寫作阡表的,實際上是在父親死後六十年纔創作而成的。關於阡表寫作如此之晚的理由,歐陽修在《瀧岡阡表》中曾説到,是因爲父親死時自己尚年幼,隨着自身的成長,又覺得不飛黃騰達就不能作阡表。

① 參照拙稿《從〈吉州學記〉看歐陽修的文章修改》(《鹿大史學》第49號,2002年)。

《先君墓表》可以説是未完成狀態的作品,不用説,歐陽修祇想讓定稿的《瀧岡阡表》傳于後世。可是,歐陽衡卻把周必大本《居士外集》卷一二收入的《先君墓表》,放在了《居士集》卷二五《瀧岡阡表》之後。

　這樣看來,歐陽修在編纂《居士集》時所刪除的作品,原本就是他不想收入《居士集》的,這一意念顯而易見。這以後,周必大等人廣泛蒐集歐陽修刪除的作品,將它們編成了《居士外集》。要將歐陽修名下流傳的作品都收集起來,周必大等人的這種態度,顯示了作爲全集編纂者的識見。但是,歐陽衡本卻把這些歐陽修刪除的未收入《居士集》的《原正統論》等作品都收入了《居士集》①,祇不過如前所見,歐陽衡本的編輯方式是倣傚《震川文集》,將它們以小字雙行的形式置于《居士集》本文的後面。説起來,所謂小字雙行,是用注的形式與歐陽修編纂的本文作明確的區分,所以,歐陽衡的態度不能説違背了歐

① 關於《正統論》、《吉州學記》、《瀧岡阡表》,歐陽衡在其凡例中説:"原刻《正統論》、《吉州學記》、《瀧岡阡表》諸文,兩篇不同。益公兩載之,離之兩集。今載定本一篇而以小字附錄別本於後。"由此可知,同一題目(關於《瀧岡阡表》,初稿作《先君墓表》,題目不同,但内容是發展《先君墓表》的)的作品,原刻分別收入《居士集》與《居士外集》,而歐陽衡則想集中收入《居士集》。而且,作爲《居士集》與《居士外集》分別收入的作品,現可舉出一篇《本論》。《本論》起初有上、中、下三篇,但歐陽修編纂《居士集》時,刪除了上篇。關於這件事,周必大本《居士集》卷一七校勘記中説:"攷《本論》初有上中下篇。此卷所載,即中下二篇。其上篇,編《居士集》時,雖削去而傳於世,今附《外集》。"也就是説,《居士集》編纂時,歐陽修刪除了《本論》三篇裏的上篇,祇收入了中、下二篇。其時,他將《本論》中篇的標題改成上篇,結果,《本論》是以上、下二篇的形式收入《居士集》卷一七的。被刪除的一篇,後被收入《居士外集》卷九。這篇被刪除的《本論》,若按歐陽衡的編纂方針,因爲是題目相同的作品,所以應移入《居士集》卷一七。但是,歐陽修刪除的《本論》,歐陽衡本中按原樣留在了《居士外集》中。這與《正統論》等的排列方法不一樣,從而暴露出對于同一題目的作品,歐陽衡的方針並不是一以貫之的。

陽修的意願。但是，由於本來收録于《居士外集》的作品移入
了《居士集》，所以結果是周必大的《居士外集》的構成被大大
地改變了。即，與《正統論》有關的七篇作品——《原正統論》、
《明正統論》、《秦論》、《魏論》、《東晉論》、《後魏論》、《梁論》，周
必大本是收入《居士外集》卷九的，但歐陽衡本卻全部移入了
《居士集》，這樣歐陽衡本《居士外集》卷九便面目全非了。基
於同樣的理由，周必大本《居士外集》卷一三收入的《吉州學
記》，《居士外集》卷一二收入的《先君墓表》，在歐陽衡本中都
被收入了《居士集》，由此，歐陽衡本《居士外集》中相應卷帙的
構成也就大大地改變了。

　　如上所述，尊重歐陽修手定本《居士集》而編纂的周必
大本《歐陽文忠公集》，其作品的排列順序和收録的區分標
準在歐陽衡本中都被大大地變更了。這一事實意味着歐陽
衡完全無視歐陽修、周必大的意圖。因此即使歐陽衡本承
襲了周必大本的體裁，那也是毫無意義的。由於它變成了
似是而非的東西，所以很容易在讀者中引起混亂。歐陽衡
在前述的凡例中説，是以周必大編纂的《歐陽文忠公集》爲
準則的，"今每集名目卷數次第悉仍其故，不敢紊亂舊章
也"，但是，正如至此爲止的考察中明白顯示的，事實是歐陽
衡"紊亂"了周必大本。周必大本在編纂時，尊重歐陽修手
定的《居士集》，承襲歐陽修死後遺留下的作品集，歐陽衡本
卻大大變更了周必大本的構成，這既損害了歐陽修作品集
的原形，也降低了其資料性的價值，是個大問題。我想，這
麼説是妥當的，即在無視歐陽修、周必大兩人的編集意圖的
基礎上，歐陽衡打亂了《居士集》與外集的區分，對全書作了
"區分文體差別，于各文體中編年"的改編，從而編纂了與周
必大本體例完全不同的全集。

三、中華書局本的問題點

　　這次,作爲《中國古典文學基本叢書》之一印行的中華書局《歐陽修全集》,底本採用了歐陽衡本。如前所見,歐陽衡本是問題較多的版本。因而,中華書局本採用歐陽衡本作底本是個問題。中華書局本的前言中例舉了歐陽衡本的長處。據説,歐陽衡廣泛收集資料,補入了明唐順之《荆川稗編》收入的歐陽修的《本末論》、《時世論》、《幽問》、《魯問》、《序問》等五篇,在《書簡》卷九末增補了《與黄渭書》、《與李吉州書》,在附録中增補了《朱子考歐陽文忠公事跡》,這些文章在先行的諸本中未曾見過。而且,還指出了用歐陽衡本作底本的直接理由,是其收入的文章多,流傳廣,影響大,且歐陽衡本校勘精密,改正了他本的錯誤等。首先,我對所謂歐陽衡本廣泛流傳的認識尚有些許疑問。之所以這麼説,也是因爲如前所述,南宋以來的歐陽修全集的刊本,幾乎都以周必大本系統爲依據,二十世紀三十年代出版的商務印書館《國學基本叢書》本、世界書局本等排印本,也全是周必大本系統的;以歐陽衡本爲依據出版的活字本,此中華書局《歐陽修全集》可以説是第一個。其次,中華書局採用歐陽衡本作底本的主要理由,是它改正了他本的錯誤,這方面的例子,中華書局本前言中介紹了七例。其一例如下:

　　　　如卷五十九(諸本卷七十四)《大匠誨人以規矩賦》
　　　　"梡爲鞠而斷爲棋",諸本"梡"俱誤作"完"字。

　　確實,"梡爲鞠而斷爲棋"的部分,因爲是典出《法言·吾子》的"斷木爲棋,梡革爲鞠,亦皆有法焉",所以"梡"字應比"完"字正確吧。但是,在這兒更應該考慮的問題是,置于歐陽衡本卷五九中的文章,在諸本中是收入卷七四的。爲了避免混亂,中華書局本的前言中以"卷五十九(諸本卷七十四)"的形式,將諸本的卷數放在括弧中加以表示。校勘精密,改正諸本的錯字錯句,也許確是歐陽衡本的長處。若果如此,以周必大本爲底本,用歐陽衡本來校勘豈不更好?可是,這並不能成爲非特意用與諸本排列不一樣的歐陽衡本作直接底本的理由。

若説校勘,中華書局本使用了種種先行刊本、叢書、類書等進行了校勘,在作品的後面附有中華書局本點校者寫就的校語。校語中視需要加寫了被歐陽衡本刪除的周必大等人的意見。但是,畢竟現行的版本幾乎都是以周必大本爲祖本的。周必大本是尊重歐陽修的手定本和歐陽修死後遺留下來的作品集,並盡量保持歐陽修在世時的信息而編纂的全集。歐陽衡以與周必大本不同系統的版本爲依據,變了周必大本的作品排列,這種編集作業即使可以首肯,歐陽衡本也不過是以歐陽衡的見解爲依據,在距今二百年前對周必大本系統的版本作了改編的東西。從而,不管中華書局本的校勘是否出色,以作爲周必大本的一個支流的歐陽衡本爲底本的中華書局本,與作爲其源頭的周必大本相比,其資料性價值爲劣,這一點是不可否認的。

還有,如前所見,歐陽衡本中將周必大本《居士外集》收入的《正統論》、《吉州學記》、《先君墓表》移入了《居士集》。不過,歐陽衡本傚倣《震川文集》,用小字雙行的形式將之收在歐陽修手定本《居士集》所收作品的後面,以示與本文有所區別。而中華書局本卻與歐陽衡本不同,這些作品不是以小字雙行的形式,而是以與本文同樣大小的文字,收入了《居士集》①。歐陽衡的意圖,是用小字雙行,也就是用注的形式,來與歐陽修手定本《居士集》的本文作明確區別,而中華書局本的做法,則是與歐陽衡的意圖相違背的。中華書局本沒有承襲歐陽衡本的小字雙行的形式,而是將從周必大本《居士外集》中移來的作品,作爲歐陽修手定本《居士集》的本文編入,結果是不僅違背了歐陽修、周必大的意圖,就是連歐陽衡的意圖也違背了。

目前爲止關於歐陽修的研究,幾乎都以周必大本系統的諸版本爲依據。這次,期望中的中華書局《歐陽修全集》全六冊出版了,可以預料今後人們將主要依據此中華書局本進行研究、考察。那時候,如果不能持有這樣的認識,即中華書局本是與一直以來採用的周必大本似是而非的版本,那麼,由於作品排列的不同,研究和考察的時候就會産生混亂。

祇是,中華書局《歐陽修全集》整理出版時,點校者李逸安氏將周必大本也未收的已散佚的歐陽修的詩、詞、文等,集中編爲二卷,放在全集的最後,成爲第一百五十四卷、一百五十五卷。從諸本中收集整理散佚的詩文,這一工作應該得到較高的評價。還有,周必大本中所附的《神宗實録》、《重修實録》、《神宗舊史》等中的歐陽修傳,在歐陽衡本中都被删除了,但中華書局本中則將這些傳重新收入,放在附錄中。而且在附錄中,收集了與周必大本所無之傳記有關的資料和歷史版本的序跋等,表現了中華書局本編纂的獨立性。全集最後所附的"《歐陽修全集》篇目索引",不用説非常有助于歐陽修作

---

① 中華書局本在移入《居士集》的作品的校語中指出,這些作品在周必大本等中是收入《居士外集》的,大致還算是考慮到了讀者的。

品的檢索。

　據中華書局本的前言説，這次《歐陽修全集》的整理，校勘中使用了九種刊本，特別强調使用了北京圖書館所藏的三種宋刊本。但遺憾的是，這三種宋刊本皆非足本。不能忽視的歐陽修全集的宋刊本，是日本天理大學附屬天理圖書館所收藏的《歐陽文忠公集》一百五十三卷附録五卷[①]。在一百五十三卷附録五卷共一百五十八卷中，後人補寫的一共不超過二十三卷，南宋刊本幾乎以原貌留存和流傳着，所以現在天理本《歐陽文忠公集》在日本被指定爲國寶。天理本是現今流傳的《歐陽文忠公集》的南宋刻本中最能保存原貌的，所以是特別值得信賴的刊本。遺憾的是，中華書局出版《歐陽修全集》，完全没有利用天理本。今天，在整理歐陽修全集的時候，應先調查天理本《歐陽文忠公集》，用它作底本，或至少用它進行校勘，不然，就不能産生出可信賴的歐陽修全集校訂本。

　　　　　　　　（金育理譯，邵毅平、韓淑婷校）

---

① 關於天理本《歐陽文忠公集》，拙稿《關於天理本〈歐陽文忠公集〉》（《中國文學論集》第 30 號，2001 年）中叙述詳細，可參見。

江户時代的歐陽修評論

——關於和刻本的編纂

一

　　概觀日本漢文學史的流行，平安時代前期(762—930)與江户時代(1603—1867)是兩大高峰。平安時代前期的漢學之所以盛行，是因爲遣隋使、遣唐使往來中國，直接受到中國影響的緣故。日本古典如清少納言著《枕草子》(996 前後)中，即有"文則文集、文選"的記述。可知昭明太子的《文選》、白居易的《白氏文集》對當時日本的影響極大與廣爲流行的情形。至於江户時代的漢學則繼承鎌倉(1192—1333)室町(1336—1573)時代以臨濟宗五大寺院爲中心，即五山文學的學風而發展的。五山的學問又藉着平安時代末期至鎌倉時代，宋朝新的學問、即程朱學傳入日本的契機而展開的。其後，五山的僧侣更航渡中國，研究中國學術，不但所作的詩文與中土文人無異，也將中國當時最新的學問，即程朱理學的精義傳布于日本。義堂周信(1325—1388)、岐陽方秀(1361—1424)、桂菴玄樹(1427—1508)等人皆是知聞一時的學問僧。其中又以桂菴的學術成就，對日本儒學産生極大的影響。其于應仁元年(1467)至文明五年(1473)間留學中國，潛心于明代的朱子學。于文明十三年(1481)，在日本的薩摩藩刊行《大學章句》，開啓日本刊行朱子學書籍的先聲。

江户時代儒學繼承五山文學的成果而開花結果。江户時代儒學之祖是藤原惺窩(1561—1619),惺窩本來即是五山的僧侶。由此可知江户時代儒學受五山文學的影響極深。惺窩以後,江户時代的儒學有了極大的發展。各學派的學術主張各有異同,朱子學派、陽明學派、折衷學派、古文辭學派相繼争鳴于江户時代。

本文並非以江户時代學術流變爲着眼點,而是以歐陽修評價爲基軸,以考察江户時代對歐陽修評價的變遷爲主體。

二

論江户時代前期歐陽修評價時,不可忽視的人物是伊藤仁齋(1627—1705)。伊藤仁齋名維楨,字源佐,别號棠隱。爲古義學(或稱古學派)之祖。所謂"古義"是以文獻的字義解釋儒學的真理。仁齋的詩文觀是道德的政教的,即學(學問)不離道(道德)而存在的。因此重視明道之文而未必重視言志之詩。

對于歐陽修的評價,伊藤仁齋説:

> 韓柳各自出一家機軸。在漢之下宋之上。而論本色當行,則班馬之後,當歸于歐陽公。

(《仁齋日札》)

在唐宋八大家中,仁齋對歐陽修的評價要高于韓愈與柳宗元。

仁齋于寬文二年(1662)在京都的堀川開設私塾古義堂,講授孔孟之學。仁齋死後,長男伊藤東涯(1670—1736)繼任古義堂第二代塾主。東涯死于元文元年(1736),是時其子伊

藤東所（1730—1804）僅七歲,因此由東涯之弟伊藤長堅
(1694—1778)擔任古義堂教授,東所亦隨長堅問學。及長,伊
藤東所始繼任古義堂塾主。但是此時,古義堂已逐漸衰退,失
去學界中心的地位。

　　伊藤仁齋以後,伊藤家數代的藏書被整理爲古義堂文庫。
古義堂文庫于昭和十六年(1941)由京都的堀川遷移至天理圖
書館。古義堂文庫中所藏有南宋周必大(1126—1204)于慶元
二年(1196)編纂、其子周倫修定的《歐陽文忠公集》一百五十
三卷附録五卷三十八册。宋版的宋人文集幾近完整的形式傳
至今日,是極難能可貴的。古義堂文庫所藏的《歐陽文忠公
集》有一部分經過補寫,即《居士集》卷三五至卷四〇的第 1
葉、《居士外集》卷二三的第 18 葉至卷二五、《易童子問》、《外
制集》、《内制集》卷一至卷四是由伊藤長堅補寫的。《表奏書
啓四六集》卷四第 1 葉至第 5 葉、同卷五第 26 葉至第 29 葉
《集古録跋尾》卷七第 1 葉至第 18 葉、附録卷五 37 葉也有補
寫的痕跡,唯補寫者不詳。雖然如此,就南宋本《歐陽文忠公
集》一百五十三卷附録五卷而言,古義堂文庫所藏《歐陽文忠
公集》僅二十三卷的部分内容爲後人補寫的情形,在今日是絶
無僅有的。以臺灣《“國立”“中央”圖書館善本書目》蒐集宋版
歐陽修文集的書目來看：

　　　　廬陵歐陽先生文集四十二卷 17 册　　宋刊小字本
　　　　歐陽文忠公集三卷 3 册　　宋刊本
　　　　歐陽文忠公居士集一卷 1 册　　宋周必大吉州刊本
　　　　歐陽文忠公居士集四卷目録一卷 3 册　　宋周必大吉
　　州刊本

都祇是《歐陽文忠公集》一百五十三卷附録五卷的殘卷而已。

日本所藏宋版《歐陽文忠公全集》，除古義堂文庫以外，東京宮
內廳書陵部的宋版《歐陽文忠公集》僅存六十九卷十八册而
已。中國大陸亦未見全本。因此，南宋本《歐陽文忠公集》以
接近全本的形式而流傳至今日的，世界上就祇有古義堂文庫
的藏本而已。所以天理圖書館所藏的古義堂文庫《歐陽文忠
公集》被指定爲日本的國寶。

　　古義堂文庫是伊藤仁齋以來伊藤家的藏書。經過伊藤長
堅補寫的《歐陽文忠公集》的末葉記載有"明和八年辛卯三月
十七日讀了東所"的文字。即古義堂第三代塾主伊藤東所曾
讀完此書。又從伊藤仁齋對歐陽修評價的情形，更可以窺知
江戶時代前期伊藤家極尊崇歐陽修的文學。

三

　　考察江戶時代中期的儒學狀況，非涉及徂徠學的影響不
可。徂徠學席捲十八世紀初，即享保（1716—1735）至明和
（1764—1771）數十年間的日本文壇。徂徠學的開山始祖是荻
生徂徠（1666—1728）。徂徠學又稱爲古文辭學派。荻生徂徠
受明代主張"文必秦漢，詩必盛唐"的李攀龍（1514—1570）、王
世貞（1526—1590）的影響甚大。荻生徂徠排斥宋學，宗尚李
攀龍、王世貞的學風，以爲不研究秦漢及其以前的文章，即不
能把握經書的真義。結果，秦漢以後的文章，特別是以歐陽修
爲主的宋人文學完全被徂徠否定了。兹引述徂徠的論説，以
理解徂徠的見解。

　　　唐唯韓柳，明唯王李。自此以外雖歐蘇諸名家，亦所
　　不屑爲。

　　　　　　　　　　　　　　　　　（《與松霞沼》）

> 唐稱韓柳，宋稱歐蘇。而今所以不取歐蘇者，以宋調
> 也。宋之失，易而冗。其究必至於註疏而謂之文矣。
>
> （《四家儁例》）

祇要是宋代的文章，即使是歐陽修、蘇軾的文章也不屑一顧而加以排斥。徂徠在《復安澹泊》一文中具體地批評歐陽修的文章。

> 且文章尚體。記者記其事也。……而漫然議論亭所
> 以名，敷衍以爲記者，宋文之弊也。
>
> 故永叔之《畫錦堂記》非記也。……皆論也。論而妄
> 命之曰記若賦碑，是謂之不識體。是又不佞平日所黜不
> 取者也。

徂徠以爲歐陽修的《畫錦堂記》並不符合"記"的體裁，故不足取。更進而徹底否定歐陽修的文章。徂徠門下才俊輩出，如太宰春台（1680—1748）、服部南郭（1683—1759）、山縣周南（1687—1752）、安藤東野（1683—1719）等皆一時俊秀。所以即使荻生徂徠死後，徂徠學派的勢力依然足以傲視當時的學界。由於徂徠排斥宋代學術文章，徂徠學全盛的江戶時代中期、即十八世紀前半的數十年間，歐陽修的文章完全被忽視，也得不到適當和確切的評價。

四

探討江戶時代歐陽修評價的問題時，江戶時代中期儒者皆川淇園（1734—1807）的持論是不可忽視的。在以歐陽修爲主的宋人文章被全面否定的狀況下，皆川淇園開風氣之先，與清田儋叟（1719—1785）共同校勘並標點《歐陽文忠公文集》三

十六卷,對于和刻本的出版產生極大的作用。

皆川淇園于享保十九年(1734)十二月八日生于京都,文化四年(1807)五月一日去世,享年七十四。名愿,字伯恭,號淇園。就江戶時代儒學史而言,皆川淇園的學問屬于折衷學派。

淇園的詩文觀由下文可以窺知。

> 嗟乎吾必弗求諸言,求之意;弗求諸辭,求之道。
>
> 　　　　　　　　　　　　(《刻歐陽修文集序》)

淇園主張"文以載道",因此極其推崇以載道爲文章主體的韓愈、歐陽修的古文。

皆川淇園的文集中,叙述其對歐陽修的見解的有《刻歐陽修文集序》、《代島靖之跋刻六一居士集後》等。兹逐一列舉,以考察淇園的歐陽修論。

首先在《代島靖之跋刻六一居士集後》中,皆川淇園指出:

> 余視歐公之文,其溫潤者如美玉,其敷腴者如春華爾。

以"美玉"、"春華"比喻歐陽修的文章,意謂歐陽修的文章結構巧妙,是文學藝術的結晶而賞譽有加。

對于歐陽修在古文復興上的功績,淇園在《刻歐陽修文集序》中説:

> 至宋有歐陽修,學韓愈而興古文。初宋爲古文者,有柳開、穆修等。當修之時,又有尹洙、蘇舜欽等。而及修後于二子爲古文,卒獨傑然出乎數人之上。……故宋文繼修而起者有三蘇、王安石及曾鞏。文質彬彬,並稱後世,亦由修振之也。

　　與歐陽修同時和稍早的傑出古文家輩出于當時的文壇；但
是歐陽修繼唐韓愈之後提倡古文的復興，而且蘇洵、蘇軾、蘇
轍、王安石等人都由於歐陽修的拔擢馳名文壇。因此淇園以爲
在唐宋八大家中，歐陽修的地位是特別崇高的。淇園又説：

> 嗟乎韓歐二子，其才不高，則惡能卓絶數世之上而興
> 既廢之文哉。

　　淇園將韓愈、歐陽修二人並稱，歐陽修是宋代古文復興的
代表，韓愈是唐代古文復興的代表，二人不但文才高絶，是學
界的泰斗，又致力于古文的提倡，古文復興乃能功成順遂。亦
即淇園極度推崇歐陽修的文章及其在古文復興上的功績。至
於淇園的文學論又如何，由《刻歐陽修文集序》的叙述或可窺
知淇園的見解：

> 辭者意之表也，義者言之實也。有裏後有表，有實故
> 有華。無裏無實，辭何由立？舍本而急末，忽内而努外，
> 其于形理不亦戾乎？

　　文章不僅是外在的修飾而已，非充實内在的義理而流暢
的表達不可。淇園接着又説：

> 故其意誠至則其氣必憤，其思誠專則其精必聚。氣
> 積而精聚則其言與辭不待求之而自至。是謂文之至要。
> 夫文處至要而言明大道，不亦贍乎。

　　淇園以爲充實自身内在的“精”與“氣”，文章自然天成。
這乃是“文之至要”。換句話説淇園重視文章的内容與義蘊，
充實的内容才是創造文章的原動力。充實的内在與通達的外
在的融合，才是詩文的上乘之作。此爲淇園的文學觀。

　　淇園的見解與反對墮入形式的駢文，重視内容充實的唐

宋古文家的主張一致。歐陽修《答祖擇之書》説：

> 學者當師經，師經必先求其意。意得則心定，心定則
> 道純，道純則充于中者實，中充實則發爲文者輝光。

歐陽修爲了安定内心、充實精神而主張以經書爲師。由
此可知是歐陽修與皆川淇園的文論的共通基點。

綜上所述，主張“文必秦漢”而完全否定唐宋八大家的徂
徠學派在江戶時代中期、即十八世紀初時期至中期的數十年
間，擁有極大的勢力，支配當時的文壇。十八世紀中後期以
後，徂徠學派逐漸衰微，恰可反映此一現象似的，皆川淇園爲
天下先的校勘歐陽修文集。此爲寶曆十一年(1761)、淇園二
十八歲時的事。皆川淇園校勘歐陽修文集一事不但是江戶時
代歐陽修論變遷過程的重要關鍵，也是江戶時代文學發展的
轉折點。由於文壇情況的轉變，其所崇尚的所在也有所差異。
淇園等人校勘標點而出版和刻本的時期，正是徂徠學派失去
其在江戶文壇絶對性影響力的時候。因此，可以説皆川淇園
校勘歐陽修文集的時期與江戶時代歐陽修評價的轉換期是一
致的。

五

皆川淇園校勘《歐陽文忠公文集》的經過見于《刻歐陽修
文集序》。

> 余通家子有島氏名定國，京人也。好學，頗知爲古文
> 之説，而每語稱韓歐二家不厭也。而其家舊蓄歐集二本，
> 其一爲元時刻本，比今所有多異同。余嘗暇日與君錦共
> 校讎其二本，頗多所是正。而定國則復獨爲歐集，病我邦

未有刊本也,遂捐資募工,經二年而刻成。

皆川淇園與其友人清田儋叟校訂大島靖之所藏元刊本第二種歐陽修文集。大島靖之以日本尚未有歐陽修文集的刊本而引以爲憾,乃鳩工刊刻經淇園、儋叟校訂完成的《歐陽文忠公文集》三十六卷,于兩年後刊行問世。《歐陽文忠公文集》三十六卷是歐陽修文集的一部分,是《居士集》五十卷中删除詩詞以外的文章的部分。

此和刻本刊行于寶曆十三年(1763)。皆川淇園則在兩年前的寶曆十一年校讎完了,是時淇園二十八歲。當時京都文壇的徂徠學的勢力開始式微,反徂徠學的風潮也逐漸興起。因此淇園校勘歐陽修文集的時期正是文壇開始反徂徠學風潮的前兆。

淇園早歲深受徂徠學的影響,在其三十歲時撰述了《論學》一文,叙述了走出徂徠學的藩籬,確立自身學問的方向。若然,淇園校勘歐陽修文集的二十八歲時,則是其脫離徂徠學而別出蹊徑的摸索時期。淇園藉着歐陽修文集的校勘,咀嚼歐陽修古文的精髓,對其文學論的形成產生莫大的影響。由淇園的文學論與歐陽修具有共通的基點,即可想像淇園在文學論的形成過程中,深受歐陽修的影響。淇園揭示自身文學論的文章即是《刻歐陽修文集序》一文。因此,此文不但叙述其校勘《歐陽文忠公文集》的過程,也説明了自身文學論形成的經過。

大島靖之所藏的兩種《歐陽文忠公集》,固然是引發皆川淇園校勘歐陽修文集的動機。但是若不是淇園深受着歐陽修的影響,遠紹歐陽修的文學觀,皆川淇園豈會從事煩瑣的校勘與訓詁的工作? 換句話説,淇園之所以校勘《歐陽文忠公文集》,乃是淇園推崇歐陽修在古文復興方面的功績,進而取法其對文學的見解,確立自身的文學觀。

<h1 style="text-align:center">六</h1>

鹽谷宕陰(1809—1867)是江戶幕府官學昌平黌的教授,
也是江戶時代後期的儒者代表。《宕陰鹽谷先生行述》敘述鹽
谷宕陰的文章説:

> 先生以文章名,每一篇出,人爭傳誦之,天下之士,識
> 與不識,咸曰宕陰我歐陽氏也。

鹽谷宕陰的文章馳名海内而被稱譽爲是"我歐陽氏也",
即當時以"歐陽修"爲文章冠絶一世的文章名家的固有名詞。
是知幕府的學者文人皆以爲歐陽修是文章大家,而推崇備至。
皆川淇園活躍于學界的十八世紀中葉,當時文壇對歐陽
修的評論既已一改徂徠學派的否定批判而轉爲尊尚推崇的態
度。再加上寬政二年(1790)松平定信命令大學頭林信敬以朱
子學爲官學,嚴禁新奇之説、異學的流行。又任命柴野栗山、
岡田寒泉爲博士,徹底實施朱子學的講授與提倡。世稱獨尊
朱子學而排除異學的禁令爲"寬政異學之禁"。結果由於徂徠
學派流行而式微的宋代文學,藉着幕府的政令而完全復興。
換句話説,與朱子學表裏一體的宋代文學再度流行于當時的
文壇。此一現象也表現于教學方面。幕府昌平黌相繼于文化
十一年(1814)刊行《唐宋八家文讀本》、文政元年(1818)刊行
《文章規範正編》作爲教科書,各地藩府的學校也競相採用,以
故唐宋八大家文流行于全國各地。幕末也刊行《歐陽文忠公
文抄》作爲昌平黌的教本。幕末儒者鹽谷宕陰被尊稱"我歐陽
氏也",也可以考見當時唐宋八大家文風行的學界趨勢。

　　徂徠學開始衰退的十八世紀中葉到由於"寬政異學之禁"
而宋代文學復興的十八世紀末的數十年間是江戶時代歐陽修
評價轉換期。在此期間,皆川淇園校勘訓點歐陽修文集,可謂
是開日本重視以歐陽修爲主的宋代文學的風氣之先。換句話
説,以歐陽修爲主的宋代文學尚被否定的時期,皆川淇園即致
力於歐陽修的研究,更促使和刻本《歐陽文忠公文集》的刊行。
因此可以説皆川淇園校勘訓點的工作,是江戶時代肯定歐陽
修的學術地位的重要關鍵。就此意義而言,皆川淇園是探討
江戶時代歐陽修評價的流變時,絶對不可或缺的重要學者。

參考文獻:

1. 山岸德平校注《五山文學集·江戶漢詩集》,岩波書店,
　 1966 年;
2. 松下忠《江戶時代的詩風詩論》,明治書院,1969 年;
3. 清水茂《唐宋八家文》(朝日新聞社,1978 年);
4. 拙文《關於〈延德版大學〉》(《汲古》第 31 號,1997 年);
5. 《古義堂文庫目録》,天理圖書館,1956 年。

　　　　　　　　　　　　　　　　　　　(連清吉　譯)

《醉翁琴趣外篇》成立考

緒　言

　　一般被認爲成書於南宋時期歐陽修（1007—1072）詞集，
多見有《近體樂府》和《醉翁琴趣外篇》兩種。這兩種詞集内，
有相同作品一百二十四首，另外，僅見於《近體樂府》的有七十
首，僅見於《醉翁琴趣外篇》的有七十九首。其後唐圭璋從其
中選取兩百四十首編入《全宋詞》歐陽修一目下。

　　《近體樂府》本來收録於《歐陽文忠公集》卷一百三十一至
卷一百三十三。衆所周知，《歐陽文忠公集》乃周必大（1126—
1204）於南宋紹興二年（1191）到慶元二年（1196）花了六年時
間所整理出來的歐陽修全集。因此毫無疑問，《近體樂府》亦
是周必大進行文集整理工作的一環，其成立最晚也不會遲於
慶元二年。從文集後的校勘署名來看，具體擔任這一部分編
集工作的是羅泌。羅泌事蹟鮮有記載，但《宋史翼》卷二十九
載其"字長源，廬陵人，學博才宏，侈遊墳典，廼搜集百家，成
《路史》四十七卷"。可知其爲歐陽修同鄉，亦不失爲當時享有
盛譽的一位博學之士。

　　另一方面，《醉翁琴趣外篇》共收詞兩百零三首，其中有七
十九首不見於《近體樂府》。下文還要細述，今傳歐陽修詞中
確實包含了一部分僞作，而這些僞作又恰好多見於《醉翁琴趣

外篇》。因此學界據此,不時提出一些《醉翁琴趣外篇》原本即非歐陽修詞集的觀點,即"偽作説"。但是仔細閱讀這些論文,可發現其中論説實有諸多臆測之處。基於此,本文擬先對"偽作説"觀點所存在的問題點進行剖析,再廣泛利用各種文獻材料盡可能勾畫出《醉翁琴趣外篇》的成書時間及其過程,以求對這一歐陽修研究中爭論已久的問題提出一些自己的看法。

一、"偽作説"的問題點

柏寒《六一詞》①在談到歐陽修詞時曾作出如下之評論:

> 歐詞中有很多愛情篇章,特別是在《醉翁琴趣外篇》中,有不少關於男女情事的描寫。歷來詞的評論家一方面把這些詞貶斥爲鄙褻之語,别一方面又爲聖賢諱,認爲"一代儒宗,風流自命"的歐陽修不可能寫出這樣的詞。曾慥説:"當時小人或作豔曲,謬爲公詞。"(《樂府雅詞序》)王灼認爲這些詞是他人所作:"群小指爲永叔,起曖昧之謗。"(《碧雞漫志》卷三)吳師道認爲"當是仇人無名子所爲"。(《吳禮部詞話》)羅泌更指爲劉輝偽作,在整理《平山集》時,乾脆盡行删去。

可是翻檢曾慥《樂府雅詞序》,卻不難發現原文並非針對《醉翁琴趣外篇》而作的,其原文爲:"歐公一代儒宗,風流自命,詞章幼眇,世所矜式,當是小人或作豔曲,謬爲公詞。"當然不可否認,曾慥文中確有作爲"一代儒宗"的歐陽修不可能創作此類豔曲,必是小人故意所爲之意。但要注意的是,曾慥並

---

① 柏寒(宋柏年之筆名)選注《六一詞》(浙江古籍出版社,1990年)。另外,亦見同氏《歐陽修研究》(巴蜀書社,1995年)。

没有提到《醉翁琴趣外篇》,甚至没有片言支語來暗示此段言論是因《醉翁琴趣外篇》而發。再確認柏寒引作依據的其他諸如王灼、羅泌語,同樣可以發現其文均非針對《醉翁琴趣外篇》所發(上引文所提到的吳師道《吳禮部詞話》"當是仇人無名子所爲"之文,乃誤引,此文原出陳振孫《直齋書錄解題》。對於吳師道的《吳禮部詞話》,下文另有詳述)。接下來讓我們再來推敲一下李栖《醉翁琴趣外篇真偽考》的相關論述①:

> 　　就目前可見到的資料中,認爲琴趣是偽作的,最早見於北宋曾慥《樂府雅詞序》:"歐公一代儒宗,風流自賞(按當作"命",此處從原文),詞章幼眇,此(按當作"世",此處從原文)所矜式,當是小人或作語(按當作"曲",此處從原文),謬爲公詞。"其次是校訂歐陽修全集的羅泌,他在《近體樂府》卷三的第一篇跋中説……"今定爲三卷"……"其甚淺近者,前輩多謂劉輝偽作,故削之"。王灼説:"歐陽永叔所集歌詞,自作者三之一耳。其間他人數章,群小因指爲永叔起曖昧之謗。"陳振孫也説:"其間多有與《陽春》、《花間》相雜者,亦有鄙褻之語一二廁其中,當是仇人無名子所爲。"

此處李栖亦羅列了北宋曾慥《樂府雅詞序》、羅泌的校語,以及王灼與陳振孫等人的言論,來作爲《醉翁琴趣外篇》爲托偽之作的根據。但是誠如上文所指出的,曾慥等人的言論,並非針對《醉翁琴趣外篇》所發。此外,作爲新材料的陳振孫的原文則如下:

> 　　歐陽文忠公修撰。其間多有與《陽春》、《花間》相雜

---

① 　李栖《歐陽修詞研究及其校注》第五章《醉翁琴趣外篇真偽考》(文史哲出版社,1982 年)。

者，亦有鄙褻之語一二廁其中，當是仇人無名子所爲。

文中指出歐陽修的詞，早已與五代時期的《花間集》，以及馮延巳《陽春集》有所混雜，其中還混入了"仇人無名子"所爲之"鄙褻之語"。細讀原文，很明顯陳振孫同樣沒有提到《醉翁琴趣外篇》，可知其議論亦非針對《醉翁琴趣外篇》。

在回溯了上述幾篇持《醉翁琴趣外篇》是僞作的觀點的重要論文之後，我們可以確認：這些論文中所提供的文獻依據，實與《醉翁琴趣外篇》並無直接聯繫。從北宋曾慥的記載來看，當時歐陽修詞中，確實有一些豔曲有可能是僞作，但包括他在内的羅泌、王灼、陳振孫等人，均未提及《醉翁琴趣外篇》。柏寒和李栖等人僅根據這些言論，就判斷《醉翁琴趣外篇》爲僞作，不能不説其考證有曲解古人言論之嫌，其結論沒有文獻依據。

二、從歐陽修的相關資料來探討
《醉翁琴趣外篇》存在

田中謙二在《論歐陽修的詞》一文中談到[1]：

> 也許是多費了一些口舌，繞了一個小小的彎子。在此處我想進一步明確本文的寫作意圖。也就是説，我認爲歐陽修詞集之定本《近體樂府》以及未被其他選本所採録的七十三篇作品，即使是歐陽修本人所創作的作品也沒有什麼可以大驚小怪的。作爲政治家，以及在哲學、史學、文學以及金石學等諸分野中都取得了非凡造詣的學者與作家，這位除了多達一百五十三卷文集以外，還留下了數不勝數

---

[1]　田中謙二《論歐陽修的詞》，收入《東方學》第七輯（東方學會，1953 年）。

的著述的歐陽文忠公，其作爲一個偉人的廣博深遠，是萬不可以用凡人眼光來度之的。當然，即使是《近體樂府》所收的詞也含有不少疑爲他人之作（馮延巳十一首，晏殊九首，張先六首，李煜、柳永、秦觀各二首，唐無名氏、蘇軾、黃庭堅、杜安世各一篇），因此我們無法保證被保留在《醉翁琴趣外篇》中的七十三首詞都是歐陽修親手所制。但是，單以俗豔爲理由就簡單地將其定爲僞作的道學先生的態度，實在是應該引起我們的不滿與反思。

田中氏在上文所提到的"《近體樂府》以及未被其他選本所採録的七十三篇"，基本上可以確定指的是：未被《近體樂府》所採録，而僅保留在《醉翁琴趣外篇》中的作品（實際上應該是七十九篇）。由於這些作品豔麗浮華，被宋代以後的道學先生唾爲僞作，但田中氏卻認爲在沒有更直接的證據之前，還是應該將其（除了可以斷定的一小部分）視爲歐陽修的作品。乍看起來，宋代以後的道學先生與田中氏的觀點，是兩種水火不容的正反之論，但究其立論的思想根源，其實卻是大同小異——都是立足於將這些詞作視爲歐陽修人格的表現，不同的衹是對歐陽修所具備的不同人格魅力的評價基準而已。道學先生尊歐陽修爲品行高潔的大儒，而田中氏則將其視爲一個有血有肉感情豐富的文人學者。

但是上述論文在討論這個問題時，都忘卻了文學史上的一個基本常識：在宋代，詞是一種與詩"身份"不同的一種文學體裁。衆所周知，北宋時人對詩詞的創作態度與評價標準有很大的區別。由宴席音樂所發展起來原流行於民間的詞，其創作本身就具有很強烈的"遊戲"色彩。因此對一首詞的好壞之評價往往基於"作爲遊戲所應具備的風流情調"，而不是其內容善惡虛實、是否與著者身份相稱等與詞本身無關的外在因素。南宋羅大經《鶴林玉露》丙編卷二在談到歐陽修的詞時提到的"雖遊戲作小詞,亦無愧唐人《花間集》",就是着眼並強調了歐陽修詞之濃厚的"遊戲"色彩。而對於詩,我們雖然也不能完全排除其也或多或少具有"遊戲"性質的一面,但總的來説,宋代文人官僚的詩歌創作,根本還是繼承了《詩經》的大傳統,是一種與士大夫的社會地位直接相關聯的文學行爲。

如果我們對傳統文學史上的宋詩與詞的相關論述,提不出截然不同的反對意見的話,那我們可以看出:過去對歐陽修詞,特別是在分析《醉翁琴趣外篇》中的詞作時,持"詞的内容是作者人格的表現"這一判斷基準是極爲不妥當的。作爲旁證,我們還可以從相關資料推測出:歐陽修本人對此類作品本身亦不甚重視。作者本身對此類作品視如敝帚(歐陽修本人並無將其所作詞輯録編爲定本之行動),而時人亦不曾以一種十分認真的態度來對待之(出現了很多僞託、混同、改作的現象),這都可以説明在當時詞還不是一種"身份"很高的文學體裁,還没有像詩一樣達到了"是作者人格的表現"。聯繫到當時的文學主流意識,我們就不難看出:上述許多根據詞的内容來判斷歐陽修詞的真僞,並以此來懷疑《醉翁琴趣外篇》爲僞作的論説,是一種有悖於文學常識的論斷。而且,判斷《醉翁琴趣外篇》是否爲僞作,本來就不應該單據後人的言論,首先有必要對與歐陽修相近時代的史料做一番梳理。

於此我們先來確認一下歐陽修去世後所留下的著作目録。在歐陽修辭世後的第二年(熙寧六年,1073)由吳充所執筆的《行狀》中,提到了歐陽修留下了以下著作:

> 嘗被詔撰《唐紀》十卷、《志》五卷、《表》十五卷。又
> 自撰《五代史》七十四卷。……嘗著《易童子問》三卷、
> 《詩本義》十四卷、《居士集》五十卷、《歸榮集》一卷、《外

制集》三卷、《内制集》八卷、《奏議集》十八卷、《四六集》
七卷、《集古録跋尾》十卷、《雜著述》十九卷。諸子集以
爲家書總目八卷。其遺逸不録者，尚數百篇，别爲編集
而未及成。

文中所提到的《雜著述》十九卷是指《河東奉使奏草》二
卷、《河北奉使奏草》二卷、《奉使録》一卷、《濮議》四卷、《崇文
總目叙釋》一卷、《于役志》一卷、《歸田録》二卷、《詩話》一卷、
《筆説》一卷、《試筆》一卷、《近體樂府》三卷，共計十九卷。可
見吴充文中没有對《醉翁琴趣外篇》予以記載。此外，在距《行
狀》三十三年後崇寧五年(1106)由蘇轍撰寫的《歐陽文忠公神
道碑》中，則記録了如下之歐陽修的書目：

　　凡爲《易童子問》三卷、《詩本義》十四卷、《唐本紀表
　　志》七十五卷、《五代史》七十四卷、《居士集》五十卷、《外
　　集》若干卷、《歸榮集》一卷、《外制集》三卷、《内制集》八
　　卷、《奏議集》十八卷、《四六集》七卷、《集古録跋尾》十卷、
　　《雜著述》十九卷。

由蘇轍神道碑文可知，在吴充撰寫《行狀》之後的三十多
年中，歐陽修的作品集祇增加了"外集若干卷"，還是没有《醉
翁琴趣外篇》的相關記載。再進一步綜覽諸如《郡齋讀書志》
《直齋書録解題》等宋代書目，我們可以驚訝地發現：還是找
不到《醉翁琴趣外篇》的蹤影。由此我們可以確認一個重大的
事實：在與歐陽修相近的北宋時代的文獻資料中，完全没有
與《醉翁琴趣外篇》相關記載，並由此可以作一個大膽的假
設——《醉翁琴趣外篇》這本詞集極有可能在曾慥、羅泌等人
的時代根本就還没有成書，這或就是爲什麼諸人文章中没有
言及《醉翁琴趣外篇》的根本原因。

三、琴趣系列叢書的存在與
《醉翁琴趣外篇》的成立

考證各類文獻,可以發現最初提到《醉翁琴趣外篇》存在的,是元代吳師道(至元元年,1321年進士)所撰的《吳禮部詞話》,其文如下:

> 近有《醉翁琴趣外篇》凡六卷二百餘首,所謂鄙褻之語,往往而是不止一二也。

吳師道提到《醉翁琴趣外篇》"凡六卷二百餘首",且所收詞中多有"鄙褻之語"。可知至少在元代吳師道生活的時代,《醉翁琴趣外篇》已經成書並且有了一定範圍的傳播。據此我們可以推測出《醉翁琴趣外篇》成書的大致下限時間。但很遺憾的是,單據吳師道的記載,我們仍無法證實上文所提出的"《醉翁琴趣外篇》這本詞集在曾慥、羅泌等人的時代根本就不存在"這一假設。

事實上,在過去的相關研究中,完全沒有注意到《醉翁琴趣外篇》並不是一本單行於世的書,而是一套系列叢書中的一本。將《醉翁琴趣外篇》與琴趣系列叢書聯繫起來,才是澄清《醉翁琴趣外篇》成書時間及過程的關鍵。

從《四庫全書總目》等目錄書籍中,我們可以檢索到以下九種以"琴趣(外篇)"爲題的書籍:

○現存書籍
* 歐陽修《醉翁琴趣外篇》六卷
* 晁補之《晁氏琴趣外篇》六卷

　　＊晁元禮《閑齋琴趣外篇》六卷

　　＊黃庭堅《山谷琴趣外篇》三卷

　　＊趙彥端《介庵琴趣外篇》六卷

○僅存書目

　　＊葉夢得《琴趣外篇》

　　＊秦觀《淮海琴趣》

　　＊真得秀《真西山琴趣》

　　＊晏幾道《小山琴趣外篇》

　　對於此類琴趣外篇叢書，倉石武四郎在《論琴趣外篇》一文中談到①：

　　　　可知這些所謂的琴趣外篇，姑且不提其編勘的是非功過，這幾乎都可以認爲是某一地方的某一個人統一企劃編撰的系列叢書，換句話說，就是採用了"琴趣外篇"這一通名的彙刻詞。據見到過山谷琴趣的朱氏所鑒定，這本書乃屬於南宋閩刻本。再根據本文前述的理由，我們可以推測出這一系列的叢書都基本上可以套用朱氏的鑒定結果。……先不說醉翁、淮海、山谷這些眾所周知的大家，在這裏值得我們留意的是趙介庵，他是現存七種書中唯一的一個南宋人②，而且如前所述，他還曾任任職福建

---

① 　倉石武四郎《論琴趣外篇》，收入《支那學》第四卷第一號（弘文堂書房，1926 年）。

② 　倉石氏此處論琴趣系列爲七種，其實應該有九種。其外相關記述還有長田夏樹《晁端禮、蘇門和"琴趣外篇"的詞人》，收於《宋詞隨想二》，其文指出："由上可知《琴趣外篇》有所談到的醉翁、閒齋、山谷、淮海、晁氏、石林這七種，另外在朱孝臧輯《彊村叢書》中還可見到有："趙彥端《介庵琴趣外篇》六卷"（趙彥端，1121—1175），但其性質有所不同，因此應該將其排除於外。"收入《神户外大論叢》第 21 卷第 3 號（神户市外國語大學研究所，1970 年）。

　　建寧府。這與南宋閩刻本這一説法,是否亦有某種因果
關係呢?

　　在上述文中,我們特別要重視的是:倉石氏指出的這類
所謂的琴趣系列叢書,極有可能就是在福建地方所編撰的"彙
刻詞的通名",當屬於南宋閩刻本。換言之,這一系列詞集均
採用"琴趣"這一詞語爲書名,並非巧合,而是福建某一書肆在
策劃出版詞集系列時,有意識地用此語來凸顯這類書籍屬於
同一個系列,是一套大型叢書。

　　讓我們再來從《醉翁琴趣外篇》爲福建某一地方刊刻的閩
本這一觀點,來考察一下此書的成書時期及其背景。對於當
時閩本的出版發行,清水茂曾在《中國目録學》中講到[1]:

　　　　相對於蜀地在北宋初期就迎來了書籍刊刻的繁榮
　　期,並以其底本的校勘精準而口碑相傳比起來,閩地的出
　　版事業則是遲到南宋時期才開始逐漸興盛,由於其奉行
　　的是一種露骨的商業盈利態度,因此其對底本的校勘就
　　不甚嚴謹細密。另外,即使是在福建,其出版業也主要是
　　集中在建寧府建安縣麻沙鎮,因此以此地爲名的麻沙本,
　　也就成了惡俗之本的代名詞。

　　　　此處兹舉一例來證明閩本的露骨的盈利企圖。我國
　　的内閣文庫所藏書中有一本叫《類編增廣潁濱先生大全
　　文集》的蘇轍詩文集,書名既用"增廣",又用"大全文集",
　　顯然是試圖給讀者一種此書搜羅了蘇轍所有的詩文的印
　　象,刺激讀者的購買欲望,凸顯宣傳效果。這部書最後一
　　卷標爲第百三十七卷,看起來卷秩繁浩,但實際上從第十

① 　清水茂《中國目録學》(筑摩書房,1991 年)。

一卷到第二十卷、第二十六卷到第三十五卷、第四十六卷到第四十九卷、第六十七卷到第七十九卷的共三十七卷，從一開始起就不存在，實際上仍祇有一百卷。換句話説，此書有高達三分之一的三十七卷是摻了水的。

而且，爲了粉飾自己的所刻本子爲善本，閩本還多鋟刻上監本之標記，假冒國子監的官刻本；或者冒稱京本，讓顧客誤認爲此書乃首都出版。這些都是爲了達到賣書營利的手段，不值得信賴。

由此可知，閩本最大的特徵就是惟利是求，以至於到了不顧所刻書籍本文之好壞的程度。其實，吳師道所見的《醉翁琴趣外篇》也可以看出這種傾向。《吳禮部詞話》記到：

> 前題東坡居士序，近八九語，所云散落尊酒間，盛爲人愛尚，猶小技，其上有取焉者。詞氣卑陋，不類坡作。

吳師道提及其所見的《醉翁琴趣外篇》附有假冒蘇軾的序文(此序文不見於《宋金元明本詞四十種》所收本①)，但一見即知其文字粗劣，絶非蘇軾親筆，明顯是書肆爲圖營利而僞作。這種爲了追求營利而不負責任的作僞行爲，恰好又就是琴趣系列叢書的一個共通特徵。比如，明代的毛晉在晁補之《晁氏琴趣外篇》的跋文中寫道：

> 昔年見吳門抄本混入趙文寶諸詞，亦名《琴趣外篇》。蓋書賈射利，眩人耳目，最爲可恨。余既釐正，介庵詞辨之詳矣。

---

① 民國吳昌綬於 1917 年所編撰的《宋金元明詞四十種》中收入的《醉翁琴趣外篇》爲現在最容易見到的本子。吳昌綬本與臺灣"中央"圖書館所藏南宋本《醉翁琴趣外篇》相比較，可以發現兩者無論是在體例上，還是在形式上都完全相同，由此可以推知吳昌綬本之底本爲南宋本。

又對《山谷琴趣外篇》，饒宗頤在《詞籍考》中寫道①：

> 至南宋閩刻本《山谷琴趣外篇》三卷，詞數僅得一卷之半，僞文奪字，芟節題序，祝穆譏爲俗本者。

可見，黃庭堅《山谷琴趣外篇》一書，亦存有閩刻本所習見的文字謬誤脫落，肆意删除題序文字等致命缺點，這正是琴趣系列最爲顯著的共同特徵。因此，同屬於此系列的《醉翁琴趣外篇》收録了一些祇要經過考證，即可確認爲他人之作的現象，此不足爲奇。

另外，有關琴趣系列的成書時間，徐培均在其《淮海詞版本考》一文中曾談到過②：

> 淮海琴趣與西山琴趣並列，想必同刻於理宗朝，此即南宋中葉也。當時閩刻以建陽所屬麻沙、崇化兩鎮爲最，凡書之爲讀者所需而有利可圖者，坊賈輒廣爲搜訪雕印。

徐培均提出琴趣系列的出版，無非是迎合讀者需要的看法，頗值得參考。綜觀中國出版史，衍至南宋中葉，出版已經逐漸演變爲一種營利事業。當讀者有需求，同時又有利可圖時，琴趣外篇才有可能作爲一套大型系列叢書投入市場。另外在同一文章中，徐氏還注意到了秦觀《淮海琴趣》與真德秀《真西山琴趣》合刻這一現象，真德秀去世於南宋理宗端平二年(1235)，徐氏據此推斷出《淮海琴趣》大致成書於理宗年間，這一考證應該是可信的。根據徐氏考證我們亦可類推出同屬此系列的《醉翁琴趣外篇》其成書時間亦大致相同，基本上可以確認是在理宗年間(1224—1264)編撰的，而這就是前述宋

---

① 饒宗頤《詞籍考》(香港大學出版社，1963 年)。
② 收於徐培均《淮海居士長短句》(上海古籍出版社，1985 年)。

代《郡齋讀書志》、《直齋書録解題》等目録書没有對此書予以記載的原因,因爲《醉翁琴趣外篇》的編成是在比《郡齋讀書志》、《直齋書録解題》等成書還更晚的南宋後期。曾慥、羅泌、王灼、陳振孫等人,根本就無法知道後世還會有一本名爲《醉翁琴趣外篇》的書存在,也就無從根據這些人的言論來考證《醉翁琴趣外篇》的真僞。

其實,我們還可以進一步精確推斷出《醉翁琴趣外篇》的刊刻時間。陳振孫的《直齋書録解題》,於上述九種琴趣外篇裏,唯獨提到了葉夢得《琴趣外篇》,其文云:"《注琴趣外篇》三卷　江陰曹鴻注葉石林詞。"《直齋書録解題》具體成書於何年,至今尚未得到完全的證實,但學界大致認爲其成書於南宋淳祐十年(1250)之後①。由此可以推知:《直齋書録解題》成書時,琴趣系列中除了附有曹鴻注的葉夢得《琴趣外篇》已經刊行之外,其他書籍皆尚未問世。我們亦可據此推斷出歐陽修《醉翁琴趣外篇》的成書,是在淳祐十年以後的理宗朝後期了。

四、成立於理宗朝後期的
《醉翁琴趣外篇》

對於《醉翁琴趣外篇》的成書過程,謝桃坊在《歐陽修詞集考》一文談到②:

---

① 此處有關《直齋書録解題》成書於淳祐十年以後的論述,採用了陳樂素《直齋書録解題作者陳振孫》的觀點,此文原載 1946 年 11 月 20 日《大公報·文史週刊》第 6 期(上海版),其後收於《直齋書録解題》附録二(上海古籍出版社,1987 年)。

② 《文獻》(國家圖書館,1986 年第 2 期)。

這樣的推論雖近情理,但是宋人王灼《碧雞漫志》卷二卻有一則有關的重要記載:"歐陽永叔所集歌詞,自作者三之一耳。其間他人數章,群小因指爲永叔,起曖昧之謗。"可見歐陽修除了曾手輯《平山集》和《六一詞》而外,還編輯過一種歌詞集。據王灼粗略估計,其中歐公自作詞占三分之一……王灼爲北宋末人,去歐公時代不遠,他說歐公所輯歌詞集的性質及其中數章誣謗歐公的豔詞等情況,完全與《醉翁琴趣外篇》冥若合符。《外篇》中歐公自作占約半數,同時收他人之作,數章豔詞也在其中。可肯定《外篇》確爲歐公所編集者。

謝氏根據王灼《碧雞漫志》中"自作者三之一耳"的記載,斷定《醉翁琴趣外篇》爲歐陽修親自所編纂,而且除了自己的作品之外,更收入有他人的數則豔詞。在這篇論文中,謝氏還認爲:"既然《琴趣外篇》系歐公輯己作與流行歌曲之集,其中一百二十五首見於《近體樂府》者多數固爲歐公之作,則其餘的七十八首豔詞便與歐公無涉了。"但如本文前述,《醉翁琴趣外篇》這一書名在歐陽修的相關史料中了無蹤影,若果真爲歐陽修所編纂,便不可能沒有任何蛛絲馬跡。再聯繫到南宋理宗朝琴趣系列叢書的存在,很明顯,其《醉翁琴趣外篇》爲歐陽修本人所編撰的說法是完全站不住脚的。

李栖在其《醉翁琴趣外篇真僞考》則提出了另一種看法①:

> 沈曾植説:"羅泌跋云……有《平山集》盛行於世。曾慥雅詞不盡收也。按今之六卷《琴趣外篇》,疑即《平山

---

① 李栖《歐陽修詞研究及其校注》第五章《醉翁琴趣外篇真僞考》。

集》之類。歐集校語於《平山琴趣略》無徵引，不知何

故。"……但他又奇怪羅泌的校語爲什麼又完全不徵引

《醉翁琴趣》。其實這一點是可以解釋的，因爲羅泌早説

了"其甚淺近者……劉輝僞作"。他已認定《琴趣》是僞

作，當然没有徵引得必要了。

李栖針對沈曾植的疑問，提出羅泌早已知《醉翁琴趣外篇》爲

僞作因此不屑一提的回答。可是這個推論顯然有違事實。因

爲根據本文的考證，《醉翁琴趣外篇》乃是成書於南宋淳祐十

年(1250)以後，距羅泌完成《近體樂府》校勘的慶元二年

(1196)要晚五十年以上，可見並不是羅泌對《醉翁琴趣外篇》

不屑一提，而是他根本就不可能知道這本書的存在，李栖的説

法顯然不正確。

五、結　語

最後，我們再來推測一下有關未被《近體樂府》採録，卻被

《醉翁琴趣外篇》收入的七十九首詞之前因後果。

正如上文所提及，《近體樂府》的編撰，本屬周必大等人編

撰一百五十三卷本《歐陽文忠公集》的一環。根據《歐陽文忠

公集》各卷末所記載的校勘時所採用的諸本可知，周必大等最

少也選用了"石本、夷陵石本，綿州重刻大杭本、大杭本，綿本、

綿州本，眉本、眉州本，衢本，浙江本，建本、閩本、承平時閩本、

承平時印本，吉本、吉州本，吉州羅寺丞家京師舊本、京師舊

本、羅氏本、羅本，恕本"等若干種本子。除了這些歐陽修文集

底本以外，還進一步參考了"《仁宗實録》、《兩朝國史》、李燾

《長編》、《文纂》、慶曆《文粹》、熙寧《時文》、《文海》、京本《英辭

類稿》、《鍼啓新範》、《仕途必用》"等書籍。可以説周必大在

《歐陽文忠公集》的編纂態度上是極爲認真的,其事業規模亦十分浩大,幾乎網羅了所有可能收集到的文獻。由此類推,羅泌在編纂《近體樂府》時無疑地也收集並參考了大量文獻資料,其在校勘中所闡述的"其甚淺近者,前輩多謂劉輝僞作,故削之"一文,正表示其在收集文獻時看到了很多署名爲歐陽修所作的詞,祇是因其内容"淺近",再根據前人之言認定爲"劉輝僞作,故削之"。

許多學者將《近體樂府》看作有源可溯、値得信賴的資料,而將《醉翁琴趣外篇》視爲無跡可尋,而且是收入了很多俗豔,作品信賴程度很低的資料。這種祇根據詞的内容來判斷作品真僞的做法顯然過於草率,這在本文前節中已有所批判,此處不再贅言。由此可以看出:唯羅泌《近體樂府》所收詞才是歐陽修真作這一觀點,本身並沒有文獻根據,更不用提《近體樂府》以外,還散見許多傳爲歐陽修所作之詞,此亦爲一不争的史實。南宋理宗朝後期福建某書肆在編纂《醉翁琴趣外篇》時,極有可能將這些被摒除於《近體樂府》外的作品予以網羅。考慮到南宋中葉福建書肆唯利是圖的編書原則,就會發現即使是明知存有假冒之嫌的歐陽修詞,祇要有市場,就將其彙編成書,署上歐陽修之名並予以銷售這件事,是極有可能發生的。更不用提這些詞在某些文獻中就是署爲歐陽修之作。到此,我們完全可以説:《醉翁琴趣外篇》是作爲歐陽修詞集所編成的,這一基本看法確不可動摇。祇是除了歐陽修本人的作品,其書中確實有意無意地混入了一些可疑之作。

總而言之,我們基本上可以將《醉翁琴趣外篇》定位爲一本由南宋福建地區的書肆所編纂的歐陽修詞集。而且其中還廣泛地收入了一批由於俗豔而被摒除於《近體樂府》之外的歐陽修作品。反過來説,如果不是因爲有這本書的存在,我們便很有可能早已無法看到這批被排除於《近體樂府》的詞作。姑且不論其是否真爲歐陽修本人所作，單從文獻保存這一角度來看，《醉翁琴趣外篇》的存在無疑是極有價值的，應該受到積極的評價，不應該將其誤認爲其僅僅是一本無足輕重的僞托之作。

（李　祥　譯）

附 錄

關於《延德版大學》

一

桂菴(1427—1508)于應仁元年(1467)至文明五年(1473)的七年間,留學于明朝的中國。在學成最新的朱子學説回國後,文明十年(1478)接受島津忠昌的招聘奔赴薩摩,從翌年開始入住忠昌爲他開創的桂樹院(島陰寺),進行朱子新注的講説。

桂菴爲臨濟宗的禪僧,字玄樹,號島陰,又稱海東野釋,周防山口人,應永三十四年(1427)生,永正五年(1508)殁①。應仁元年四十一歲的時候,其詩緶受到賞識,作爲遣明使渡明。回國後,都城因爲應仁之亂一片荒廢,所以爲避戰亂他搬到石見,之後遊歷豐後、筑後、肥後等地,最後移居薩摩。桂菴廣布

---

① 關於桂菴,請參考拙稿《伊地知季安和佐藤一齋——着眼於桂菴禪師碑銘的作成過程》(《中國文學論集》第 25 號,平成八年[1996]十二月)。在一些資料裏"桂菴"有時也被寫成"桂庵"。本稿爲了方便起見,依從伊地知季安《漢學起源》(明治四十二年[1909]八月,薩摩叢書刊行會)的表記。

教義,奠定了薩摩藩的文教基礎。而從室町時代後期到江户時代前期,繁榮于島津氏領國(現鹿兒島縣及宮崎縣一部)的儒學一派的宗師就是桂菴。

桂菴更新了向門生傳授四書時使用的訓讀法,創造了"桂菴點",是對既往的訓讀法的重大革新①。同時,桂菴的另一個功績是在日本首次刊行朱子新注書籍。文明十三年(1481),桂菴和弟子伊地知重貞(?—1527)商議出版了朱子的《大學章句》。這成爲朱子學書籍在日本出版的起始,也被稱爲《文明版大學》。後來因爲印刷底版的磨滅,延德四年(1492)由桂菴在桂樹院再版的版本被稱爲《延德版大學》。《延德版大學》沿襲《文明版大學》,二者無論内容還是體裁都没有差別。

日本的出版由於從奈良時代到室町時代都受到佛教寺院的庇護,一直以來都帶有濃厚的佛教色彩。在這樣的情況下,因儒教關係受到關注的是室町時代的正平十九年(1364)發行的《論語集解》,世人稱之爲《正平版論語》。不過,這些都基於古注;要説朱子新注書籍在日本的出版,那還得等到薩摩地方《文明版大學》和《延德版大學》的出現。

如今,《文明版大學》已經找不到了,而《延德版大學》也僅存一本收藏于大阪大學附屬圖書館懷德堂文庫。本稿將對《延德版大學》在江户時代所受評價的原委和該書輾轉至大阪

---

① 桂菴點的體系可以從《桂菴和尚家法倭點》瞭解。關於桂菴的研究,可以參考川瀨一馬《關於近世初期經書的訓點——以桂菴點、文之點、道春點爲中心》(昭和十年[1935]四月《書誌學》四之四,後收入《日本書誌學之研究》,講談社,昭和四十六年(1971)十一月)、同氏《關於桂菴和尚家法倭點》(《青山學院女子短期大學紀要》第12輯,昭和三十四年(1959)十一月)等。

大學的經過做一考察①。

二

江户時代,朱子學作爲幕府的官學,是支撐德川幕藩體制的重要的思想基礎。和朱子學説盛行相反,作爲考證日本的朱子學説重要資料的《延德版大學》在江户時代的重要作用正在被人們慢慢淡忘。發掘《延德版大學》並使之留傳至今的諸多因素中,不能不考慮伊地知季安的功績。

伊地知季安是薩摩藩士,《延德版大學》發行約二百九十年後的天明二年(1782)生,慶應三年(1867)殁。他作爲歷史學家名氣很高,流傳諸多作品至今。其中特别引人注目的是《漢學紀源》。該書詳細記述了日本的儒學起源、日本各時代的儒學狀況、五山文學、桂菴及其學統薩南學派等,用漢文書寫而成,可以稱得上是一本日本儒學史的書②。

季安于天保十一年(1840),將當時已經很難到手的《延德版大學》以及《漢學紀源》寄給了江户的佐藤一齋(1772—

① 關於《延德版大學》的先行研究,西村天囚《日本宋學史》(梁江堂書店等,明治四十二年[1909]九月)中,專列"日本最初的大學刊行"一章。其中,天囚考察了他得到的《延德版大學》的由來和在《延德版大學》當時的出版情況下的定位問題。本稿基本上贊同天囚的見解,更以該稿爲基礎,對佐藤一齋得到《延德版大學》後,連蟲蝕的地方也要抄寫的反應和評價,以及一齋活躍的時代《延德版大學》消失的原因進行分析。而且也提出一個新視點,即得到伊地知季安向一齋呈送的《延德版大學》的過程,懷德堂本與内閣文庫本的比較。試圖從以上多方面考察《延德版大學》。

② 關於伊地知季安及《漢學紀源》,請參考拙稿《關於伊地知季安的〈漢學紀源〉》(《鹿兒島大學文科報告》第32號第1分册,平成八年[1996]八月)。

1859),委託他書寫《延德版大學》發行的功臣桂菴的碑文。以此爲契機,江户的大儒佐藤一齋第一次知道《延德版大學》的存在。佐藤在《題延德版大學鈔本後》中這樣叙述道①:

> 距今適三百六十餘年。因驚爲本邦刻新註之嚆矢也。及讀《漢學紀源》,則知薩人寔肇傳宋學。

一齋評價《延德版大學》是日本新注書籍發行的先鋒,第一次知道它的存在,顯得非常吃驚。況且,從《延德版大學》發行的時間看來,薩摩的宋學的繁盛要比江户早百多年以上。得知薩摩是日本宋學的先驅地之後,他難免有點驚訝。

這一點從一齋向伊集院兼誼送呈的書簡(天保十二年五月十日,1841)也不難看出。一齋向伊集院表示,自己非常珍重送來的《延德版大學》,希望能够擁有一本。他還將《延德版大學》的第一頁和最後一頁詳細地作了謄寫,並且把該書介紹給了負責江户幕府教學的林家。林家也以之爲奇,並希望將其抄寫之後納入學堂,所以也委託一齋將《延德版大學》留置手中多一些時日。林家所書寫的《延德版大學》後來傳至昌平黌,現在收藏于内閣文庫。

可是爲什麼到了季安活躍的江户後期,《延德版大學》很難找了呢? 可能是因爲作爲薩南學派宗師的桂菴在當時的江户和薩摩都已經被忘記了的緣故。于此,季安在《呈一齋佐藤先生書》中如下所言②:

---

① 《題延德版大學鈔本後》是薩藩叢書版《漢學紀源》(明治四十二年[1909]八月,薩版叢書刊行會)以附録的形式添加的,作爲卷五部分被收録,本稿以此爲據。下同。
② 伊地知季安的《呈佐藤一齋先生書》收録于薩藩叢書版《漢學紀源》卷五。

> 而及桂菴事。師嘗使于明,肇傳宋學。其功雖偉而
> 不彰,其德雖盛而不傳。于是乎,僕雖非其人,採輯行實,
> 求時之名家,至以請碑文于先生。

也就是説,到了江户時代後期,桂菴和《延德版大學》已經
被淡忘了。對當時《延德版大學》被忘記的原因,佐藤一齋在
《題延德版大學鈔本後》中是這麼記述的:

> 但以其僻在南裔,不如京畿人文之盛。其學雖存,而
> 繼之者或乏乎人,遂亦如是之寥寥也。

薩摩位于日本南部的偏遠地帶。因爲缺少有才能的後繼
者,所以《延德版大學》被漸漸忘記了。

而且,《大學》這種書籍本身就是用來做教科書的。《漢學
紀源》提到《文明版大學》底版磨滅的事情。不過像這種反復
被使用的書籍,在完成了使命之後,一般都逃脱不了被遺忘、
丟棄的宿命。反而越是使用得不多的書籍,越有可能被束之
高閣,完整地流傳給後世。顯然桂菴在世的時候,《延德版大
學》普及率非常高,而且很容易到手。所以人們就沒有意識到
要好好保管它,這樣,隨着時間的流逝,它就逐漸走出了人們
的視綫。正是在這樣的情況下,也是在桂菴死了的二百七十
四年之後出生的季安發現了《延德版大學》。

不過,季安是怎樣找到《延德版大學》的呢? 首先,被稱爲
日本朱子學書籍出版先例的《文明版大學》在江户後期的季安
的時代已經找不到了。《漢學紀源》卷二,“桂菴”一項中的季
安的自注是這麼説的:

> 距今天保己亥三百六十年,實當一紀矣。季安有聞,
> 近寬政中,日州志布志市人赤池金右衞門者,藏此遺本,
> 以傳府士德田武中齋,武中以傳市人增田熊助,熊助以獻

國老市田盛常,世謂伊地知板大學,此也。余嘗因新納伯
剛請假覽之。今致士大夫曰,藏書浩繁,失所畜云。故未
覿也。

這樣,季安始終沒有找到《文明版大學》。而《延德版大
學》雖然也很難到手,可是卻偶然找到了一本。關於這件事情
的經過,《漢學紀源》卷二"桂菴"一項的季安自注如下所述:

距今天保己亥三百四十八年矣。愚嘗求遺本而無獲
焉。去歲仲冬,男季直偶得之市。卷尾刻跋,則文明龍集
辛丑夏六月,左衛門尉平氏伊地知季貞,命工鋟梓于薩州
麑島,延德壬子孟冬桂樹禪院再刊云。即此板也。

季安的兒子季直在書店偶然得到了《延德版大學》,根據
卷末的記載得到了確認。

三

而《延德版大學》又是如何從季安的手上到現在的大阪大
學附屬圖書館懷德堂文庫的呢?

據西村天囚(1865—1924)介紹,《延德版大學》經季安
的孫女婿種子島月川的手裏,而後月川又把它送給了表弟
西村天囚①。天囚,薩摩種子島出生,他對同鄉的先學桂菴
的業績評價頗高,同時也很尊敬表彰桂菴的季安。天囚深
受季安《漢學紀源》的影響,撰寫《日本宋學史》。他竭力重
建江戶時代的官許學問所懷德堂。因此,《延德版大學》後
爲懷德堂收藏,而懷德堂的藏書現在都被大阪大學附屬圖

---

① 請參考上揭西村天囚《日本宋學史》緒言。

書館的懷德堂保管。

　　懷德堂文庫收藏的《延德版大學》在卷尾有下文：

　　　　延德壬子孟冬桂樹禪院再刊

而右側書寫有：

　　　　文明龍集辛丑夏六月，左衛門尉平氏伊地知重貞，命

　　工鏤梓于薩州麑島。

半頁八行，每行十五個字，注的部分降一字。"右經一章"和
"右傳之幾章"降兩個字。而"凡傳文云云"、"此章云云"、"經
曰云云"等降三個字①。

　　另一方面，依一齋送來的《延德版大學》抄寫的林家本，經
過昌平黌，現在爲內閣文庫收藏。其字句和格式與懷德堂本
一致。而卷末的"文明龍集"部分的字形和字的接續方法也都
非常相似。

　　現在懷德堂文庫所收藏的《延德版大學》的卷末有慶長十
一年(1606)所作的內頁。這是在依據季安送給一齋的《延德
版大學》抄寫而成的林家本，也就是現在被內閣文庫收藏的版
本中所沒有的。因此，着眼於內頁的有無，季安送給一齋的
《延德版大學》和懷德堂文庫的可能不是一個版本。西村天囚
就是着眼於內頁的有無，認爲季安送給一齋的《延德版大學》
後來丟失了，懷德堂本是季安所收藏的另外一本②。如前所

---

① 西村天囚在《文明版大學的原本》(《漢學》第二編第二號，明治四十四
　　年，1911)中主張，《文明版大學》的格式以宋淳祐本爲準。所以沿襲《文
　　明版大學》的《延德版大學》的格式是模仿淳祐本的形式。

② 西村天囚于大正十四年(1925)通過博文堂影印出版了一百部《延德版
　　大學》。當時在卷末加上了説明等內容。在以"右延德本大學章句一
　　册"開始的部分裏，記載着季安呈送一齋《延德版大學》"厥後先生原本
　　亦佚"。

述,季安非常珍惜好不容易纔到手的《延德版大學》,他甚至想再能得到一本。調查現在懷德堂文庫收藏的《延德版大學》發現,十三頁到十六頁並不是刻上去的,而是後人的補寫。而着眼於內頁的存在和後人的補寫,至少可以講,懷德堂文庫收藏的《延德版大學》和季安呈送給一齋的不完全一致。

懷德堂版本的最後的慶長十一年的內頁記載如次:

> 此一冊サ州羽月村大聖寺從住持被下候。持主同村號若王寺住僧東持院賴傳之。

據內頁所言,懷德堂本在薩摩的羽月村的大聖寺。季安呈送給一齋的《延德版大學》是兒子在書店買的,所以不是羽月大聖寺本。和送給一齋的《延德版大學》不同,羽月大聖寺本是怎樣到手的?季安沒有言及。不過,據內頁的記載,如西村天囚所言季安毫無疑問最終得到了兩本《延德版大學》。

可以説,現在被懷德堂文庫收藏的《延德版大學》不是季安呈送給佐藤一齋的那本,而是季安找到的羽月大聖寺本。季安呈送給一齋的《延德版大學》不知何種理由現在失傳了。順便説一句,確認懷德堂文庫收藏的《延德版大學》是大聖寺本之後,將它和內閣文庫所藏的抄寫本(對季安呈送給一齋的《延德版大學》忠實抄寫)比較,字句和構成都完全一致。所以,可以確信的是,大聖寺本和季安送呈給一齋的《延德版大學》屬于同一個系統的。這個大聖寺本由伊地知季安經種子島月川、西村天囚最終收藏到大阪大學附屬圖書館懷德堂文庫。

祇是如前所述,這個版本的第十三頁至第十六頁是後人補寫的,不是完整的版本,非常可惜。總之這是一本流傳至今,作爲日本最早出版的朱子新注的書籍,具有非常高的價值,是考察朱子學派不容忽視的文獻。

（王振宇　譯）

關於伊地知季安的《漢學紀源》

一、前　言

　　江户時代(1603—1867)的儒學主要是以四書,即《大學》、《論語》、《孟子》、《中庸》爲中心。而朱熹的《四書集注》則作爲提高讀書人修養的必讀書籍,廣爲流傳。爲了和以訓詁爲中心的漢唐的舊注相區別,《四書集注》又被稱爲新注。這部朱子學典籍在日本最初刊行,抑或説在日本作爲新注最早出版,可以追溯到薩摩(現鹿兒島縣及宮崎縣一部)出版的《大學章句》。

　　作爲儒學流派之一的薩南學派,是在島津家的領屬下繁榮起來的。作爲該學派宗師的桂菴玄樹(1427—1508)與向其求學的國老——伊地知重貞合力于文明十三年(1481)出版了我國第一部《大學章句》。亦被稱爲文明版大學,或伊地知本大學。而由桂菴于延德四年(1492)在桂樹院再版發行的則被稱爲《延德版大學》。關於薩摩《大學章句》的出版,江户後期的大儒,佐藤一齋在《題延德版大學抄本後》①中,有如下所述:

_____

① 《題延德版大學抄本後》爲《漢學紀源》(《薩摩叢書》所收)的附録部分收録,本稿即參考該原文。

本邦宋學之盛興，雖在惺窩、羅山兩先生之時，而其
入于我之始，則尚夐在于百有餘年前，而薩殊爲先鳴也。

他在書中流露出對江戶之前百餘年，宋學已經在薩摩盛
行的事實的驚訝。桂菴爲了教授門徒，創造了新的訓詁法，即
“桂菴點”，對歷來的訓詁法產生了極大的影響，從而爲後世的
朱子學的興盛奠定了堅實的基礎。該學統後來也爲月渚永乘
(1475—1541)、一翁玄心 (1507—1592)、文之玄昌 (1555—
1620) 等人繼承和發揚光大。可以這麽説，薩摩處于當時宋學
的中心，是日本宋學研究的先驅。

薩摩的藩士，伊地知季安纂寫的《漢學紀源》詳細調查了
薩摩的宋學(朱子學)研究的狀況，並且對發展的歷史做了認
真的分析。由此可以具體地瞭解薩摩儒學的發展。本稿正是
因此着眼於《漢學紀源》，從而探明該書的特色和它對日本後
來的儒學史研究產生的影響。

二、關於伊地知季安

根據伊地知季安的傳記，在他去世的慶應三年(1867)，其
兒子季通修建“先考伊地知府君之墓”，並在碑銘中記載了季
安生前的業績[1]。西村天囚在明治四十二年(1909)出版的
《日本宋學史》中，執筆伊地知潛隱傳[2]。渡邊盛衛于昭和九

---

① 季安的墓在鹿兒島市的興國寺。季安碑銘的全文爲《舊記雜録追録一》
(《鹿兒島縣史料》昭和四十六年[1971]三月，鹿兒島縣發行)的解題部
分收録，本稿以此爲準。下同。
② 《日本宋學史》于明治四十二年(1909)九月一日，由梁江堂書店、杉本梁
江堂書店發行，共 407 頁。

年(1934)，编寫了《伊地知季安先生事跡》①。本章就根據以上這些文獻，對伊地知季安的傳記予以確認。

伊地知季安，原名貞行，又名季彬，字子静，俗稱安之丞，後改爲小十郎，號潛隱、克欽。天明二年(1782)四月十一日出生于鹿兒島。原爲伊勢八之進貞休的次子，享和元年(1801)二十歲時，從伊勢家過繼爲伊地知季伴的養子。伊地知家世代爲薩摩藩小吏，季安在二十一歲時，成爲下目付，翌年晉升横目助。關於季安的人品和學識，墓誌銘上是這樣記載的：

> 先考爲人，淳樸寡慾。自少嗜學，既長好爲文章，最精古先事。

他年輕時曾經跟隨歷史學者、表兄本田親孚學習。墓誌銘還有如下記述：

> 年廿七，連坐黨籍，禁錮凡四十年。

這個對他一生産生了巨大影響的事件，又被稱爲“文化朋黨事件”，俗稱“近思録垮臺”，或者“秩父垮臺”。該事件是近世薩摩藩史上最大的政變，受到懲處的人數也最多。其實，也可以説是島津重豪和其子島津齊宣之間的政治派別鬥爭。天明七年(1787)，重豪將家督的職位讓給子齊宣，宣佈隱退。可是仍然大權在握，任何藩政改革如果不經過重豪的同意，就無法實施。所以，齊宣心裏非常不快，終于在文化二年(1805)，決意實行藩政改革，對過去的施政進行徹底的改革。他積極地任用以《近思録》的研究爲中心的造士館書役木藤武清的弟子們。爲此，齊宣派也被稱爲“近思録黨”。之後，薩摩藩的藩政幾乎爲近思録黨所壟斷。對于這些，文化五年(1808)，重豪

---

① 鹿兒島縣立圖書館收藏，共 87 頁。

派進行了反擊。結果導致主導者秩父季保、樺山主税等人剖腹自殺，二十五人被流放，共一百十五人受到了嚴刑處置，重豪派也重新掌握了藩政實權。

季安之兄伊勢九郎八在知識和才略方面都非常出色，所以季安可能正是受到了他的影響，而被捲到了事件當中。渡邊氏推測説，伊地知季安可能曾經經常出席木藤武清的《近思録》講義，而且年少的時候有可能接受過木藤的指教①。不管怎麼説，季安的確因該事件而連坐，並于第二年文化六年（1809）正月，被流放喜界島。那年，他二十八歲。

喜界島的島民得知季安學問淵博，于是籌建了一小庵讓他住在那兒，做小孩們的啟蒙老師。這個小庵名爲潛隱，正是他的號的來由。

謫居三年後的文化八年（1811），赦書下來，于文化九年返回鹿兒島，可是在那之後的五年裏仍遭禁錮，直到文化十三年（1816）九月二十九日禁錮纔被解除。再以後的數十年裏，他一直過着沒有任何官職的平民生活。關於這件事，前面所提到過的，季通的墓誌銘上有"禁錮凡四十年"的記載。對其間的生活，季安本人在天保四年（1833）五十二歲時所寫《管窺愚考》的自序中感言説②：

> 余性頗迂，好讀書。年二十七，被坐事廢錮，而絶世交。省衍内訟者，二十六年于茲矣。其益就閑也，雅愛古編，凡于所聞，苟有路仮，極力搜索，愜臆殺青，以秘帳中，時與之娛，以忘其憂。

---

① 根據上述渡邊盛衛《伊地知季安先生事跡》第16頁的記述。
② 在此所參考的《管窺愚考》爲《鹿兒島縣資料集（Ⅺ）》（五味克夫校訂，昭和四十六年，1971，鹿兒島縣立圖書館發行）所收録。

季安是在六十六歲的時候纔走上仕途的。他執筆《管窺愚考》的五十二歲那年,距離"近思録垮臺"已經二十六年了,而他一直没能獲個一官半職。季安並不抑鬱于自己的遭遇,而一心撲在古籍和古紀録的收集上。這些也爲他今後成爲歷史大家,奠定了堅實的基礎。在此期間,他不爲逆境所難,懷才不遇的經歷反而變成他發奮前進的動力,激勵着他。

在這四十多年裏季安的探求學問的態度,以及有不少人仰仗他學識的諸多事實,在他的墓誌銘上都有記述。

> 常覃思古事,博搜群籍,遍質舊典。貴門士族請撰譜牒者多,或記述答質問,或纂家籍,著書若詩若文,凡數十百篇。其方編撰也,惟患事實不精,證據不明,深稽博證,日夜孜孜,無倦無息,至忘寢食。

也就是説,這四十多年裏收集資料、精讀、考證文獻等踏實的鑽研,毫無疑問爲他的學問基礎的奠定,以及日後不斷獲得成果創造了條件。

弘化四年(1847),伊地知季安六十六歲的時候,他的才學終于被人發現。島津齊彬(1808—1858)在翻閱季安的《管窺愚考》(又名《島津御莊考》)時,對其嚴謹和精確的風格大爲讚賞,將他召去。之後,歷任"記録方添役"、"軍役方取調掛"等職,官任"記録奉行"。其後又受齊彬之命,修撰島津忠久的譜圖,以季安爲總負責人,整理公室裏所收藏的,世代傳下來的公文。再往後,官歷"御使番"、由"町奉行格"升至"御用人"。慶應三年(1867)八月三日,因患疾病去世。享年八十六。

伊地知季安的著作頗多。其中代表作是薩摩藩資料之集大成的《薩摩舊記雜録》前編四十八卷、後編一百零二卷。在他死後,其子季通再編追録一百八十二卷,附録三十卷,終完成父業。因爲是從長久二年(1041)至明治二十八年(1895)的，對薩摩藩相關史料的編寫，所以大量採用了薩摩境内的古文書。今天，進行薩摩藩歷史研究，如果離開這些史料是絕對行不通的。由此可見它作爲史料集的價值。接下來也會説明，伊地知季安作爲歷史學家具有很高的名望，在該方面著作也很豐富。其友人新納伯剛在《管窺愚考》的序文中這樣叙述他的學風①：

> 蓋子静于學，亡論精覈廣博，而史學其所最長。是以我國家紀載典籍，無不校究焉。苟值其隱微晦没者，深考遠鑒，不究其原不措也。故所撰述，議論弁駁，先覺未發之説，悉論定焉。

他對季安作爲歷史學家的資質給予了很高的評價。作爲歷史學家，季安毫無疑問是一流的。至今爲止，以《薩摩舊記雜録》爲首的諸多研究，在考察伊地知季安時，幾乎都着眼於他在歷史研究方面的造詣。而有關季安的學識，《呈一齋佐藤先生書》記載：

> 初僕少時讀藤樹書，始知有王氏。稍迫聞有其《傳習》若全集之類，假以讀之，益覺其學有少所進。然猶尊崇朱學。故著《紀源》。

文章説季安不僅信奉陽明學，而且也信奉朱子學，並且以朱子學爲基礎，編著了《漢學紀源》。由此可見，季安作爲儒家學者的一面決不容忽視。他對朱子學的研究成果集中體現在《漢學紀源》中。然而，管見所限，歷來没有從《漢學紀源》展開

---

① 參考上注。

的考察①。因此,本稿在作爲歷史學家的季安的基礎上,從至今未曾採用過的角度出發,對以朱子學爲基礎執筆《漢學紀源》、作爲儒者的季安的一面進行考察。

三、《漢學紀源》的構成和
執筆的時期

《漢學紀源》從日本儒學的起源開始説起,用漢文記載了各個時代漢學的狀況,稱得上是一本日本儒學史。現在發行的《漢學紀源》收録在《薩摩叢書》②和《續續群書類從》③,共五卷,都分別包括附録一卷。這些内容都是以東京大學編纂所收藏的島津侯爵家本爲基礎的。

另一方面,作爲玉里島津家藏書流傳下來的玉里文庫所

---

① 關於伊地知季安的研究的成果,鹿兒島縣維新史料編纂所,作爲鹿兒島縣史料發行了《舊記雜録前編》、《舊記雜録後編》、《舊記雜録追録》、《舊記雜録附録》。五味克夫氏對伊地知季安的著作進行了介紹和校訂的工作,獲得了《伊地知季安〈先年差出置候著述物就御手許御用又被下ケ置候一件書留〉》(《鹿大史學》第 16 號,1968 年)、《伊地知季安的家系與其他》(《鹿大史學》第 22 號,1974 年)、《伊地知季安〈狩夫銀御舊法記〉》(《鹿大史學》第 24 號,1976 年)、《伊地知季安關係資料〈御歷代歌注解〉》、《藩翰譜島津傳記弁誤》、《古郡院説》、《御當家始書》(《鹿大史學》第 25 號、1977 年)等一連串的研究成果。關於季安著作的發行狀況,伊集院祐子、上野緑在《關於鹿兒島縣史料的底本作成業務和〈伊地知季安著作史料集〉》(《黎明館調查研究報告》第 9 集,1995 年)中的"伊地知季安著作物等一覽表"裏做了總結。這樣,容易發現目前關於伊地知季安的研究,主要以解讀和整理他遺留下來的大量的著作爲中心。

② 《薩摩叢書》第二編,明治四十二年(1909)八月,薩摩叢書刊行會。《薩摩叢書》所收録的《漢學紀源》後來被《新薩摩叢書》(五)(昭和四十六年[1971]十月,歷史圖書社)收録。

③ 《續續群書類從》,明治四十年(1907)二月,國書刊行會。

收《漢學紀源》①不含附錄部分,共由四卷構成。在這本書里有島津二十八代藩主齊彬的弟弟久光的補充,由久光的兒子忠濟書寫而成。

《漢學紀源》是何時寫成的呢？伊地知季安因近思錄垮臺而連坐流放。正如叙述過的那樣,在之後没有任何官職的四十年裏,他刻苦鑽研,從而積累了很深的學問。其間,就寫成了這部《漢學紀源》。西村天因没有明確《漢學紀源》的製作時期,可是主張季安的《宋學傳統系圖》是《漢學紀源》的基礎。西村天因的《日本宋學史》是這麼説的②:

> 什麼時候開始着手編寫《漢學紀源》,無從可知。然而可以確定的是,作爲其準備的《宋學傳統系圖》一册的草稿成于丁亥十二月。丁亥即文政十年,潛隱時年四十六。

可惜的是,《宋學傳統系圖》没有遺傳至今,所以不知其詳。不過因爲西村天因看到了原稿,該稿的草稿是丁亥十二月,即文政十年(1827)十二月所寫,當時伊地知季安四十六歲。如果真像天因説的那樣,《宋學傳統系圖》是《漢學紀源》的基礎的話,《漢學紀源》的執筆當然應該是文政十年以後的事了。至於什麼時候完成的,天因對此並没有論及。《漢學紀源》是和《延德版大學》一起,在天保十一年(1840)季安五十九歲的時候,送到江户的佐藤一齋那兒的。所以,到那時爲止,應該已經做好了。據上述記載可以推測,《漢學紀源》的作成

---

① 鹿兒島大學附屬圖書館收藏。
② 根據上述西村天因《日本宋學史》伊地知潛隱傳第 20 頁的記述。

應該是文政十年(1827)到天保十一年(1840)的十三年之間的事情。

《漢學紀源》的目錄共由四十四項構成。不過因爲最後的七個項目沒有完稿,所以實際祇有三十七個項目。下面,簡單地説明一下各個項目的内容,以對其構成進行確認。

卷一　儒教第一:什麼是儒?從伏羲、神農、黃帝到孔子,再到其弟子們的繼承

　　　神誨第二:神功皇后時,經籍傳入我國

　　　收籍第三:關於在新羅收集書籍,以及徐福東渡日本

　　　徵賢第四:辰孫王的來朝

　　　初學第五:稚郎子皇子師從王仁精通典籍

　　　神性第六:神創建了日本,與儒學的作用

　　　貢士第七:五經博士由百濟來日,及其影響

　　　唐學第八:聖德太子派遣人才到隋;之後因遣唐使的派遣,日本方有周孔之學

　　　建學第九:孝德帝時建大學寮,爲日本建學之始。文武帝時,興釋奠之禮。至醍醐帝、村上帝時儒學的展開

　　　粟田第十:關於粟田真人

　　　吉備第十一:關於吉備真備

　　　崇聖第十二:關於聖武帝、孝謙帝時代的學問

　　　仲滿第十三:關於安倍仲麻呂

　　　菅江第十四:從嵯峨帝至村上帝,以儒學而著名的菅原、大江兩家

　　　菅神第十五:關於菅原道真

　　　五經第十六:五經及其傳入日本的情況

　　　孝經第十七:孝經的孔鄭二注和唐的御注本;孝經在

之後的目録是“南門第三十八”、“學之第三十九”、“如竹第四十”、“竹門第四十一”、“喜春第四十二”、“治易第四十三”、“俊矩第四十四”的七個項目，均未撰寫。目録中將這些專案做了一個總結，再在“南門第三十八”的下面記載，

"以下未稿"。然而,"正龍第三十七"的記述的後半部分延長了一些,包括了室鳩巢的如竹傳,如竹的書簡和愛甲喜春的傳記、書簡等。的確,可以説"如竹"與"喜春"包括在了"正龍寺"裏,關於此"正龍第三十七"的前半部分有所記述。而後半部分中的傳記和書簡等與"正龍寺"無關,且記述的分量很多。也就是説,從内容和聯繫上看,"正龍第三十七"後半的"室鳩巢"的"如竹傳"以後的部分是和"正龍寺"無關的、别的東西。也或許這些是未被撰寫的"如竹第四十"、"喜春第四十二"等的草稿。這些内容如目録中提示的那樣,本應作爲第三十八至第四十四的内容放在"正龍第三十七"的後面,還尚未成爲決定稿。因此,這些内容接在"正龍第三十七"的後面,就好像是其後半部分一樣,流傳至今。祇是,季安爲什麽没有完成"南門第三十八"以後的決定稿,其原因還有待考證。

四、《漢學紀源》的特色

《漢學紀源》的内容簡單概括如下。它從闡述儒學的本質開始,接着記述儒學如何傳入我國,隋唐的交流,奈良時代以後我國的儒家等,然後叙述新注、古注,研究宋學傳入的淵源,從五山僧侶至桂菴的學統,以及桂菴門下的薩南學派,從而探明朱子學傳入我國的經過。

本章將着眼於《漢學紀源》的兩個特色進行考察。首先,第一個特色是,在《漢學紀源》中,季安通過考查宋學的傳入,首次揭示了五山學僧的功績。在季安之前,宋學的研究都以藤原惺窩、林羅山爲起點,而對在那之前的學統基本上都没有做太多的研究。對這個狀況,西村天囚在《日本宋學史》中,有

如下所言①:

> 河口静齋的《斯文源流》、那波魯堂的《學問源流》、杉
> 浦正臣的《儒學源流》都是以德川文學爲主,並以藤原惺
> 窩、林羅山爲起點,沒有考慮足利時代。而足利時代的文
> 學主要以五山爲中心,五山的資料大多失傳,或者是因爲
> 後來的儒生嫉恨佛教的原因,沒有誰對五山學僧和儒學
> 的關係展開過研究。結果,桂菴對宋學所做出的偉大貢
> 獻,自然也就不爲世人所知了。

獲得資料的困難,以及江戶時代儒家學者對佛教徒的厭
惡,使當時考察日本宋學的發祥時,沒有誰從五山學僧上尋找
答案。這種情況當中,是季安第一個在《漢學紀源》裏,承認五
山學僧對宋學傳入我國功不可沒。《漢學紀源》"宋學第二十"
的開頭有如下的叙述:

> 本邦緇徒之學宋也,道元、聖一、大明、大應、月林等
> 相繼遊宋,道隆、普寧、正念等歸化自宋,逮至元世,祖元、
> 一山、子曇等歸化自元……

而後,又提到了祖元:

> 據此,祖元匪啻釋教,兼精聖道,以唱宋學于本邦,亦
> 足概證焉。

他指出,祖元是在日本提倡宋學的第一人。在《漢學紀
源》的"崇信第二十一"中,提到了一山:

> 蓋于本邦聞宋以後核崇程朱者,應首乎斯也。

然後,叙述了該學説在日本的傳承。對季安着眼於五山

---

① 根據上述西村天囚《日本宋學史》緒言第5—6頁的記述。

學僧考察宋學傳入日本的事實,西村天囚在《日本宋學史》的
序言部分裏如下所述①:

> 五山學僧在文學衰退的足利時代,引進宋學使世人
> 精神受益,從此開創了德川三百年的教化。季安先生以
> 前人沒有的眼光,發現了這一事實,並且在《漢學紀源》中
> 揭示和頌揚了五山學僧。

季安着眼五山學僧並且把他們放在日本宋學史上考察。
對此,天囚對季安評價頗高。季安還考察了最初傳到日本的
宋儒的書籍,在《漢學紀源》的"新注第十九"中如下所言:

> 今季安按,當時本邦有僧名俊芿者,字曰我禪,俗藤
> 氏,肥後飽田郡人。建久十年浮海遊宋,明年至四明,實
> 寧宗慶元六年,而朱子卒之歲也。……而其歸則多購儒
> 書,回于我朝。……四書之類入本邦,蓋應始乎俊芿所齎
> 回之儒書也。書竢博識爾。

這樣,對歷來都沒有被確定的宋儒書籍傳入日本的開始,
季安給予了考察和確定。西村天囚這樣評價②:

> 季安是第一個認定宋儒著書因俊芿而傳到日本的
> 人。這是一個前無古人的發現。而探明禪僧把宋學帶到
> 日本,不僅弄清了事實,而且也積極評價了僧學的地位,
> 可謂卓識。

"前無古人的發現"如此高的評價,以及把季安發現爲日
本引進宋學的禪僧評價爲"卓識"等。由此可見他對季安的佩

---

① 根據上述西村天囚《日本宋學史》緒言第 6 頁的記述。
② 根據上述西村天囚《日本宋學史》伊地知潛隱傳第 20 頁的記述。

服之情。這樣,從五山學僧那兒探求宋學的淵源以及探求宋學書籍的傳入過程等等,都是《漢學紀源》的很大特色。

《漢學紀源》的另一個特色是,指出薩摩是日本首倡宋學的地方。如前面所叙述的那樣,日本宋學書籍最早的出版是桂菴和伊地知重貞的《大學章句》在薩摩的發行。關於桂菴在薩摩興盛宋學,《漢學紀源》的"儒佛第三十"有言:

> 則國朝之弘宋學于世者,多歸乎于桂菴,亦足以證也。況如吾藩民,至於今皆受其賜。

讀了季安送來的《漢學紀源》後,江户的大儒佐藤一齋評價如次①:

> 及讀《漢學紀源》,則知薩人寔肇傳宋學。

承認了宋學研究中薩摩當之無愧爲其先驅。

季安着眼於薩摩的宋學相對日本其他地方要開展得早的事實,把重點更放在桂菴之後的薩摩儒學的展開,即薩南學派的研究上。特別是在《漢學紀源》的構成上,卷二記述了從岐陽開始,經一慶、惟肖、景徐、桂悟,最後到桂菴爲止的學統。卷三從桂菴的門下開始叙説,詳細叙述了聯結桂菴和南浦文之的學統。卷四的"正龍"考察了在薩摩的山川裏的正龍寺開展的學問與惺窩對它的訪問,這也和薩南學派相關。由四卷組成的《漢學紀源》的卷二、卷三、卷四,集中考察了與薩南學派相關聯的項目。也就是説,從《漢學紀源》的内容看來,卷一的二十二個項目和卷二、三、四的十五個項目大體上可分爲兩個部分。前半部分是對日本儒學史的概觀,這個部分相當于

---

① 《題延德版大學抄本後》的一節,見《漢學紀源》(《薩摩叢書》所收)的附録。

日本儒學史。後半部分是和薩摩的儒學史相關聯的内容,特別引人注目的是,"桂菴第二十八"非常詳細而且分量很多。在其他的項目中也零零散散的有關於桂菴的叙述。那是伊地知季安對桂菴在薩摩宋學盛行上的功績的認識。《漢學紀源》的"桂菴第二十八"中,季安對桂菴的出身和留學明朝,發行《大學》等事跡從大範圍予以叙述。關於桂菴講述新注有如下叙述:

> 而師以是入侍讀公側,出聚第,日講新注,以弘斯道,務爲己任。

並且,也提到了桂菴對書經的研究。

> 前此本邦皆從古注,而至師獨依蔡傳。

他指出,在我國最早推崇作爲《書經》新注的蔡沈的《書集傳》的人,就是桂菴。譬如,在"桂門第二十九"中有"而國朝宋學之弘于世,亦首自桂菴",在"儒佛第三十"中有"故桂菴亦雖僧,在明精究朱學,有功于世","潤公第三十二"中有"桂菴曾闡宋學于我三州"等,多次提到桂菴的功績。這樣,在《漢學紀源》中,很容易看出季安對桂菴的肯定。同時,季安認爲,新注傳入日本一個最關鍵的地方是桂菴所創的"桂菴點"。《漢學紀源》的"桂菴第二十八"論述如次:

> 然于斯文,時猶草昧,教導未開,學士往往不知句讀,且有新注也。于是十年,師著小篇。辨四書五經注有新古,且以國字解朱注例,述倭點法,使世蒙士皆知學必崇宋説,先在能辨其句讀之意。今世所稀傳,桂菴和尚家法倭點,此也。

即使新注的書籍出版發行,如果没有句讀還是無法推廣普及。他指出,我國宋學之所以能被教化,很大程度上歸功于桂菴點。也就是說,新注書籍和宋學的教化,倚仗于能將它讀出來的訓讀法的創造而全面得到推廣,這些都是桂菴的功績。就這樣,季安在《漢學紀源》中,表彰了處于日本宋學先驅位置的薩摩,與之對應,更加凸顯對薩摩影響頗大的桂菴的存在。

五、《漢學紀源》的影響

下面讓我們看看《漢學紀源》對當時文壇的影響。作爲綫索之一,《漢學紀源》曾經和《延德版大學》等一塊送到幕府的儒官佐藤一齋處。關於伊地知季安和佐藤一齋的來往,將在其他的論文裏詳細論述。在此祇對其原委做簡單的介紹。

季安將《漢學紀源》會同日本最早的新注本《延德版大學》、《桂菴畫像》和《桂菴和尚家法倭點》、《論語寫本》交由去江户的伊集院兼誼,送給佐藤一齋。季安是想通過這些,獲得江户的大儒佐藤一齋撰寫有關桂菴的碑銘、畫贊及《延德版大學》的跋文等。當時是天保十一年(1840),季安五十九歲。第二年,一齋的《延德版大學》的跋文,桂菴的畫贊的草稿就送到了。天保十三年(1842),碑銘的初稿,天保十四年(1843)定稿陸續送到。佐藤一齋通過季安,第一次知道《延德版大學》的存在。他在《題延德版大學鈔本後》中是這麼叙述的[1]:

> 麑藩有伊地知季安者。往日寄示其同族先輩左衛門尉重貞所刻《大學章句》一本,曁其所編《漢學紀源》,以明其國爲宋學首唱。受而觀之。……距今適三百六十餘年。因驚爲本邦刻新注之嚆矢也。及讀《漢學紀源》,則

---

① 爲《漢學紀源》(《薩摩叢書》)的附錄部分所收録。

知薩人寔肇傳宋學。

也就是説,季安送《漢學紀源》過來,佐藤一齋纔首次知道薩摩可以稱爲宋學先驅地的事實。一齋將《延德版大學》抄寫後將它給林述齋看時,述齋也稱奇。林述齋是林家八世大學頭,是當時的官學的權威。另一方面,佐藤一齋是述齋死後,經幕府儒官提拔,于昌平黌講學的大儒。總之,兩人是當時文壇的大儒。從某種意義上可以説,兩人對當時文壇的影響力非常大。正因爲兩人對季安送來的《漢學紀源》感佩甚深,所以《漢學紀源》一書給當時文壇帶來了不可估量的影響力和震撼。

關於《漢學紀源》對後世日本儒學史的影響,西村天囚是這麽説的[①]:

> 《漢學紀源》以抄本的形式在東京的學者之間流傳之前,文部省編輯了大日本教育史的資料。其中的第五卷學士小卷中記載了鹿兒島縣彙報的桂菴、文之及山本秋水、山口九腕四位先生的傳記。桂菴傳根據季安先生所寫的撰述部分作成,雖然和現在的《漢學紀源》的文字體裁迥異,可是前者較後者要詳盡和細緻,同時也收録了《家法倭點》和愛甲喜春的《聞書》。隨着教育史資料的問世,桂菴的事跡也漸漸地爲大家所知,這也離不了季安先生的努力。今天有關宋學的研究主要有:《國學院雜誌》(明治三十三年[1900]八月)刊花岡安見氏的《朱子學的由來》、《東洋哲學》(明治三十四年[1901]十一月)刊足利衍氏的《朱子學的傳來及其學派》。單行本有久保得二氏

---

① 根據上述西村天囚《日本宋學史》緒言第6—7頁的記述。

的《日本儒學史》(明治三十七年[1904]十一月)、井上哲
次郎氏的《日本朱子學派的哲學》(明治三十八年[1905]
十二月)、川田鐵彌氏的《日本程朱學的源流》(明治四十
一年[1908]二月非賣品)等。從出版的先後看,能發現有
由簡至繁的趨勢,即後出版的著書要比以前的詳盡,這當
然也是史學研究的規律。五山文學漸漸爲世人所知,很
大程度上是依賴于教育史資料中的桂菴傳,或者應該説
是《漢學紀源》。總之,論及宋學之淵源,絕對不能忽視
《漢學紀源》一書。這也正是該書的偉大之處。

如上所言,明治時期出版的日本宋學史的研究書中,着眼
於五山文學追求宋學淵源的立場是根據《漢學紀源》的記述。
也就是説,當時的儒學史的研究者幾乎都讀過伊地知季安的
《漢學紀源》,甚至可以説他們幾乎都以該書爲基礎。當時日
本的宋學研究書多少都受了季安的影響。

前面所提,作爲《漢學紀源》的特色之一,季安對薩摩作
了高度評價。爲了避免造成誤解,應該説,《漢學紀源》有從
薩摩看儒學史的一面。如果説,明治期的宋學研究書如果
或多或少受《漢學紀源》的影響的話,那麼在那些記述中季
安的意見和觀點,即站在薩摩的角度看儒學史的觀點,有無
意識地包含在其中。值得注意的是,構成日本儒學研究的
基礎,即便是今天仍收益匪淺的,那些在明治期出版的日本
的儒學研究書,實際上有站在薩摩的立場上看儒學史的
一面。

在日本的宋學研究史裏,西村天囚的《日本宋學史》(明治
四十二[1909]年九月)被稱爲不朽的名著。西村天囚,薩摩的
種子島出身,對同鄉先輩的季安,他給予了很高的評價。同
時,從他的筆致和語氣上都不難看出他對季安的敬意。天囚

的《日本宋學史》的序言部分如下所述①：

> 不久之後，人們通過薩摩的儒士季安先生的《漢學紀源》，詳細瞭解到了宋學傳來的原委。在得知桂菴禪師身處戰亂時代，依然能在薩摩出版朱子的《大學章句》，首倡宋學的事實後，不僅爲其偉大功績而由衷感歎。

西村天囚讀了季安的《漢學紀源》後，瞭解了桂菴禪師在我國首次于薩摩發行新注書籍，以及薩摩作爲宋學的先進地等事實，然後以這些作爲切入點，在宋學研究，特別是五山和桂菴的研究上取得了諸多成果。天囚對季安的尊崇，還可以舉一個極端的事例。天囚在《日本宋學史》的最後，專門記載了伊地知潛隱傳，探明了季安的事跡。其中，天囚記述道②：

> 本人于這本《日本宋學史》中的研究也是基於《漢學紀源》展開的。現在的學術界受先生恩澤的人不在少數。特意在此附上先生的傳略。

在此他明確地說，是以《漢學紀源》爲基礎展開《日本宋學史》的研究的。也就是說，季安的《漢學紀源》是天囚的宋學研究的基礎。天囚在潛隱傳的最後，如下所述③：

> 《漢學紀源》一書不僅僅探明了薩摩文學盛行的經過，對後來的學術也非常有益。其功績可與首倡宋學之桂菴並舉，千古不朽。

季安的《漢學紀源》和桂菴所刊行的我國最初的《大學章句》一同被看作是千古不朽的作品。天囚深受季安的影響，不

---

① 根據上述西村天囚《日本宋學史》緒言第 3 頁的記述。
② 根據上述西村天囚《日本宋學史》伊地知潛隱傳第 17 頁的記述。
③ 根據上述西村天囚《日本宋學史》伊地知潛隱傳第 23 頁的記述。

僅對季安表示尊敬,而且還懷有一種親切感。

如上所述,《漢學紀源》對江户的文壇產生了强烈的影響。對明治時期的儒學研究也影響很大。通過《漢學紀源》,使日本的儒學的研究史中薩摩的地位得到了認可,而作爲薩摩的儒學宗師桂菴以及繼承其學統的薩南學派存在的地位也得到了突出。地理上處于日本最南、在日本儒學史研究中幾乎將要被埋没的薩摩的存在,之所以中央認可,而薩摩也成爲宋學的先驅地不再被人們忽視,究其原因,不僅與季安的《漢學紀源》中踏實的調查研究相關,而且也得力于這些研究被送到江户去的行爲。而對以薩摩的宋學先驅地的立場爲出發點進行研究的季安來説,採取這些行動也是理所當然的事情了。

六、結　　語

綜上所述,《漢學紀源》從日本儒學的起源開始説起,記述了各個時代儒學的開展情况,是一本有着日本儒學史性質的書籍。其構成如下:卷一的二十二項是對日本儒學史的概觀,卷二、三、四以桂菴爲中心,詳細考察了與他緊密聯繫的學統和薩南學派。其中須注意的是,季安對桂菴的學統進行考察的過程中,他着眼於五山學僧。這種角度是當時對宋學淵源的研究中,從來没有人用到過的。也就是説,季安着眼於前人忽視了的領域,對五山學僧的學問進行了詳細的探索和整理。從這一點看,《漢學紀源》不能再稱爲宣傳薩摩的書志,而不得不看作是日本儒學史研究中具有劃時代意義的書籍。同時,季安對桂菴在薩摩實行朱子學新注的教化開展儒學等,做了考察,並對薩南學派進行了系統的分析,進而明確了它在日本儒學史中的地位。季安説過:"然猶尊崇朱學,故著《紀源》。"(《呈一齋佐藤先生書》)正如這句話所言,他的宋學(朱子學)研究的所有的成果,都集中反映在《漢學紀源》裏了。

伊地知季安的學問正是四十年平民生活中鑽研積累的結果,毫無疑問,也正是這段時間使他的研究得到了飛躍。其間獲得了諸多的成果,譬如前面提到過的《薩摩舊記雜録》等歷史書,這使得直到今天爲止,他作爲歷史學家獲得的評價一直很高。對這些事情,我們在分析季安整理日本的儒學而編寫成的《漢學紀源》的時候,應該考慮。作爲一流的歷史學家,他在研究和調查中,廣泛地搜集資料,一貫堅持徹底追究事實真相的態度。這種態度,當然在《漢學紀源》中得到充分體現。譬如,對五山學僧進行的綿密的研究,對把有關宋學書籍引進到日本的人物從諸多資料進行考察,特定研究細節等。這些祇有作爲歷史學家的季安依靠其對事物敏鋭的觀察力方能做到的事。也就是説,爲歷史學家伊地知季安所證明了的事實,決不會是空言和空論,都是對事實的客觀反映。

正是同時具有對日本宋學的淵源和薩摩的儒學進行潛心研究的作爲儒者的一面,以及徹底追究事情全貌的作爲歷史學家的一面,季安纔能創造出像《漢學紀源》那樣的著作。

（王振宇　譯）

關於新出伊地知季安
《漢學紀源》之手稿本

一、前　　言

天保十一年(1840)，薩摩的歷史學家伊地知季安將《漢學紀源》和《延德版大學》等作品托人送給江户的大儒佐藤一齋，並且委託他爲桂菴的碑文和《延德版大學》的跋文執筆。關於此事，一齋在《題延德版大學鈔本後》中，這樣記述道[①]：

> 距今適三百六十餘年。因驚爲本邦刻新注之嚆矢也。及讀《漢學紀源》，則知薩人寔肇傳宋學。

一齋在讀了伊地知季安所編寫的《漢學紀源》後，纔知道薩摩其實已經走在日本研究宋學的前沿，所以非常驚訝。一齋後來給送《漢學紀源》等作品來的伊集院兼誼，寫了如下的一封信(日期爲天保十二年[1841]二月十五日)：

> 《漢學紀源》所述内容詳盡，從中受益匪淺。故而願抄寫一份，允留之少時爲盼。

---

① 佐藤一齋的《題延德版大學鈔本後》爲東大本《漢學紀源》卷五所收録。本稿就是以該版本爲準。下面將舉出的一齋的書簡也爲東大本《漢學紀源》卷五所收録的内容。關於《延德版大學》，請參考拙稿《關於〈延德版大學〉》(《汲古》第31號，平成九年[1997])。

一齋在信中説，他自《漢學紀源》中學到的東西很多，希望能够把該書留在身邊多些時日，以便抄寫。毋庸多言，這其實反映出一齋對該書的極大認可。

筆者于近日偶然找到了這本曾受到過佐藤一齋高度評價，甚至想要抄寫的《漢學紀源》的手稿本。本稿將對其特色做一考察。

二、《漢學紀源》和伊地知季安

《漢學紀源》從儒學的起源開始説起，然後使用漢文記述了日本各個時代的儒學的狀況，所以該書可以稱得上是一本日本儒學史①。首先，讓我們對其内容作一概觀②。

卷一　儒教第一：什麽是儒？從伏羲、神農、黄帝到孔子，再
　　　　　　　　　到其弟子們的繼承

　　　神誨第二：神功皇后時，經籍傳入日本

　　　收籍第三：關於在新羅收集書籍，以及徐福東渡日本

　　　徵賢第四：辰孫王的來朝

　　　初學第五：稚郎子皇子師從王仁精通典籍

　　　神性第六：神創建了日本，與儒學的作用

① 　關於《漢學紀源》的特色，請參考拙稿《關於伊地知季安的〈漢學紀源〉》（《鹿兒島大學文科報告》第32號第1分册，平成八年[1996]）。

② 　手稿本《漢學紀源》共分三卷，後面將提到的玉里本爲四卷、東大本爲五卷組成。玉里本和東大本都在第四卷裏設"正龍第三十七"，之後的目録裏設了"南門第三十八"、"學之第三十九"、"如竹第四十"、"竹門第四十一"、"喜春第四十二"、"治易第四十三"、"俊矩第四十四"的七個項目，可是均未做成。目録將這些專案總結放在"南門第三十八"的下面，記載爲"以下未稿"。關於卷四的存在，和各個鈔寫本的形成過程相關，將于別稿考察。《漢學紀源》最初應該是像手稿本那樣，分成三卷本總結而成的。本稿是對手稿本三卷的考察，所以祇介紹前三卷。

卷三　桂門第二十九：關於桂菴的門生

儒佛第三十：宋學通過僧侶傳入日本，關於當時儒教
　　　　　與佛教的並行

舜田第三十一：關於僧舜田和舜有

潤公第三十二：關於島津忠良

月渚第三十三：關於月渚永乘

一翁第三十四：關於一翁二州

黄友賢第三十五：關於從明朝東渡日本，在薩摩講説
　　　　　　新注的黄友賢

南浦第三十六：關於南浦文之

　下面介紹《漢學紀源》的作者伊地知季安。在他去世的慶
應三年(1867)，其兒子季通修建"先考伊地知府君之墓"，並在
碑銘中記載了季安生前的業績①。西村天囚在《日本宋學史》
中，寫了伊地知潛隱傳②。渡邊盛衛于昭和九年(1934)，編寫
了《伊地知季安先生事跡》③。本章就根據以上這些文獻，對
伊地知季安的傳記予以確認。

　伊地知季安，原名貞行，又名季彬，字子静，俗稱安之丞，
後改爲小十郎，號潛隱、克欽。天明二年(1782)四月十一日出
生于鹿兒島。原爲伊勢八之進貞休的次子，享和元年(1801)
二十歲時，從伊勢家過繼爲伊地知季伴的養子。關於季安的
人品和學識，墓誌銘上是這樣記載的：

---

① 季安的墓在鹿兒島市的興國寺。季安碑銘的全文爲《舊記雜録追録一》
　(《鹿兒島縣史料》，昭和四十六年[1971]三月，鹿兒島縣發行)的解題部
　分收録。本稿以此爲準。
② 西村天囚《日本宋學史》(梁江堂書店、杉本梁江堂書店，明治四十二年
　[1909])。
③ 鹿兒島縣立圖書館所收藏，共87頁。

　　　　先考爲人，淳樸寡慾。自少嗜學，既長好爲文章，最
　　精古先事。

墓誌銘接着還有如下記述：

　　　　年廿七，連坐黨籍，禁錮凡四十年。

　　這個對他一生產生了巨大影響的事件，又被稱爲"文化朋
黨事件"，俗稱"近思録垮臺"，或者"秩父垮臺"。該事件是近
世薩摩藩史上最大的政變，受到懲處的人數也最多。其實，也
可以説是島津重豪和其子島津齊宣之間的政治派別之争。天
明七年(1787)，重豪將家督的職位讓給子齊宣，宣佈隱退。可
是仍然大權在握，任何藩政改革如果不經過重豪的同意，就無
法實施。所以，齊宣心裏非常不快，終于在文化二年(1805)，
決意實行藩政改革，對過去的施政進行徹底的改革。他積極
地任用以《近思録》的研究爲中心的造士館書役，木藤武清的
弟子們。爲此，齊宣派也被稱爲"近思録黨"。之後，薩摩藩的
藩政幾乎爲近思録黨所壟斷。對于這些，文化五年(1808)，重
豪派進行了反擊。結果導致主導者秩父季保、樺山主税等十
三人剖腹自殺，二十五人被流放，共一百十五人受到了嚴刑處
置，重豪派也重新掌握了藩政實權。

　　季安最初希望利用"近思録垮臺"的主謀秩父季保家和伊
地知家的嫡庶關係，能夠被擢用。結果這一願望没有實現，反
而，因秩父的垮臺而遭連坐，于文化六年(1809)正月被流放到
喜界島。那年，他二十八歲。謫居三年後的文化八年(1811)，
赦書下來，于九年返回鹿兒島，可是在那之後的五年裏仍遭禁
錮，直到文化十三年(1816)九月二十九日禁錮纔被解除。再
以後的數十年裏，他一直過着没有任何官職的平民生活。關
於這件事，前面所提到過的，季通的墓誌銘上有"禁錮凡四十

年"的記載。這四十多年里收集資料、精讀、考證文獻等踏實的鑽研,毫無疑問爲他的學問基礎的奠定,以及日後不斷獲得成果創造了條件①。弘化四年(1847),伊地知季安六十六歲的時候,他的才學終于被人發現。薩摩藩主島津齊彬在翻閱季安的《管窺愚考》(又名《島津御莊考》)時,對其嚴謹和精確的風格大爲讚賞。之後,季安經歷了"紀録方添役"、"軍役方取調挂"等職,七十一歲時任"紀録奉行"。其後,受齊彬之命,修撰島津忠久的譜圖,以季安爲總負責人,整理公室裏所收藏的,世代傳下來的公文。再往後,官歷"御使番",由"町奉行格"升至"御用人"。慶應三年(1867)八月三日,因患疾病去世。享年八十六。

三、關於手稿本《漢學紀源》

至今所知《漢學紀源》的鈔本,有東京大學史料編纂所所藏的《漢學紀源》五卷本,以及作爲玉里島津家藏書流傳下來的,鹿兒島大學附屬圖書館玉里文庫所收藏的《漢學紀源》四卷本。這些都是明治時期(1868—1912)的抄寫本。最近,筆者找到了早以爲已經遺失的《漢學紀源》的手稿本。以下詳細説明②。

《漢學紀源》大本三卷三册。

---

① 《漢學紀源》也是這四十年之間作成。參考拙稿《關於伊地知季安的〈漢學紀源〉》。

② 通過鹿兒島大學名譽教授、潛心編纂鹿兒島縣史料《伊地知季安著作史料集》的五味克夫先生,有幸看到這回發現的《漢學紀源》的手稿本。關於季安手稿本的確認等,也得到了五味先生的諸多指教。此外,得到手稿本時也承蒙九州大學的竹村則行教授的不少幫助。在此表示衷心的感謝。如今手稿本收藏于鹿兒島大學附屬圖書館。

卷一,從儒教第一到義堂第二十二。

卷二,從岐陽第二十三到桂菴第二十八。

卷三,從桂門第二十九到南浦第三十六。

該書爲黄蘗色布紋質地唐草花樣封面①。在左邊題簽"漢學紀源上(中下)"。第一册(卷一)、第三册(卷三)使用格紙,半頁九行、四周雙邊、注文雙行,且每行的字數爲二十前後,不定。第二册(卷二)没有使用格紙,半頁十一行。印記爲"村上氏藏書"、"加藤文平藏書"。

卷一、卷三部分和卷二部分使用的紙張和書寫格式不同,而且筆跡也不一致。對卷一、卷三部分,手稿本的《漢學紀源》和已經確認爲伊地知季安手稿本的《花尾祭神輯考》(鹿兒島大學附屬圖書館玉里文庫所藏),通過比較,發現筆跡一致。伊地知季安的文字很有特色,所以易于比較。譬如,"伊地知"的"伊"的偏與旁的對稱,以及"地"的部首"土"的傾斜等,都能看出季安的書寫習慣。卷一、卷三毫無疑問是伊地知季安的親筆。唯獨卷二筆跡不同,該書的内頁裏有如下語句:

> 子静尊老:因爲想盡快抄完,所以字跡非常潦草,希望諒解。不過總算在天亮之前抄完了,懇請檢查。潛龍堂叩拜。

這段文字的意思是,潛龍堂希望伊地知季安(字子静)能看一看這本抄寫的《漢學紀源》。于此可以得知,卷二部分是潛龍堂抄寫的。潛龍堂,號伊東裕之。伊東裕之于文化十三年(1816)生,明治元年(1868)殁。年輕時對陽明

---

① 三册的封面均爲明治以後的人所裱。

學頗感興趣,二十七歲時搜集關於陽明學的先行研究的書籍而編寫成《餘姚學苑》。他作爲陽明學者曾向年輕時的西鄉隆盛(1827—1877)和大久保利通(1830—1878)等人傳授《傳習録》,對明治維新時西鄉、大久保的活動和精神產生了巨大的影響。伊東裕之和伊地知季安的交往是天保五年(1834)前後,季安開始作伊東家的系圖時開始的。當時季安五十三歲,裕之十九歲。之後季安和裕之的交情日漸深厚,寄期望于年輕的裕之,季安爲《餘姚學苑》寫了序文①。

前面提到在由伊東裕之抄寫的《漢學紀源》卷二的内頁裏,裕之似乎抄寫得很急,而且似乎想盡早讓季安閲讀。這些到底都意味着什麼呢？實際上,季安于天保十三年(1842)被薩摩藩的記録所没收了所有的六十多册著書。這是因爲天保十三年,季安在《義天樣禦石塔一件勘考書》中,關於島津家八代久豐的墓所,季安指出記録所在調查方面的錯誤,因此得罪了記録奉行所一邊。而且,因文化朋黨事件遭連坐多年没有任何官職,季安以這種身份向幕府的儒官佐藤一齋呈送書簡,委託桂菴碑文等,這在當時是不被允許的。結果,季安的所有的著作都被記録所没收。因此,季安和其親朋分別將他的諸多著作作成副本保留。前面提到的,據渡邊盛衛的《伊地知季安先生事跡》所言,天保十三年夏的命令下來後,季安不得不將自己的著作在十月底前送到記録所。記述如下:

---

① 關於伊東裕之和伊地知季安交流的詳情,參考大平義行《幕末薩摩藩士、陽明學者:伊東猛右衛門祐之及其家系》(《黎明館調查研究報告》第7集,平成五年[1993])。

今夏奉大目附座的諭旨，十月前務必上交過去的六
十餘冊著書。這同時也是記録奉行所的要求。一旦上交
到記録所，就爲藩所有，一概不予返還。

《漢學紀源》卷二的内頁裏，伊東裕之之所以好像很急地
抄寫該書，是因爲得盡快作成副本的原因①。所以，這個卷二
的部分是于天保十三年(1842)左右抄寫的副本。另一方面，
卷一、卷三部分是季安在何時寫成的，尚且不明。也許就是在
裕之抄寫卷二的同時，季安自己分工作成卷一和卷三的副本
的可能性很大。同時也觀察到，由季安親筆寫的《漢學紀源》
的三册裏面，不知道什麼原因，夾雜了裕之書寫的第二册(卷
二)的部分内容。在裕之抄寫的部分裏，從筆跡可以看到不時
有季安修改的筆跡。如果真是如此，那麼毫無疑問，裕之抄寫
的卷二最終還是經季安過目的。這次發現的手稿本《漢學紀
源》的三卷當中，卷一、卷三是季安的親筆，卷二是裕之的抄寫
而後經季安過目的本子。

四、結　語

至此，把作爲《漢學紀源》抄本的東大本和玉里本相比，東
大本爲五卷，而玉里本爲四卷，二者在卷數上有不同。而且正
文在字句上亦有差異。這回《漢學紀源》的季安手稿本的發
現，探明了《漢學紀源》的原樣。這對正文的校勘、確認具有很
大的參考價值。而且，以手稿本爲基礎，通過將東大本和玉里

---

① 　關於副本的作成，渡邊盛衛在《伊地知季安先生事跡》當中，將家老新納
久仰的日記作爲證據提出。記述道：“天保十三年，藩署即將没收先生
著書的時候，仰慕和追隨先生的一些人都聚集到先生的家裏來做副
本。”裕之可能也是其中之一。

本做比較考察,可以探明這些鈔本之間的關聯和抄寫的時期。

關於這些問題,將在其他的論文裏進行考察。

（王振宇　譯）

關於《漢學紀源》諸版本

一、前　　言

　　薩摩的歷史學家伊地知季安(1782—1867)有多部著作①,其中的《漢學紀源》最爲重要。該書從儒學的起源開始記述,詳盡地介紹了日本各個時代儒學的狀況。它用漢文寫成,也可看做是一部日本儒學史,對明治時期(1868—1912)日本的儒學史研究產生了巨大的影響②。

　　至今所知《漢學紀源》的抄本有鹿兒島大學附屬圖書館玉里文庫收藏的《漢學紀源》四卷(以下簡稱"玉里本"),東京大學史料編纂所收藏的《漢學紀源》五卷(以下簡稱"東大本")。此外,還有印刷版的《續續群書類從》中收錄的《漢學紀源》五卷和《薩摩叢書》第二編收錄的《漢學紀源》五卷③。

---

① 根據"伊地知季安著作物一覽表"(伊集院祐子、上野緑《關於鹿兒島縣史料的底本業務和〈季安著作史料集〉》,收入黎明館調査研究報告第9集,平成六年[1994]),98種季安的著作已經得到了確認。

② 參考拙稿《〈漢學紀源〉對明治期的日本儒學史研究的影響》(鹿兒島大學法文學部紀要《人文學科論集》第56號,平成十四年[2002])。

③ 收錄在《薩摩叢書》第二編中的《漢學紀源》五卷後來又以《新薩摩叢書》(五)(昭和四十六年[1971]歷史圖書社)發行。因爲《新薩摩叢書》所收錄的《漢學紀源》不加修改地收錄了《薩摩叢書》收錄的版本,所以本稿不予考察。

《漢學紀源》編纂于江戶時代的天保年間(1830—1843)①,如後所述,不論是玉里本、東大本還是印刷版,都是明治時期問世的。對這些版本的藍本以及其中的關係,尚不清楚。

最近筆者發現並調查了季安親筆所寫的《漢學紀源》②。本稿將據此來探明《漢學紀源》諸本(玉里本、東大本、《續續群書類從》本、《薩摩叢書》本)各自成書的過程和之間的關係。

二、《漢學紀源》之季安手稿本

由伊地知季安親手所寫的《漢學紀源》的内容和構成如下③:

《漢學紀源》三卷三册。

卷一,儒教第一到義堂第二十二。

卷二,岐陽第二十三到桂菴第二十八。

卷三,桂門第二十九到南浦第三十六。

其文獻學特色如下:

該書爲鮮黃色布紋質地唐草花樣封面。在左邊題簽"漢學紀源上(中下)"。第一册(卷一)、第三册(卷三)使用格紙,半頁九行、四周雙邊、注文雙行,且每行的字數爲二十左右不定。第二册(卷二)没有使用格紙,半頁十一行。卷首目録部分有印記爲"村上氏藏書"、"加藤文平藏書"。

---

① 參考拙稿《伊地知季安和佐藤一齋——着眼於桂菴禪師碑銘作成過程》(《中國文學論集》第 25 號,平成八年[1996])。

② 關於伊地知季安所寫手稿本《漢學紀源》的調查結果,請參考拙搞《新出伊地知季安〈漢學紀源〉之手稿本》(《汲古》第 40 號,平成十三年[2001])。

③ 本章的内容基於上注所舉拙稿。

卷一、卷三部分和卷二部分使用的紙張和書寫格式不同,而且筆跡也不一致。根據過去的考察①,卷一和卷三是伊地知季安的親筆,卷二部分是由潛龍堂,即伊東裕之(1816—1868)所抄寫。伊東裕之是在天保十三年(1842)作成該副本的。而卷一、卷三究竟是季安在何時寫成的,尚且不大清楚。如果季安和裕之當時是分工將《漢學紀源》做成副本的話,那麼時間很有可能是裕之抄寫卷二的那一時期。衹是在季安親筆所寫的《漢學紀源》第三冊中,不知道爲何後面還夾雜了裕之書寫的第二冊(卷二)的一部分。從筆跡看來,裕之書寫的那部分有一些被季安修改過的痕跡。可以肯定第二卷是經季安過目過的。所以手稿本《漢學紀源》的三卷之中,卷一、卷三是季安親筆所寫,卷二由裕之抄寫,再經季安過目。

三、東大本(東京大學史料編纂所收藏)

東京大學史料編纂所收藏着一套《漢學紀源》的抄本。《漢學紀源》共五卷五冊。

卷一,儒教第一到義堂第二十二。

卷二,岐陽第二十三到桂菴第二十八。

卷三,桂門第二十九到南浦第三十六。

卷四,正龍第三十七(以下的目録爲:南門第三十八、學之第三十九、如竹第四十、竹門第四十一、喜春第四十二、治易第四十三、俊矩第四十四,共七項,未作詳述。衹是在目録中的南門第三十八下面將各專案列出,標記"以下未稿")。

---

① 　請參考拙稿《新出伊地知季安〈漢學紀源〉之手稿本》。

　　卷五,關於作桂菴碑銘一事。收録了伊地知季安和佐藤一齋的書信等資料。

　　東京大學史料編纂所收藏了大量島津家的文書。可以這麼考慮,首先,島津家爲了整理、編輯藩政時代的資料和文書,在明治十幾年的時候成立了島津家編輯所。之後,因爲明治二十一年(1888)左右,東京也成立了編輯所,故而在明治二十三年(1890),將被稱爲島津家文書的資料轉移到了東京。這種搬動後來又進行了好幾次。這些文書保管在島津家宅袖之崎邸。這其實也是位于東京的島津家的事務所。再後來,收藏在那兒的文書經過種種周折,到了現在東京大學史料編纂所①。

　　下面再來分析那五卷本《漢學紀源》被東京大學史料編纂所收藏的經過。事實上,東大史料編纂所收藏的島津家編輯所藏本中,有很多是伊地知家所呈送的書籍。衆所周知,伊地知季安編纂過作爲薩摩藩資料集大成的《薩摩舊記雜録》前編四十八卷和後編一百零二卷,是有名的歷史學家,同時他也收集了許多文書和資料,有許多著作。季安的兒子季通于明治二十二年(1889)九月,提出申請對《薩摩舊記雜録》進行增補,在獲得許可後,開始抄録島津家的文書。該作業于明治二十四年(1891)告一段落。後來作爲閱覽島津家文獻的報償,伊地知家將所藏諸多的書籍呈送給了島津家。雖然在當時被呈送的書籍目録當中,並没有《漢學紀源》,可是考慮到在其前後,伊地知家呈送過多回,所以也許是在其中的某一次,《漢學紀源》相關的資料從伊地知家呈送到島津家,後又被搬到東京,最後繞像現在擺在了東京大學史料編纂所内。

---

①　關於收藏于袖之崎邸的文獻被轉到現在的東京大學史料編纂所,請參考岩切美保的《島津家文書和島津家的編輯事業》(《國語國文薩摩路》第38號,平成六年[1994])。

　　東大本的《漢學紀源》有手稿本中没有的第四卷和第五卷。在第四卷的"正龍第三十七"裏,歸納了和正龍寺相關的事情,之後的目録裏有"南門第三十八"、"學之第三十九"、"如竹第四十"、"竹門第四十一"、"喜春第四十二"、"治易第四十三"、"俊矩第四十四"共七個項目,可是没有做叙述。第四卷的目録部分的"南門第三十八"之下將這些項目歸納後,標著"以下未稿"。記述薩摩正龍寺相關内容的"正龍第三十七",後半部分的記述比較長,觀其内容有室鳩巢的如竹翁傳、泊如竹的書簡、愛甲喜春的傳記和書簡等。如竹和喜春確實和正龍寺相關,可是關於這些,"正龍第三十七"的前半部分已經有所記述。後半部分的傳記和書簡似乎和正龍寺没有直接聯繫,分量卻不小。所以從内容和銜接看來,"正龍第三十七"後半的室鳩巢的如竹翁傳之後與正龍寺無關。

　　想來這些可能是未完稿的"如竹第四十"、"喜春第四十二"等的準備資料,或者説是草稿。當時是想把這些暫時放在"正龍第三十七"後以備後用,可是最終没有定稿,就這樣作爲"正龍第三十七"的後半部分一直流傳至今。這也和該五卷《漢學紀源》出自伊地知家的事實相符。季安爲了作成《漢學紀源》第四卷而到處收集資料,可惜没有完稿就過世了,這樣,收集好的資料就被附在伊地知家的《漢學紀源》第四卷後半流傳了下來。此外,卷五和《漢學紀源》正文無直接關係的事實,從伊地知季安與佐藤一齋的通信看,也是可以成立的。季安拜託一齋作桂菴的碑銘時,作爲資料送上了《漢學紀源》①。也許可以這樣推測,這些書信原先和《漢學紀源》一起被伊地

---

① 　參考拙稿《伊地知季安和佐藤一齋——着眼於桂菴禪師碑銘作成過程》。

知家保管，後來整理時就被整理進了《漢學紀源》，成了東大本的第五卷。所以，筆者認爲東大本是明治二十年左右伊地知家的《漢學紀源》和相關資料結合而成的。

四、玉里島津家本（鹿兒島大學附屬圖書館玉里文庫藏書）

作爲玉里島津家的藏書傳下來，爲鹿兒島大學附屬圖書館玉里文庫收藏的《漢學紀源》，沒有東京大學史料編纂所藏書中的第五卷，而是由四卷構成。

《漢學紀源》四卷四本。

卷一，儒教第一到義堂第二十二。

卷二，岐陽第二十三到桂菴第二十八。

卷三，桂門第二十九到南浦第三十六。

卷四，正龍第三十七（之後的目録有：南門第三十八、學之第三十九、如竹第四十、竹門第四十一、喜春第四十二、治易第四十三、俊矩第四十四，共七個項目，且均未做記述。目録部分的南門第三十八的下面，列舉了這些項目，並標著"以下未稿"。和東大本不同，卷四僅由正龍第三十七的正文構成）。

此抄本（玉里本）由島津第二十八代藩主齊彬的弟弟久光之子忠濟書寫，有久光的補充。玉里本卷四的構成和東大本不同。的確，卷四有"正龍第三十七"的正文，其目録中也標記著"以下未稿"。可是，東大本卷四的後半部分中的内容，即"如竹第四十"、"喜春第四十二"等資料都沒有在這個本裏出現。也就是説，卷四衹是由"正龍第三十七"的正文構成。從卷四的構成，可以推測出玉里本的形成在東大本之前。而且玉里文庫還收藏了《桂菴禪師碑銘》一書的抄本。這是由忠濟抄寫的，副標題爲《漢學紀源附録》。所收録内容以佐藤一齋的《桂菴禪師碑銘》爲主，還有《桂菴墓臨寫》和《桂菴畫像贊》等。《桂菴禪師碑銘》也被東大本的第五卷所收録。《桂菴畫像贊》雖然没有被東大本收録，可是相關的書信被第五卷收録。因爲季安委託佐藤一齋作桂菴碑銘的時間，與向一齋呈送《漢學紀源》幾乎同時，所以《漢學紀源》和從一齋那兒寄回來的《桂菴畫像贊》關係密切。玉里本中把《漢學紀源》和《桂菴禪師碑銘》區分開來，而東大本卻把二者放在一起，而且在後面附加上相關資料，做成第五卷。這樣，從第五卷的構成也不難推斷，玉里本的形成早於東大本。

此外，玉里本中有島津久光的補充。久光于文久元年(1861)擔任藩政輔佐，之後，元治元年(1864)出任朝政參與，推行公武合體。祇是由於缺少凝聚力，世態急劇向倒幕發展。西鄉、大久保是該運動的推進者，而久光依然是薩摩藩的權力中心。進入明治期後，久光歷任内閣顧問和左大臣等要職，屢屢上京，非常忙碌。明治十年(1877)，西南戰争結束，翌年搬入玉里邸開始了讀書生活。久光死于明治二十年(1887)，所以推斷爲其子忠濟抄寫的《漢學紀源》做補充的時間，應該大約是經過江户到明治之間的動蕩期，結束了西南戰争之後的讀書的日子，也就是明治一十年代左右。所以，可以推斷由久光補充了的玉里本《漢學紀源》四卷最終寫成于明治一十年代。

五、活 字 本

《漢學紀源》于明治四十年(1907)二月，第一次作爲活字本，被圖書刊行會初版的《續續群書類從》第十教育部收録。

據該書凡例所言,《續續群書類從》收録的是島津侯爵家藏書。明治四十二年(1909)八月,被《薩摩叢書》收録,作爲活字發行。《薩摩叢書》收録了舊薩摩領地内各種文獻二十多篇,從明治四十一年(1908)至明治四十三年(1910)共五卷加別集一卷,由薩摩叢書刊行會發行。《薩摩叢書》收録的《漢學紀源》是明治四十二年八月發行的,其凡例裏有以下的記述:"收録民間所藏的抄本,並以島津侯爵家藏書的謄寫内容爲依據加之參照校訂。"《續續群書類從》本、《薩摩叢書》本都是五卷本。從它們的構成看來,都不是玉里本的四卷本,可能都基於五卷本的《漢學紀源》。而《續續群書類從》的例言和《薩摩叢書》的凡例中所提的島津侯爵家藏書,從其來歷判斷,很有可能是來自島津家宅袖之崎的東大本。

再比較手稿本、東大本、《續續群書類從》本、《薩摩叢書》本。其實,關於《續續群書類從》本和《薩摩叢書》本,通過其構成之外的特徵,也能夠很容易地判斷出它們是根據東大本而成書的。舉其中的幾例説明:《漢學紀源》手稿本的"初學第五"有"豈能人力乎"一句,東大本中"人"和"力"粘到了一塊,誤寫成了"豈能分乎"。而《續續群書類從》本、《薩摩叢書》本也是"豈能分乎",沿襲了東大本的錯誤。還有,手稿本的"唐學第八"中有"一二韓人",東大本將"一"和"二"連筆,錯誤地寫成了"三"。而這個簡單的錯誤被《續續群書類從》本、《薩摩叢書》本照搬。東大本《續續群書類從》本、《薩摩叢書》本的"收籍第三"中有"土人往往工詞藻"一句。這部分的手稿本寫成"士人往往工詞藻"。這是源自中國宋代歐陽修"日本刀歌"一節的引用。歐陽修的"日本刀歌"是"士人往往工詞藻",也就是説,手稿本的記述是正確的。東大本誤寫爲"土人",而《續續群書類從》本和《薩摩叢書》本則原封不動地照搬了過去。從這種文字的繼承關係看來,《續續群書類從》和《薩摩叢書》本無疑參照了東大本。

六、結　語

正如前一章所述,東大本在書寫上存在錯誤,可是儘管如此,也不能説該本不值得相信。這一點和手稿本對照即可明白。譬如,《漢學紀源》玉里本的"收籍第三"中有"時新羅奪百濟幣、四十九年皇后遣荒田別"的記載。這部分在東大本中是"時新羅奪百濟幣、以易其幣、四十九年皇后遣荒田別"。而手稿本是和東大本一致的"以易其幣"。另外,玉里本中正確的地方也不少。譬如,"初學第五"中"偕千熊來"的記載,東大本中是"偕千來",這個部分是引以《日本書紀》神功皇后五十一年三月的"以千熊長彦、副久氏等遣百濟國"爲出典。此處,玉里本是正確的,而手稿本也和玉里本一樣是"偕千熊來"。而季安所寫的手稿本裏也有極少的疑問。譬如,在手稿本"建學第九"有"太皇太后崩。……人稱其賢,比漢氏",而東大本則寫成:"太皇太后崩。……人稱其賢,比漢鄧氏。"漢鄧氏是《後漢書》中的和帝的皇后,從上下文看來東大本更合理。

以上對抄本玉里本和東大本字句的差異作了比較。不難知道新近發現的手稿本有助於我們解決一些問題。即以手稿本爲底本,通過校對玉里本、東大本以確定《漢學紀源》的正文。

（王振宇　譯）

各篇日文原題與最初發表書刊

○ 行卷よりみた北宋初期古文運動について

——王禹偁を手がかりとして——

中國文學論集第 22 號　1993 年 12 月

○ 北宋初期における古文家と行卷

——科擧の事前運動より見た古文復興の展開について——

日本中國學會報第 51 集　1999 年 10 月

○ 歐陽修の行卷について

——科擧の事前運動による胥偃との繋がりに着目して——

鹿兒島大學法文學部紀要「人文學科論集」

第 50 號　1999 年 11 月

○ 歐陽修の歷史書における文體上の特色

比較社會文化研究第 14 號　2008 年 3 月

○「吉州學記」より見た歐陽修の文章修改について

鹿大史學第 49 號　2002 年 1 月

○ 虛詞の使用より見た歐陽修古文の特色

鹿兒島大學法文學部紀要「人文學科論集」

第 57 號　2003 年 2 月

○ 歐陽修の科擧改革と古文の復興について

鹿兒島大學法文學部紀要「人文學科論集」

第 51 號　2000 年 2 月

○「太學體」考──その北宋古文運動に於ける一考察──

日本中國學會報第 40 集　1988 年 10 月

○ 歐陽修の文章中に見られる「文」の捉え方と歐陽修の駢文觀

『歐陽修古文研究』（汲古書院）中篇

第 2 章第 2 節・第 3 節　2003 年 1 月

○ 歐陽修『六一詩話』文體の特色

中國文學論集第 34 號　2005 年 12 月

○ 天理本『歐陽文忠公集』について

中國文學論集第 30 號　2001 年 12 月

○ 歐陽衡『歐陽文忠公全集』について─
──中華書局『歐陽修全集』の底本選擇の問題點──

橄欖第 10 號　2001 年 12 月

○ 皆川淇園における歐陽修
──江戶時代の歐陽修評價に關する一考察──

鹿兒島大學文科報告第 28 號

第 1 分冊　1992 年 9 月

○ 歐陽修『醉翁琴趣外篇』の成立過程について

風絮第 2 號　2006 年 3 月

○ 延德版大學について

汲古第 31 號　1997 年 7 月

○ 伊地知季安の『漢學紀源』について

鹿兒島大學文科報告第 32 號

第 1 分冊　1996 年 8 月

○ 新出伊地知季安自筆本『漢學紀源』について

汲古第 40 號　2001 年 3 月

○『漢學紀源』の諸本について

汲古第 42 號　2002 年 12 月

後　　記

　　本書是我的第二部專著。第一部是 2003 年由汲古書院出版的《歐陽修古文研究》（日文 39 萬字），那是以 2001 年在九州大學提交的博士論文爲基礎的。由於這部博士論文，我于同年 6 月獲得了九州大學的博士學位。

　　自從 1984 年進入九州大學的大學院以來，我就一直把以歐陽修爲中心的宋代文學作爲研究課題，後來所發表的論文都延續着當時的那份關懷。當我把這些論文整合成爲一部博士論文時，發現也有幾篇論文是無法收録進去的，因爲它們跟博士論文的主題有所距離，所以我曾以爲它們永遠不會再面世了。然而，這回承蒙王水照先生的惠顧，有了出版本書的機會，故在構想之時，便考慮將這幾篇和有關日本漢學的論文收録起來，再加上博士論文中用過的一部分，由此完成本書。不過，因爲收録在本書中的論文無一不保持了當初發表之時的原貌，所以各篇之間有一部分重複的記叙或論述。這一點請務必諒解。

　　本書題爲“復古與創新”，意在將歐陽修倡導的古文復興和由此帶來的新學術的展開收入視野。在“古”的基礎上孕育出“新”，這種“復古與創新”的精神，對于我自己今後的研究來説，也是巨大的目標。

　　另外，我從 1990 年到鹿兒島大學就任以來，對儒學在日本的展開也產生了頗大的興趣。這多少也因爲,距今五百多年前的 1481 年,日本最初出版朱子學方面的書籍,就是在薩摩(現在鹿兒島)。可以説,鹿兒島便是日本朱子學的發祥之地。收録在本書中的有關日本漢學的論文,就是我在鹿兒島的一部分成果。

本書的出版,得到了上海復旦大學王水照先生、朱剛先生的甚大關照;翻譯方面,則麻煩了北京大學的李莉、林頂和鹿兒島大學的王振宇諸君;同樣從事宋代文學研究的早稻田大學内山精也先生,對這回的出版事宜也付出了辛勞,在此深表感謝。

當初攜原稿至上海時,曾與王水照先生、朱剛先生、内山先生一邊暢談一邊共進午餐,那情形至今還浮現在眼前。

東　英寿

2005 年 5 月于鹿兒島

再 版 後 記

　　此次,值《復古與創新》再版之際,筆者替換了其中的兩篇論文。初版時收録於本書中的八篇論文,其時因時間倉促未及校對中文譯稿。初版刊行事後,雖意識到多處誤譯,因書已刊行,祇得作罷。此次在與上海古籍出版社商議之後,筆者決定直接替換掉誤譯的論文。

　　具體而言,將初版所收《關於歐陽修〈五代史記〉的徐無黨注》一文替換爲《歐陽修〈六一詩話〉文體的特色》;將《論歐陽修編纂〈居士集〉的意圖》替換爲《〈醉翁琴趣外篇〉成立考》。此兩篇新替換的論文,均符合其所屬篇章即"歐陽修全集的編纂和版本篇"和"歐陽修的散文特色與古文復興篇"的主題,與本書《復古與創新》的主題也相契合。此外,《試論歐陽修史書的文體特色》(初版原題《歐陽修史書的文體特色——〈五代史記〉與〈舊五代史〉文章表現上的比較》)和《關於天理本〈歐陽文忠公集〉》兩篇,2005 年初版刊行至今已逾十年,結合筆者研究上的進展,將新的研究成果反映其中,作了大幅修正。再者,關於《從〈吉州學記〉看歐陽修的文章修改》、《"太學體考"——從北宋古文復興的角度》、《歐陽修文章中"文"的含義與他的駢文觀》、《關於歐陽衡的〈歐陽文忠公集〉——中華書局〈歐陽修全集〉底本選擇的問題點》四篇論文,此次值再版之際,與我的學生韓淑婷共同商榷之後做出了潤色和些許修正。

　　本書初版在 2005 年,網羅了筆者當時的部分研究成果。此後筆者在研究上進展頗多,除上述論文以外亦有幾篇欲加改寫和修正,但若修正過多,亦恐失《復古與創新》一書的全貌。因此,祇得將修訂限定在上述修正誤譯等程度。最後,關於收錄於本書的所有論文,今日回看或有不足之處,因本書主要反映了筆者在 2005 年階段的研究成果,舛誤之處,在所難免,尚冀讀者有以教正。

東　英寿

2019 年 10 月於福岡